記，這些日子

西班牙疫情下的隔離日記

THESE DAYS

Spain Quarantine

COVID-19

U0087263

yaya 著

目 錄

攝影：Xevi Domene

作者簡介
yaya

　　yaya，1978 年出生於浙江麗水，天蠍座，崇尚自由，完美主義者。喜愛旅行、攝影、運動、音樂、烹飪、烘培及寫作。

　　主修服裝設計專業，從事過服裝、雜誌社、英文教學機構、咖啡、民宿、餐飲、旅遊等行業。

　　曾居住臺灣近十年，後旅居青海湖、麗江、成都等地，現與家人定居西班牙，專職家庭主婦，並開始寫作創作。

自 序

當一襲深藍色工作服 Salelles 公墓的工作人員，正一邊混拌水泥一邊填封爺爺奶奶墓碑的時候，Aina 依偎著我的肩膀，在耳邊低聲地對我說，聽 A 說，妳的書寫完了，預備要出版，我真為妳高興。

是的，謝謝。書寫完了，希望能夠順利出版。

這是來西班牙後參加的第三次葬禮，第一次是 17 年的元月，送 A 的外婆。第二次是 17 年的八月，我婚禮後第二日，送 A 的爺爺。而這次，送的是 A 的奶奶。

記得剛來西班牙，A 帶著我去看望外婆，之後又看望他的爺爺奶奶。當時我特別羨慕他，家裡還有這麼多老人，所以，

我便把他的外婆，視為自己的外婆。他的爺爺，視為自己的爺爺。她的奶奶，視為自己的奶奶，因為已經很久沒有人可以讓我這麼親切地稱呼他們了。

當我望著與我間隔一個座位的 A，低頭聽著牧師在台上一邊致詞，一邊從口袋裡掏出紙巾默默擦去眼角的淚水時，我看到了八年前奶奶走時的我。

三月中旬，西班牙宣布封城，當我開始寫《記，這些日子》的時候，奶奶被送到 Salelles 鄉下的姑媽家，以確保她的安全。六月中旬，我寫完《記，這些日子》，西班牙宣布解封，奶奶也被送回市區的住所，交由原本的看護 Maria 照看。

奶奶，逃過了病毒，卻逃不過命數。

同樣，逃過病毒逃不過命數的還有，一個月前上樓梯摔了一跤就再也沒醒過來 A 的大姑父。一覺便與世長辭母親的表妹夫，去年回國盛情款待我們一家的表姨父。

這是一場特別的葬禮，不同於以往任何一次。告別儀式上，牧師戴著口罩，親友們按規定，錯開一個座位坐著，嘴上也戴着各種各樣的口罩。

我坐在第四排走道的座位上，聽不懂牧師的致詞，看坐在牆角座位的看護 Maria 哭泣。看前排 Adria 去拉隔著座位正傷心難過妻子 Onia 的手。看奶奶棺木上，紅玫瑰如此豔麗，紅得像

是十字架正滴著鮮血。而一旁的花圈，白玫瑰白得如同冰天雪地。

散場後，親友們一一在殯儀館門口隔著口罩擁抱親吻，隨即又去擠擺在入口處的那瓶消毒洗手液。

3 月 16 日，隔離後的第二日，我在三年未曾發表過文章的個人公眾號裡，發了《記，這些日子》的第一篇〈春花〉，而後又有了第二篇〈重演〉，第三篇〈慰藉〉……原本只是因為疫情身在他鄉，居家隔離後，內心有許多感觸想要記錄，可誰知一寫，寫著寫著竟寫成了一本書。

寫一本書，不正是自己這些年來的心願嗎？

來西班牙整整四年，這是第二次內心猶如波濤洶湧，腦海中的文字彷如滿天繁星。我在清晨鳥鳴坐在電腦前敲打文字，也在無數個睡夢中醒來，用枕旁的手機記錄下隻字片語，然後等起床時整理成段落篇章。

而第一次，是兩年前我不幸流產那次。我日夜未眠，把內心的傷痛全部化為了文字。

去 Salelles 公墓的路上，路旁一望無際的 Oller del Mas 葡萄酒莊園，蒙特塞拉特山雄偉神聖，這裡是我和 A 舉辦婚禮的地方，也是爺爺奶奶生前遺願，他們死後想要長眠的地方。

我對 A 說，如果我死了，我要海葬。火化前請替我穿上婚

禮時的白紗，不要舉辦任何告別儀式。

A 說，那如果我死了呢？

一樣海葬，一樣穿婚禮時你穿過的衣服，我說。

當奶奶的棺木從那台黑色賓士靈車上被抬下，原本風和日麗的 Salelles，頓時被一片烏雲籠罩，一滴滴雨滴從天上落下，落在玫瑰花瓣上，落在十字架上，落在奶奶的棺木上。

婆婆轉身問我們需不需要，她車上有傘，我對她搖了搖頭。望著公墓四周，那一個個四四方方的格子，爺爺的遺骨被清理出來，裝在一個白色屍袋裡擺在一旁，我對 A 說，你若是把我裝進這樣的格子裡，我一定會死第二次。

A 立即把我擁進懷裡，放心，我一定不會把妳裝進這樣的格子裡。

《記，這些日子》寫完已快兩個月，西班牙解禁也已一個多月，人們日常工作生活已恢復往常。

街上隨處的露天咖啡座，坐滿喝咖啡、啤酒、紅酒、雞尾酒的老老少少。雖然疫情略有反彈，但人們依舊熱情如火，興高采烈。

唯一與以往不同的是，外出時必須戴上口罩，進出各大小公共場合，需在入口處消毒雙手。

我突然有些懷念起寫《記，這些日子》的那段日子，每日

簡單餐食，正常作息。大半時間 A 幫忙家務照看孩子，我專心寫作，剩餘時間也沒有荒度，與家人朋友們日日緊密聯絡。而今，A 每日工作繁忙早出晚歸，母親也不會日日打視訊電話來，好友們也少了隔三差五的問候。

還有真心讓人懷念的，是那每晚八點準時響起的鼓掌聲和音樂聲。即便有時，城市安靜的快要讓人窒息，但那時無聲也勝似有聲。

我們已有最美的告別，所以，無須再感傷流涕。

上週五，A 在電話中說，奶奶可能活不久了，我立即跳了起來，讓他馬上開車載我去看望奶奶。次日奶奶去世，再次日我站在奶奶棺木的櫥窗外，回想起週五那日離開奶奶家時，奶奶躺在床上，與我揮手告別。這所發生的一切，僅僅在兩日之內，我的手明明貼著奶奶的雙唇，還感受到她的唇溫，可此刻躺在棺木中卻是一具冰冷、動也不動的屍體。

奶奶，我還想著，我們都能在疫情中倖存安好，今年的平安夜，一定可以一家人又與妳齊聚一堂。還有，今年隔離錯過了妳的生日，來年的生日，我一定要親手為妳做一個生日蛋糕。

但萬物皆無完美，人生豈無缺憾。

週五一早，奶奶如往常坐在輪椅上，由大伯推著外出散步，回到家後，說身子乏想上床休息。平日裡，奶奶都是午後才有

午睡的習慣。

　　奶奶被送到 Sant Joan de Deu 醫院，檢查之後醫生說，奶奶年事已高，讓我們做好心理準備。因為醫院現存不少病毒感染患者，醫生建議我們將奶奶帶回家中休養，他們定時派人上門醫治。

　　當日下午，奶奶被接回家中，但一直處在昏睡狀態。我和 A 到達奶奶家半小時後，醫院來了三名穿著防護服、面戴護目鏡的醫護人員來家裡，為奶奶做身體檢查，就在他們給奶奶注射鎮定舒緩的藥物時，奶奶出奇般地醒了。

　　我立即走到床邊喊，奶奶，奶奶。奶奶伸出她早年中風後唯一能動的左手，拉起我的手，如以往一樣放到嘴邊不停地親吻。因為家人們的要求，我只能戴著口罩貼著她的臉蛋，我一邊撫摸她那頭美麗的銀絲白髮，一邊親吻她的額頭。

　　醫護人員讓我們餵一點水給奶奶，怕她口乾。姑媽倒了一杯水放了一根吸管，可奶奶只吸了一口便嗆到了，姑媽只好立即放入凝固粉來餵食。

　　見奶奶醒來神智清楚，面色好轉，我和 A 起身準備離開，因為天色漸晚，Danika 還在姨媽家由他們幫忙照看。我在奶奶的房門口與她揮手道別，奶奶也對著我搖一搖她的手，我對她微微一笑，她左手無名指上那枚我送給她的紅瑪瑙戒指，依舊戴在手上。

　　在我們離開不到半小時後，奶奶握著婆婆的手安然入睡，之後便再也沒能睜開雙眼，直至次日，她的五個兒女齊聚在她的身旁，才嚥下了最後一口氣。

　　當所有人都穿著黑白灰正裝去參加奶奶的葬禮，我從櫃子裡拎出那件去年在同里古鎮買的墨綠色中式旗袍。奶奶，我要以一個傳統中國孫媳婦的模樣，來送妳最後一程。我想，妳一定也喜歡，對嗎？

　　家人們各自摘下一朵花圈上的白玫瑰，彼此攙扶著緩緩步出公墓。此時 Salelles 雨停了，轉眼又晴空萬里，藍天白雲。

　　這場雨，淅淅瀝瀝，家人們靜靜地站在雨中看奶奶的棺木下葬，沒有打傘，雨水竟也捨不得將我們的身子打濕。它彷彿是親人們心中無聲的淚水，又或是上帝憐愛世人的眼淚。

　　《記，這些日子》謹此書獻給妳，奶奶。還有所有與此書有緣之人。

yaya

2020.07.21 西班牙

春

—

三月，不就該坐在院前賞
花吟詩，不負春光嗎？

一・春花

Bb，Igualada 在哪裡。

妳去過了。

我去過了，什麼時候，那裡有什麼。

是的，妳和父母親一起去的。坐火車去的，妳忘了。

天哪，是那裡。

Igualada，雖然名字忘了，但那是我來西班牙後，第一次乘坐火車，怎麼會忘呢，還帶著父母親。

轉眼，過去快三年，Igualada 那家叫 Cal Pantomenia 的餐廳，後來一直念念不忘。好幾次想帶 A 和 Danika 去吃，但因為週末不營業，總是湊不到時間。

記得那次本來是想坐火車帶爸媽去 Sabadell 走走的，去到家附近 FGC 火車站時，發現只有兩台無人售票機，一時不知該如何使用，便請旁邊一位正在購票的小姐幫忙。

你們要去哪。

我們要去 Sabadell。

Sabadell，這裡的火車沒有到 Sabadell。

啊……那請問，妳知道有什麼地方，可以去走走的。

嗯……那你們去 Igualada 吧，那裡不錯，但中途要在 Martorell 站轉車。

好的，謝謝謝謝，麻煩妳幫我買三張去 Igualada 的火車票。

就這樣，我和父母親三人，在一位陌生小姐的指引下，踏上了去往 Igualada 的火車。

從 Igualada 火車站出來，一路詢問，走了近半小時，才到達位於市中心的廣場。

那日天氣晴朗，我與父母親三人悠閒地坐在廣場的露天咖啡座，一邊喝咖啡一邊閒聊。隨後四處遊覽了周邊的古蹟，最後在一條僻靜的巷子裡，遇見了 Cal Pantomenia 餐廳，吃了一頓價格便宜卻又精緻美味的午餐。

午餐後，我們一路慢慢步出中心廣場，走到市郊。跨過一條小河，往山坡前行。

如果說，日後能夠回憶起與父母親一起共度過的快樂時光的話，那麼那日，是其中美好的一段。山坡上眺望市景，小河

旁採摘蒲草，橋墩下逗弄龍蝦。那一路歡聲笑語，父親與母親那飽經風霜的臉上，卻洋溢著最純真、最幸福的笑容。

那一日，我怎麼能忘。

3月12日，西班牙加泰羅尼亞政府宣布封鎖巴塞羅那以北49公里處的伊瓜拉達（Igualada），比拉諾瓦·德爾卡米（Vilanovadel Cami），聖瑪格麗達·德·蒙比（Santa Margarida de Montbui）和奧德納（Odena）四個城鎮。這是新冠肺炎爆發以來，西班牙首次做出封城決定。

我拿出手機，在家人微信群裡發了一條訊息。母親，記得上次來西班牙，我帶你們一起坐火車去玩的那個地方嗎？

記得，當然記得。有水燭，還有龍蝦。

是的，就是這個城市，因為醫院爆發感染，昨日開始封城了。

Igualada 伊瓜拉達，這個我與父母親轉乘火車，花了近兩個小時才到達的地方。然而經 C-37 國道，開車僅僅只需要半小時的車程。

疫情，在一步步地逼近。

去婆婆家接回今日開始停課的 Danika，剛跨出門口，街轉角迎面而來一位戴口罩的女生，手裡拎著大包小包剛從超市提回的東西。

　　我驚愣了一下，因為這是疫情來，我在西班牙看到第一位上街戴口罩的西方人。

　　也許是因為看到我驚訝的表情，女孩快步走起來。當我走遠回頭，她一個轉身，進了 Carrer Major 59 號，那是我家隔壁的門牌。這棟樓，住的全是 FUB-Manresa 大學的學生。

　　前幾日才對 Danika 說，禮拜五沒有課後興趣班，帶她去 Collbaix 看春花。這幾天，山上沿途開滿了各種野花，香氣撲鼻。

　　而禮拜五，是連學校正常上課都停了。

　　小女孩總是愛花的，看到一路五彩繽紛的花海，Danika 開心的不得了，平常走幾步就喊累的，今天和我手牽手，一路漫步到兩公里外的農場，還看到了馬、羊、雞和孔雀。

　　遠離城市，遠離恐慌。大自然，總能讓你瞬間心神安寧。

　　華人群裡，有人發超市裡，摩洛哥人瘋狂搶購麵粉的視頻。五公斤裝的麵粉，一個搶一個裝，一購物車一購物車滿滿地推走。工作人員在一旁上貨一邊直喊，這不正常，這不正常。

　　這樣的場景，像是龍捲風一樣。從一處刮到另一處，現在又刮到了這裡。

　　兩天前在 Mercadona 超市的我，推著推車，還在一旁糾結是否要買一包五公斤裝的麵粉，慶幸當時，做了明智的決斷。

　　和 Danika 從 Collbaix 回來，家樓下的肉舖，隊伍排到了門

外。以往即便是客人多，大家還是喜歡一併擠進不到十平方米的密閉空間，因為樓下肉舖開了幾十年，有不少老主顧，我也是其中之一。

而今日，肉舖裡只有兩位等候結算的客人，店舖的門被打開，大家依次排著隊伍等候在門外。我透著櫥窗看到正在櫃檯忙碌的 Eva 和她的店員，她的母親，在門口招呼客人。

我在心裡真替他們捏一把汗，這樣的情形，他們依舊沒戴口罩。

二 · 重演

一早起床，姨媽如期而知，每年嘴唇都會復發好幾次的病毒皰疹又來報到。拼抵抗力，最弱的時候到了。

03 年 SARS 也同樣是在這個時節，芸便是在那年清明節誕生的。對我而言，那年的 SARS 記憶猶新，和平醫院，每日新聞裡聽到最多的就是和平醫院四個字。那裡多少名醫護人員被感染，多少名醫護人員為疫情捐軀。

而 COVID-19，遠比 SARS 更來勢洶洶。

不知是因 SARS，還是臺灣人一直保有戴口罩的習慣。但凡是身體略有異樣，絕大部分人都會自覺地戴上口罩。如果你去過臺灣旅行，一定時常會在臺北捷運上看到戴口罩的乘客，或是在馬路上看到，呼嘯而過戴口罩的機車騎士。

我也是在臺北工作之後，才有了在隨身包裡攜帶口罩的習慣。直到到了西班牙，在一次病毒感冒戴口罩去醫院看診之後，才知道在西班牙是不可以輕易戴口罩的。以往攜帶口罩的習慣，

也漸漸沒了。

家裡僅有的三片醫用口罩，是上個月因為胃不舒服去看急診時，跟護士要的。我告知藥房裡買不到口罩，又怕他們會擔心我是中國人。他們笑笑說，不怕，又大方地從盒子裡抽出三片遞給我。

這三片口罩，裝進密封袋裡，成了最寶貴的東西。醫院裡，如今再去，也不會有人再大方地給你遞出三片口罩。

週五看到女大學生戴口罩，週六我終於鼓起勇氣戴上了口罩，預備去樓下的 SPA 超市買兩盒雞蛋。而家門口剛跨出第一步，便被等候在肉舖門外買肉的人群恥笑了。

我深吸了一口氣，不理會他們，故作鎮定地朝超市走去。超市裡一摩洛哥小男孩，同媽媽排隊等候付款，看到戴口罩的我，嚇得立刻鑽進媽媽的 burka（罩袍）。

從家門口到 SPA 僅僅不到五十米的距離，走得如此心驚膽戰。而超市賣雞蛋的貨架，卻早已空空。

Danika 一整天都在做手工，唯獨做手工時，她顯得最安靜了，不然一定吵得你頭疼。她為我做了一枚戒指，為自己和 A 各做了一串項鍊，還多做了一串說下週開學時要送給好朋友 Aina。

一月中國爆發疫情的時候，我便在第一時間，跟 Danika 做

了新冠狀病毒詳細的解說。雖然當時這病毒跟西班牙毫無瓜葛，孩子聽得也似懂非懂，但我還是每日都會囑咐她在學校要注意衛生勤洗手，漸漸地 Danika 也有些聽進去了，還告訴我，她會主動勸說身邊的同學也洗手。

這裡的孩子，可是好多如廁後都不洗手的，不像臺灣和中國的幼稚園，從小就教導孩子們勤洗手。Danika 之前在水木清華讀幼稚園的時候，一個班三名老師，一名老師專門負責生活，我好幾次去班裡的時候，都會聽到生活老師不停地在喊，洗手，洗手。

下禮拜開學，Danika 才停課兩天，便對開學充滿了憧憬。但這場戰役，會在十五天就灰飛煙滅嗎。

下了一整天的雨，天暗沉得不得了，彷彿這疫情，壓抑地讓人喘不過氣。推開窗，大口地呼吸，這裡的一切，從昨日開始靜止。

看時間，已是下午近五點，調了一小時後叫醒的鬧鐘，還是強迫自己小睡一會。

自從中國疫情爆發後，我的生理時鐘每日會在清晨四點或五點叫醒我。因為醒來要關注中國疫情，要確定父母親安好無恙。如今，中國疫情已逐步得到控制，歐洲疫情卻開始爆發，而這前後翻天覆地的變化，僅僅在不到兩個月的時間。

這幾日睡前，我都會告訴自己，明日不用早早醒來。西班

牙疫情，清晨四點或是五點，是不會有即時更新的。

而我，依然是五點睜開雙眼。

Manresa 市昨日確診四例，疑似二十三例，二十多名醫護人員隔離，七十多名密切接觸者被隔離。其中確診三例與 Igualada 確診者有密切接觸，還有一名有義大利旅行史。

加泰羅尼亞衛生部表示，目前 Igualada 小鎮的疫情有可能已經向周邊 Sant Marti de Tous 等幾個小鎮蔓延。

疫情，從步步逼近，到身臨其境。

想起去年不知為何，一次和 A 提起 03 年的 SARS，現在想來彷彿是早有所料一樣。

A 當然是無知的，根本不知道 SARS 是什麼東西，自然也意識不到疫情傳染的危害。這也難怪，他當時還只是十六歲未成年的孩子。而我，已初為人母。

Judy 昨日傳來訊息，新冠肺炎增八例確診全境外移入，創單日新高，臺灣累計六十七人感染。Judy 今日再傳來訊息，新冠肺炎境外移入再暴增十例，六人為旅行團群聚感染。

臺灣，也是防不勝防。一直最不擔心在臺灣的芸，也開始有點擔心起來，畢竟她每日上下課需要搭擠公車。

這樣的日子，要是一家人能在一起，哪怕再艱難，也不怕。怕只怕，要孤軍奮戰。

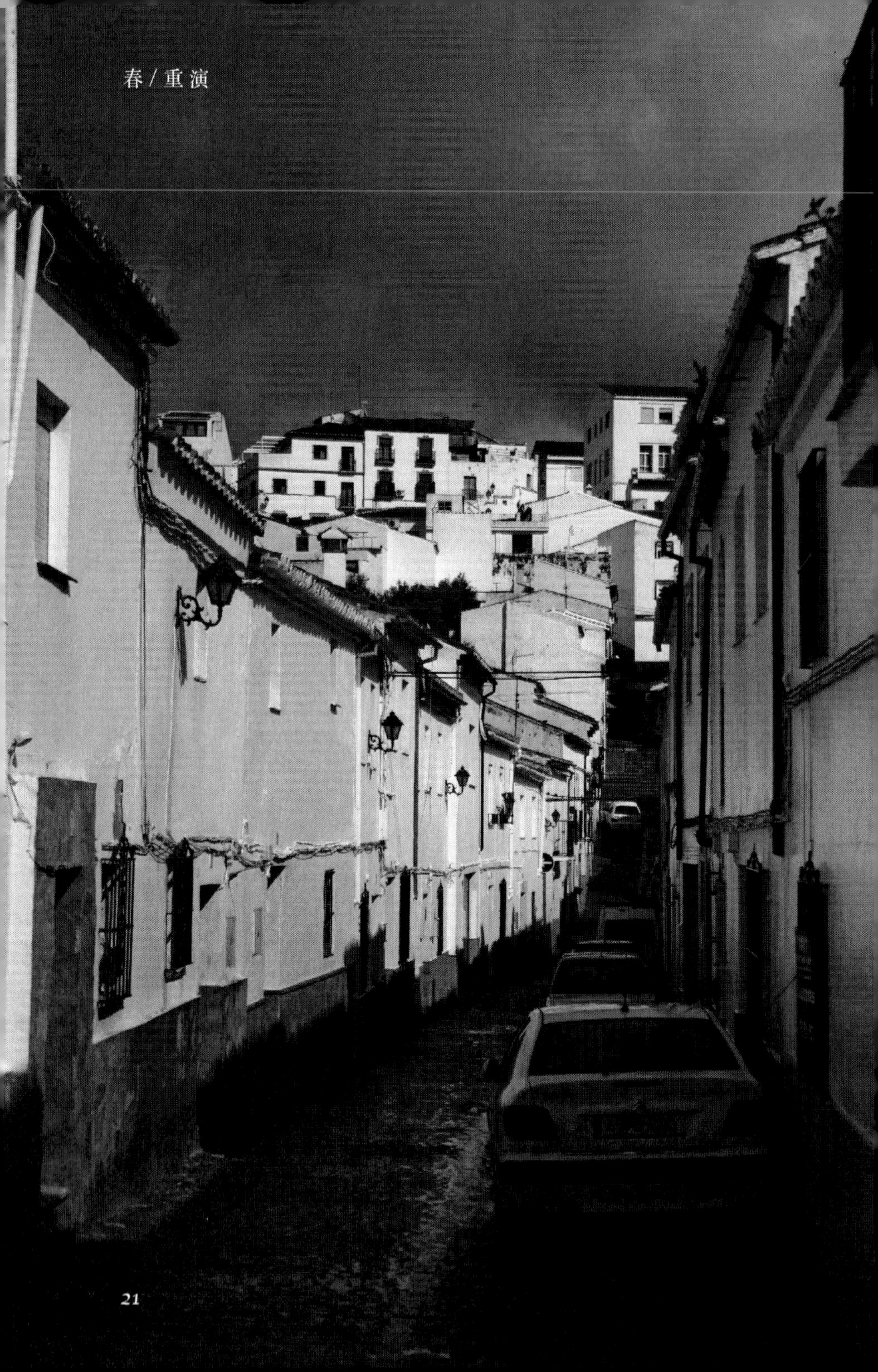

三‧慰 藉

一早起床，第一件事就是推開所有窗戶。

對著窗外刷牙，已多日不見燦爛陽光。抬頭，藍天也不見了，只有灰濛濛的雲層。

樓下 Sant Josep 教堂已關閉多日，沒有披著紫色常服的神父站在門口，與一位位信徒擁吻告別，只有幾隻鴿子和麻雀在屋簷上上跳下竄。對面二樓人家露台的紫藤，彷彿是在一夜之間，開出了一串串掛滿枝頭，傲然怒放的花兒。不遠處五樓的陽台上，一隻黑白灰相間的花貓，蹲在欄杆扶手上，和我一樣四處張望。

煮了一點小米粥，煎了兩片蘿蔔絲薄餅，和 Danika 分食一顆蘋果。

泡過鹽水的蘋果，像是泡過鹽水的鳳梨，雖略帶點鹹，但一口咬下去，是回甘的。今日的蘋果，怎麼吃起來特別香甜，

往日裡，買了一籃子水果，蘋果總是最不屑去吃的。但現在，能吃上半顆蘋果，都覺得是太過奢侈的事，剩下十多顆橘子，三顆梨，兩顆石榴，五顆蘋果，要省著吃很久。

這時，正是教育孩子省吃儉用的好時候。

上週六，首相正式宣布，全民無特殊原因，不許外出隨便走動，除了買菜買藥，上下班，還有遛狗。

週日一早聯絡了中國貨行老闆，怕日後更不方便，趕緊去取回原本讓他幫我預留的一些生活儲備品。有一些米、麵條、米粉、醬油之類的。

貨行已經兩週沒去巴塞羅那進貨，兩週沒有吃過新鮮豆製品，兩週沒有買到中國蔬菜，冰箱裡之前剩下一顆大白菜，一顆捲心菜，幸好能存放較久。昨天加了點香菇紅蘿蔔炒了最後一顆青江菜，Danika 邊吃邊說，媽媽，青菜真好吃。

週日去完貨行後，去了一趟新家，因為怕交通管制，連新家都去不了，新家的花花草草因為上週忙著跑超市，已經一個禮拜沒有澆水。

和 Danika、A 三人在花園裡弄東弄西，每次到合歡暖暖，總有做不完的事。除草、修剪、打掃、澆水，也會停下來燒一壺咖啡，小歇之後，又開始各自忙碌。不知不覺，當頭照的太陽又在西邊西下，花兒也合上了花瓣。

山上微風徐徐，蟲鳴鳥叫。輕嗅著芬芳，呼吸著芬多精。

關於疫情，暫且忘得一乾二淨。

一邊吃著菜泡飯，一邊看馬德里養老院的新聞，淚水夾著米飯一併吞進了肚子。

好幾次，在超市裡呆呆地望著空蕩蕩的貨架。好幾次，看到人們驚慌卻又無知的匆忙腳步，淚水幾度要湧出眼眶。那種站在人群中的無助感，是從來沒有過的。

然而，當看到這些老人院的老人們，眼睜睜地望著身旁的同伴各個在病痛中離去時，我的淚水再也忍不住流了下來。

三月十五日，禁足第一天，紫的生日。這樣的生日，真是今生難忘吧。

Alicante 的紫、Zaragoza 的表妹、Madrid 的表妹，我們這些分布在西班牙天南地北的姐妹們，平日裡忙都很少聯絡，這次西班牙疫情爆發後，彼此成了在他國的慰藉。

我在群裡祝紫生日快樂。

外面有幾個毛孩在瞎叫，家裡正在吃飯。我問 Danika，他們在叫什麼。

Danika 說，他們在叫，我無聊。

無聊，隔離的日子才剛開始呢。

姑媽 Carme 在家人群裡，發了他們做麵包的照片，還有奶奶戴著 Danika 送給 Emma 巫婆帽的照片。

奶奶上週日被送到 Salelles 的姑媽家，以確保她的安全。奶奶九十六歲高齡，原本家就住在 Manresa 最大醫院 Sant Joan de Deu 的旁邊，醫院昨日又新增十名確診病例。

西班牙家人群裡，這幾天也開始異常熱鬧起來。各類搞笑視頻，大人孩子在家無聊找事做的照片，這跟一個多月前中國的朋友圈，沒啥兩樣。

2020.03.18 Igualada 小鎮有超過 70 名醫護人員被確診感染。

2020.03.18 西班牙衛生部官方公布，新冠病毒感染人數已達至少 13716 人，558 人死亡，比昨日新增 2538 例，增長速度18%。

夜幕剛降臨，歌舞已升起。

街上一群年輕人，開著超 high 音樂，一邊高歌一邊起舞。我正好在露台澆水，心想這時警察都哪裡去了，抬頭一看對面人家露台的一男一女也在歡呼跳躍，還大喊 come on come on。

我立即放下水壺，走進屋內，啪的一聲，關上門窗，放下窗簾。而另一邊，是每晚八點民眾自發為在一線的醫護人員鼓掌。

國難當頭，真是考驗人的道德良知。

四・口罩

來西班牙，已整整快四年。

除去接送孩子，上街上超市，運動，週末外出，假期回國，旅行之外，如果要算起來，不知道有多少小時是待在家裡的。就連 A 在這所公寓住了十年，在家的時間也遠不及我。

所以，疫情宅家，對我來說沒什麼，就是日常。

宅家的四年，你會問，無聊嗎。

說真的，我覺得這四年是我過得最充實也最踏實的四年。原來一個家，真的有太多事需要操心，原來一個家，真的有做不完的事。這四年來，我終於明白，曾經時常被我嘮叨的母親，為何起早貪黑地忙碌，總閒不下來。

一早打開微信，顏顏給我留了訊息。

yaya，可以把妳的地址給我嗎。我們還是決定寄口罩給妳，巴塞機場現貨不明確貨源，我們不敢買。我們這邊藥店買的口

罩，都是湖北這邊用的，希望能順順利利地到妳那，我們的一點心意希望妳能接受。

一月，武漢疫情爆發，我突然想到顏顏，顏顏不是在武漢嗎。

顏顏，大家都平安無事吧。

平安無事呢，謝謝親愛的關心。我也一直沒去武漢，就是隔著挺近的，很多武漢的親朋好友都回來了。

我一時鬆了一口氣，忘了顏顏是住在武漢旁邊的一座城市，和先生在武漢讀的大學。

2018 年一月，顏顏和先生來西班牙度蜜月，那是我第一次見她。

16 年我在馬蜂窩發帖結伴去仙本那潛水，有意向的夥伴們一起組了一個群，顏顏也在那個群裡。後來因為 A 的關係，加之各種工作原因，我放棄了去仙本那的行程，白白浪費了之前在亞航上搶的廉價機票，陪 A 去馬麗風島住了幾天。顏顏倒是如約而赴了，而我卻與期待已久的仙本那錯過了至今。

第一次見顏顏，應該是我身體狀態最不好、心情最低落的時候。當時，我因懷孕四個月宮內感染流產還不到兩個月。

為了散心，我定了一月獨自一人去大加納利島的行程，並在朋友圈發布收集三毛書籍的訊息。

顏顏看到後，立即留言給我。yaya，一月我會到西班牙，到

時給妳帶三毛的書。

顏顏的訊息，讓人心裡又暖又感動，但卻一時不知要如何回覆。她與家人的這份心意，我自然是心領了，但口罩，他們也身處重災區，目前也是急需的時候，我怎忍心收下他們這麼大老遠寄來的珍貴東西。

前天看到馬德里 Barajas 機場徵用了總計 13000 個通過私人包裹郵寄口罩的新聞，立即轉發給正預備給我寄口罩的阿望。

阿望在上週六發來訊息，問候我與家人狀況，並囑咐我與家人出門要注意安全，一定要戴上口罩。

阿望與太太鑫芳都是我中專學服裝設計的同班同學，鑫芳是我的室友，睡我對面，他們不僅是同學更是兄弟姐妹。他倆在學校裡相戀，畢業後因種種分開，之後各自成家有了小孩。

但緣分一定是未盡吧，兜兜轉轉二十年，最終他們又走在了一起。

上一次見阿望和鑫芳，是前年暑期回中國。當時他們得知我與家人在杭州，便叫上另外幾位同學，邀請我與家人一同共進晚餐。九四服裝班的這些同學們，真是情深意重，這也不難想像，回想當年畢業時各個抱頭痛哭，難捨難分的模樣，便知這份情誼定是一生一世的。

阿望得知我們購買不到口罩，即便在我婉言謝絕後，還是堅持要給我寄口罩。

他說，我們也非常關心國外的疫情狀況，畢竟這是人類共同遇見，並且會相互傳染的高危疾病。現在國內口罩已經很好買了，不是緊缺物質，我們中國現在還要開始支援世界。妳是我們班裡唯一一個在海外的同學，必須得到九四服裝班全體同學的關懷。

在家裡待了兩天的 A，一早為了生計還是被迫出門。

經過三天的冷戰，他終於肯乖乖戴上口罩了，家裡除了三個護士給的一次性醫用口罩之外，還有兩盒他之前工作時用的工業口罩。也不知工業口罩有沒有用，但都這時候了，戴總比什麼都沒有好。

週一，A 同他父親還有一位房地產老總在 Badalona 辦公室開會，一早出門前我交代他要戴上口罩，還拿了兩個讓他轉交給公公婆婆。

三小時後 A 開完會回來，一到家便是立即洗手洗澡。待他洗完澡從浴室出來時，我問他，戴口罩了嗎。他笑著點點頭說，戴了，戴了，我出門的時候都戴了，就是開會的時候沒戴。

我一聽傻了眼，當場斥責他，為什麼開會不戴口罩，就是密閉空間才不安全。

他摸了摸頭，一副難以啓齒的樣子。不用說，我心裡也猜到，一定是礙於面子。我只好給他下最後通牒，如果出門再不戴口罩的話，那就只能請他去他父母親家住了。

今日，天空終於放晴。

有了陽光，就有了希望。只要大家齊心協力，相信一定沒有過不去的檻。

五・滋養

　　我一直認為，食物跟做的人的心情有著很大關係。一頓美味可口的飯菜，一碗鮮美多汁的餃子，一個豐富營養的三明治，一塊奶香十足的蛋糕，一片精緻酥脆的餅乾，都可以從中感受到做的人那份細緻與愉悅。

　　烘培曾經在我眼裡，是遙不可及的手藝。誰說家庭主婦生活很無趣，那一次次在嘗試烘培中，經驗所得，還有一次次守候在烤箱旁期待與成功的喜悅，都是收穫。

　　但為何，這時大家都閒著在家倒騰各種麵食，琢磨各種烘培時，我卻絲毫提不起一點做的興致。

　　FB 的 messenger 有 Elisa 打來的未接來電，上次見她，是去年十一月。我們在市中心停車場偶遇，她與先生帶著出生未滿兩個月的寶寶購物完正準備回家。

　　望著車內嬰兒座椅中寶寶熟睡的可愛模樣，再看到一旁

Elisa 對著孩子那充滿母愛與幸福的眼神。我唯一想做的，就是給她一個大大緊緊的擁抱。

那是 Elisa 生產完我第一次見到她，我的腦海裡，依舊停留在去年五月我和她還有 Danika 一起去 Talamanca 村莊時，她懷著身孕的模樣。那日，我給她拍了許多照片，鏡頭中的她，輕撫著隆起的小腹，臉上洋溢著喜悅，那是一個女人最美麗最動人的時刻。

之後暑期，我回國三個月，待我回西班牙時，Elisa 因為孕晚期導致嚴重靜脈曲張，須臥床靜養。本還想與她見面，趕在生產前再摸一摸她那雄偉的肚子，然而過不久，便收到了她懷抱小天使的照片。

為了得到這個孩子，她足足努力了四年。

這個時候，Elisa 打電話來，一定是因為疫情，問候我與家人。我給她回了訊息，親愛的，妳好嗎？寶寶和家人都好嗎。

Elisa 傳來 Miren 寶寶的近照，並告知她與家人都安好。她說，親愛的，我好想妳。過去的這幾個月，對我來說真的好忙碌也好辛苦，但它是美麗的，我很幸福能成為 Miren 的母親。

一晃又快一年過去了，雖與 Elisa 只在停車場匆匆見了一面，但這並不代表我們的友情淡薄了。真正的友情，應該不是用走得多近乎來衡量的。

真正的友情，是在最幸福的時刻，對方心裡有妳。真正的

友情，是在最危難的時刻，對方的心裡也有妳。

熱鍋冷油爆香薑片，加排骨翻炒後，再加入泡過清水清洗乾淨的黃魚鯗，只淋上些許黃酒，蓋上鍋蓋，便已香氣四溢。這道菜，是娘家外婆家的家常菜，溫州人也做為產婦月子裡的膳食。那年生 Danika 在母親家坐月子，母親隔三差五地給我做。她說，多吃點黃魚鯗，多點奶水。

冰箱冷凍櫃的底層，還珍藏著 17 年父母親來西班牙時給我帶的一包黃魚鯗，一包墨魚乾，一包蟶子乾，一袋蝦皮。那次來，他們兩大兩小行李箱，滿滿兩大箱是給我帶的乾貨和土特產。

除了這幾包海產乾貨，還有黑木耳、白木耳、梅乾菜，我都居然放了三年。當然，不是我真的忘了吃，而是真捨不得吃，你看這會，它們還真成了救世菩薩。別小看這黃魚鯗燒肉，只要一小塊，再拌一點點湯汁，便可以下一整碗飯。

看到不少臺灣朋友發家樂福、Costco 等大型超市，民眾搶購衛生紙與食品的照片。一個禮拜前，臺灣從一月疫情爆發到三月確診人數 50 例，短短一週就已破百，絕大部分是境外輸入。

想想臺灣即便是全民都戴上口罩，民眾還是難掩恐慌。回想上週西班牙的各大超市，除了恐慌，還有不戴口罩的擁擠民眾。

A 從新家打來電話，跟我確認要從新家取回的一些東西。因為上週儲備的生活物資都存放在新家，城裡公寓已沒有多餘

的儲備空間。昨天家裡醬油用完了，需要補給。

A 說，新家開了好多花。

是啊，上週末去合歡暖暖的時候，開出了好幾朵粉色、黃色的鬱金香。Danika 第一時間看到，歡喜得不得了，大喊，媽媽，媽媽，鬱金香開了。隨後跑進廚房，硬是要拉著正在忙碌的我去看花。

原本想說，接下去的這些日子，每日去趟合歡暖暖看看花，弄弄草，也能苦中作樂。而如今，連要去新家都難了，我只能請 A 多拍幾張照片。

3 月 18 日起，只允許司機一個人駕駛汽車，如發現有其他乘客將處以最高 1000 歐元的罰款，除乘客為殘疾人，老年人，未成年及其他合法證明可以乘坐的人群。我這個一直拿國際駕照矇騙過關的人，怎敢這個時候還單獨冒險驅車。

好想去合歡暖暖看鬱金香。三月，不就該坐在院前賞花吟詩，不負春光嗎？

今日，可比鳥兒起地還早。打開窗時，晨霧瀰漫還聽不見一聲鳥叫。

七點，樓下肉鋪的空調室外機開始運轉，躲在杉樹中的鴿子一隻隻展翅而去，麻雀也開始嘰嘰喳喳鬧騰起來。

已多日未下樓，聽說超市藥店開始限制人流，一出一進，排隊時必須保持人與人 1.5 米的安全距離，工作人員也都佩戴了

口罩和手套，顧客進店也會發一雙手套。

不知 Eva 的肉鋪是不是也同樣做了這些防護，危險時刻，這些個體商戶還堅持開店，提供人們日常所需實屬不易。每一位此時此刻，堅守在各個崗位的人，都值得敬畏，沒有他們就沒有我們此刻在家的安逸。

肉鋪裡，又飄來 Eva 烹煮料理的陣陣香氣。這香氣，整整陪伴了我四年。這片土地，也整整滋養了我四年。

閉上雙目，雙手合十。為第三故鄉，默默地祈禱。

六・牽動

西班牙疫情實時更新上的數字，是什麼時候開始，從 2 變成了 20，又從 20 變成了 200，2000，而今又再多了一個零，變成了 20000。

20000 啊，你真的對這些日益增長的數字，麻木了嗎？

不，沒有麻木。

那些一個個僵硬的阿拉伯數字，是一個個活生生的生命啊。哪怕是一個個死亡人數的數字，也是一具具冰冷的屍體。而這些數字的背後，又是多少個慘遭不幸的家庭，多少個絕望破碎的家庭。

這場全人類的瘟疫，是殘酷的。

新浪新型冠狀病毒實時動態，從一月中國疫情爆發起，便開始每日密切關注。現在，國內的數字基本上一掃而過就夠了，因為看到的絕大多數是零。但那些零，不是感染人數尾數零，

那是零感染。

幾時起，西班牙感染人數，從倒數幾名排到了世界除中國之外的前十名，又從前十名排到了前五，前三。昨日，西班牙還排在伊朗之後，而今日，已超過了伊朗，成為全世界除中國，義大利之外感染人數最多的國家。

是幸還是不幸，西班牙，又成了全世界關注的焦點。

看到晨起的鴿子，心裡暗自在想，早起的鳥兒有蟲吃，牠們定是去覓食了吧。

下午，實時動態裡一條訊息。西班牙遭受疫情，連同鴿子也難倖免，因為封城，所有餐廳酒吧關閉，沒有人餵養這些鴿子，餓急了的牠們只好被迫上街追著人們討要食物。

Robert，這個總被 Judy 認為是天蠍剋星的雙魚男，今天生日。

Robert 是我在臺灣的前男友，因分手時也算鬧得沸沸揚揚，與其斷絕了所有聯絡。但多年後，又在 17 年我流產時莫名地聯絡上了。

十多年過去了，再多的怨恨也早就煙消雲散。與其記得當初他留給我的傷痛，還不如多記得與他在一起時，他對我的好。他的確也是疼過我的，不是嗎？

Robert 在二月時，在 FB 上給我發來訊息。最近還好嗎，大陸的家人也都好嗎。

　　我是隔了一個多禮拜才看到，因為平時 FB 用的不多。我回覆他，家人都平安無事，但歐洲疫情持續蔓延。之後一想，雖然臺灣疫情雖不嚴重，但 Robert 前些年因家中變故，改做了旅遊，便又問他，你的工作有受到影響嗎。

　　他回覆，工作都停擺了，過去太依賴大陸遊客，所以這次臺灣的旅遊業政治加疫情真的很慘。他說，正因為看到義大利疫情大爆發，偶見排華現象，才說關心一下妳的近況。妳與家人一切無恙就好，加油。

　　Robert 在上週六，又傳來訊息。看新聞，加泰羅尼亞幾個小鎮開始封鎖了。是啊，在幾番隔空一來一去的對話中，疫情也不知不覺悄悄地蔓延開了。

　　我把大致的疫情和我的狀況告知 Robert 後，他對我說，辛苦了。

　　FB 上看到 Robtert 生日提示訊息。

　　曾經那些愛得深切熱烈的男人們，他們的生日遠比自己的生日來得重要。但何時起，記憶中他們的模樣變得模糊不清，他們的名字幾近遺忘，更何況生日，就連同 Mark 也不例外。

　　Mark，我的另外一個雙魚剋星，Danika 的親生父親。3 月 19 日，依稀記得是他的生日，後來，從電腦硬盤裡翻出他的護照影本，一看，生日已過了十天。

　　人能夠記得的，真的也就那麼多。再多的，也只能沉入大

海。我給 Robert 發了一條訊息，祝他生日快樂。

八點，正在用晚餐，窗外準時響起了為醫護人員的鼓掌聲。孩子無知，說了一聲，又來了。我和 A 放下碗筷，也加入鼓掌的行列。

晚餐，每人小半碗小米粥，一盤紅蘿蔔大蒜炒西蘭花，還有八隻紅燒雞中翅，我只吃了一隻。A 似乎也明白了些，往日總愛跟 Danika 兩人搶奪雞翅的，今天吃完了兩隻，便不再夾了。

我說，你不是最愛吃雞翅嗎？A 回答，妳和 Danika 多吃點。

我說，沒關係，你再吃兩隻，我晚餐少吃點肉，吃多了胃不舒服。

2020.03.20 國民警衛隊又一名憲兵因病毒去世，年僅 38 歲，去世前一直在家隔離，今早病情惡化入院不久後去世。

還有人，敢說它只是普通流感？還有人，敢說年輕人不易感染？還有人，敢輕視病毒的存在嗎？。

17 年父母親來西班牙時，參加了巴塞羅那一家旅行社南法環線的旅行團。旅行團從巴塞羅那出發，乘坐巴士，途徑法國、德國、義大利、摩納哥，最後再返回巴塞羅那。

那次南法線中，父母親結交了同團幾位來自國內的朋友，一位來自瀋陽在萬象開東北餃子館的大姐，另一位來自北京去德國探望留學女兒的大姐，還有一位來自湖北武漢帶女兒暑假出遊的媽媽，他們幾個在短短的五日環線遊中，結下了深厚的

情感。

記得那日去巴塞羅那米拉之家接父母親回家時，大伙一一擁抱告別，還拉上我一同合影留念，約好了，下次還要在西班牙相見。

旅行是很容易結下許多情緣的，但真正能夠維繫長久的，也不多見。母親南法線的這個群，雖說過去了快三年，但每逢大小節日，大家都還是會相互問候彼此祝福。

武漢疫情，也牽動了南法線這個群。

大家紛紛關心慰問武漢封城後，被關在家裡的格格一家，並為他們一家人加油打氣。母親特別喜歡格格，總誇格格是個聰明伶俐、乖巧懂事的小女孩，我也見過一面，很討人喜歡。要不是上次老撾回來要趕著回溫州接臺灣來的芸，母親一定想趁在武漢轉機的機會，去看望格格一家。

格格一家，一日兩餐，中午一人一碗熱乾麵，晚餐才能吃上一點蔬菜，春節前準備好過年的食物，就這樣能省則省，為了躲避疫情，足足撐了一個多月不曾跨出大門一步。

這樣的日子，誰能想像，是發生在當今這樣的年代。眼下，還能維持正常一日三餐的我們，但這漫無期限的疫情，會不會這裡也會也成為第二個武漢？

七 · 囤糧

廚房做明早吃的貝果和晚餐，Danika 突然跑過來說，媽媽，我頭有點疼。

我一下心跳到了嗓子眼，立即丟掉鍋鏟，去摸她的額頭。這是燙嗎，再摸一摸自己的額頭，好像差不多，這才鬆了一口氣。

是電視看太久了，剛才在喊 Danika，可以關電視，過一會就吃晚飯了。A 在房間開視訊會議，聽到後，立即走出來問 Danika 還有沒有其他地方不舒服。Danika 摸了摸腦袋說，就是頭疼。我讓 A 扶 Danika 回房間，讓她先躺床上休息一會。

關了屋內頂燈，只留了一盞微弱的夜燈，又去打開窗讓新鮮空氣流通，心裡還是有點不放心，去抽屜裡翻出體溫計，讓 A 幫 Danika 量體溫。

腋下體溫 35.4 度，低溫，不正常啊，又測了下自己的腋下，

35.1 度，也是低溫，那應該是體溫計有 1 度的誤差，我倆體溫差不多，應該可以確定她沒發燒。

A 坐在 Danika 床邊，一邊給她讀故事，一邊用手輕撫她的額頭，來緩解她的不適，我繼續回廚房做飯。

晚餐一日日地變得更加簡單，今天只有一道番茄炒蛋，用了三顆雞蛋，還有冰箱裡僅剩的兩顆番茄，另外早餐剩下的三個紅棗黑糖發糕，剛好一人一個。

用三個小碗分了鍋裡炒好的番茄炒蛋，想想現在用筷子共夾一盤菜不放心，還是一人一份比較衛生，三人分了分，一人不到小半碗。

Danika 也起來和我們一起吃飯，但精神不是很好。

往日每次開飯她定是先跑去開冰箱找喝的，這是她來西班牙後養成的當地人飲食習慣。大部份時候我都會制止讓她喝水，但若是週末或是節日，我也會給她一些蘋果汁或是牛奶。

有時也不能對孩子太過苛刻，想起年輕時除了早餐，每頓飯都是要喝可樂的自己，相比之下，Danika 已經乖多了。

我問 Danika，想喝點豆漿嗎。她搖搖頭，說不要。那牛奶呢，還是搖搖頭，最後發糕她也沒吃，就吃完了碗裡的番茄炒蛋。

我讓 Danika 去沙發稍坐會兒，不要吃完就立即躺下，A 也幾口吃完便起身去陪 Danika。待沒多久我吃完時，Danika 已靠

著沙發昏昏欲睡，我走過去輕輕地搖了搖她，讓她回床上睡，正當她起身放下蓋的毛毯時，A 看到沙發上那兩副中午我拿給 Danika 戴的墨鏡。

今日中午太陽好，A 和 Danika 坐在露台曬太陽，因為陽光刺眼 Danika 進來房間找墨鏡，一時半會我忘記把她墨鏡放去哪，便拿了兩副平日我不戴的墨鏡給她。她很喜歡那兩副墨鏡，一副紅色，一副豹紋，後來進屋後還不捨得摘下，戴在頭上裝酷。

A 這會腦子轉得比我快，看到那兩副墨鏡，立即問 Danika，妳是不是戴著墨鏡看電視了，Danika 點了點頭。

難怪，一定是戴墨鏡看電視看暈了，A 說。Danika 一臉無辜，又沒人跟我說不能戴墨鏡看電視。我搖了搖頭無語，妳以為這是 3D 電影院嗎，帶孩子，真是一刻都不省心。

摸著 Danika 的額頭，懷裡緊緊抱著小熊的她終於漸漸睡著了。我和 A 也總算心安了一些，一個坐下來寫日記，一個坐下來做音樂。今晚虛驚一場，有點魂飛魄散，老天保佑，希望明日一覺醒來的 Danika 能夠安好無恙。

這個時候，可是誰都不可以出一點差錯。

臨睡前，躺在床上。A 問我，妳說為何西班牙這麼多人感染。

這個問題，你來問我，我倒是要反問你，為何西班牙這麼多人感染。你問我一個外國人，怎麼不去問問你們的國民，問

問你們的國家？

是誰，一個月前還在反駁我，我說這個病毒真的很危險，你卻笑呵呵地說，沒事，它就像是流感。

我只好回，流感有疫苗，coronavirus 的疫苗還在娘胎，還沒問世。

一個月過去了，中國軍隊終於成功研發出重組新冠疫苗，展開臨床試驗。可當下的疫情，不等人。

早在二月底，甌玲姐便打電話來。

她說，yaya，大家都開始囤糧了，妳開始囤了嗎，我今天去買了六公斤的牛肉回來冰凍。

囤糧，雖中國疫情爆發時，看過大家超市瘋狂搶米的視頻，也算見識過，但真的事到臨頭時，心裡彷彿一點準備都沒有。

我說，囤糧，我要囤什麼。

甌玲姐說，現在巴塞羅那大家都在搶大米，妳多囤些大米，買些肉類冷凍，再買一些罐頭乾糧之類能存放比較久的。

罐頭，我們家很少吃罐頭食品。醃橄欖、吞拿魚、鷹嘴豆之類的，每次去超市看老外都是好幾罐好幾罐往購物車搬，我一年大概買不會超過三次。

冷凍，我們家冷凍庫從來沒有冰凍過肉製品。三層冷凍櫃，第一層偶爾會放一兩盒冰淇淋，因為我們家有兩個饞嘴的小孩，一個 Danika，一個 A。第二層冷凍櫃，會放一些平日裡多做的

餃子和餛飩，有兩盒湯圓一盒芝麻一盒花生，是常年都會備著的，吃完一盒補一盒，還有一包冷凍毛豆莢，因為西班牙買不到新鮮的毛豆。第三層冷凍櫃，是之前說的父母親給我帶的海產乾貨，是壓箱底寶貝。

至於排行榜第一的搶手大米，我也是很尷尬。我們家現在很少吃米，一禮拜大概吃個一兩回，一餐飯最多不能煮超過 120 克的大米，煮好一小碗正好三人分，多一點都會浪費。

記得當初剛來西班牙時，第一急著要買的就是電飯鍋，現在一小碗米飯黏鍋底都不夠，全部改用鍋子蒸，電飯鍋擺在一旁礙眼，丟又不是留著又占空間還積灰塵。

那些一大袋一大袋扛回去的大米，是要預備吃多久啊。一公斤裝的大米，我們家得吃上一個月才能吃完。

囤米，我沒必要啊。

2020 年 3 月 21 日，網絡上流傳一條馬德里醫生呼救的音頻，馬德里醫療系統崩潰，呼吸機嚴重不足，更不用說口罩與防護服。馬德里各大醫院人滿為患，醫生不得不開始選擇性救治，他們必須殘忍地拔掉 65 歲以上一些重患的呼吸機，而把生的機會留給更年輕的人。

而現在即便是囤了足夠的大米，足夠的罐頭，足夠的肉製品，包括足夠使用一年的廚房紙和衛生紙，你還能心安理得地坐在家裡、吃喝拉撒，事不關己嗎？

八・突來

當 Danika 可以啃下一整顆蘋果，坐在沙發和 A 兩個人玩彈珠跳棋玩得呵呵大笑時。我已癱在床上，手腳發麻，四肢無力，如大病了一場。

寶貝，還記得去年春節我們一起去洛杉磯嗎？我們在蘇黎世轉機，在機場買各色 Lindt 軟心巧克力球來吃。我們飛入冰天雪地的北極圈，經格陵蘭島上空，穿越大西洋，飛行一萬多公里，漂洋過海終於抵達洛杉磯。

一路上，Danika 無比興奮，我也滿懷欣喜，因為那是我們第一次踏上美國的土地。然而，到美國才兩天，還在閨密家倒時差，都還沒來得及出門看花花世界，Danika 便開始發燒，我臉部嚴重過敏。

因為一時家裡找不到體溫計，J 開車帶著我去住家附近的藥局買耳溫槍，順便買一些退燒藥以備不時之需。

因為 J 和我兩人的英文都還沒到能看懂藥品的程度，我們只能用 google 圖片翻譯器來翻譯，可是翻譯器翻譯的也是不清不楚，一看藥局裡設有私人看診，正好一名穿著白大褂的華人女性站在門口，便冒昧上前去詢問。

對方很熱心，仔細詢問了 Danika 的一些身體狀況後，給出了建議還列了一些需要備用的藥品名稱。按照醫生給的藥名找到了藥，也買到了耳溫槍，心裡總算放下了一塊石頭，立即和 J 開車趕回家照顧病殃殃的 Danika。

在床上昏昏沉沉睡了兩天後，Danika 終於精神有所好轉，能下樓走動，也能正常吃一些食物。我的臉部過敏也緩解了些，幾天陰雨過後，加州的燦爛陽光也終於露了臉。

這下，總算可以帶上孩子們去迪斯尼玩了。

2020 年 3 月 17 日，微信訂閱號裡一條推送引人注目，平日，很少看訂閱號的我，一看到這個標題，迫不及待地點進去。

疫情肆虐，就連格陵蘭島也失守。

寶貝，還記得去年暑假我們和外婆外公一起去琅勃拉邦嗎？不用說，妳一定記得。

熱帶雨林中千姿百態的花草，湄公河胖騎行拂過的清風，泳池中妳與外公不停地歡笑嬉戲，晨曦中僧人一個個赤足而過的布施，妳總會時常提起。妳時常會問，媽媽，妳還記得嗎。想必這對妳而言，一定是一段美好的回憶，美好的還有前一年

的泰國。

也許是旅途奔波，加上環境氣候差異，再加之亢奮導致睡眠不足，身體總容易出些異樣。在抵達琅勃拉邦後的第三天，Danika 出現全身性過敏，手腳大腿還起了一顆顆膿腫水泡，隨之而來的還有高燒。

那晚在突來的傾盆大雨中，我們坐在湄公河畔一家餐廳用餐，Danika 靠在椅子上，食慾不振，已咽不下特意為她點的米粉湯。見她這樣，我們一家人也沒什麼食慾，匆匆忙忙吃了幾口，便詢問店員附近是否有可以看診的地方。

旅途中生病真的是讓人揪心，特別是在國外，但說來也算是運氣，要不是那晚正巧在那家餐廳用餐，要不是店員的熱心推薦，Danika 也就不會那麼幸運地遇到兒科診所一家，還有診所隔壁開服飾店幫我們翻譯，來自中國上海的好心人莉莉。

這是當地很有名的一家兒科診所，位在琅勃拉邦的主街上，距離香通寺不遠。看診的老奶奶一家，先生在裡屋看診，兒子在中國留過學會英文也會點中文，在櫃台負責接待記錄病歷，老奶奶則負責配藥收款，一家人一天只在晚上六至七點開放看診，診所裡外坐滿了等候看診的大人小孩。

老奶奶給 Danika 配了三天的藥，有退燒、過敏，治療喉嚨嚴重紅腫的藥，還抓了一大把維他命 C 含片給她，囑咐我們三天後若沒有緩解再回來復診。

又是在酒店床上躺了兩天，可憐的 Danika 喉嚨疼到根本無法吞咽，沒有辦法，只好請酒店廚房，特意為我們煮了一些白米粥，一點一點地餵她，可每咽一口，Danika 都會疼得淚流滿面，看著真叫人心疼。

後來 Danika 一直稱診所老奶奶為神奇老奶奶，因為神奇老奶奶抓的藥，Danika 終於燒退了，過敏也好了，喉嚨的水腫也漸漸消了。

我在 Danika 好轉後，帶著她一早去布施，那日遇見了神奇老奶奶。老奶奶從布施的竹筒中抓了一把糯米飯給我們一家人嘗，還把僧人們布施給她，帶回診所分給孩子們的糖果餅乾分給了 Danika，那張我們一家與老奶奶在清晨布施中的合影，記下了這趟旅行中最珍貴的一刻。

兩天前還弱不禁風的 Danika 終於生龍活虎了，生龍活虎的時候，我和我父母三人，都不是她的對手。至於那趟旅途中的我，還不及七老八十的父母親，Danika 剛恢復，我又長了病毒皰疹。我知道，那是免疫力下降的信號。

但幸好，又是神奇老奶奶的藥治癒了我的皰疹，可是帶著一家老小出遊，我的體力還是不經負荷，在旅行結束最後一天從昆明返回溫州，坐上溫州發往麗水的高鐵上，得了急性蕁麻疹。

可自從琅勃拉邦回來至今身體都好好的 Danika，怎麼就在

這個時候說病就病了呢？

　　38.7度，38.7度，拿著體溫計的手不停顫抖，但明明一目瞭然的數字，還是懷疑自己的眼睛，一遍又一遍重複地量 Danika 左腋下與右腋下的體溫。

　　最怕的，還是來了。

九‧求助

雖然兩個女兒，從小到大，生病再所難免，做了兩回母親，多少有一些日常小兒生病的經驗與知識，可真當孩子一生病時，還是會如熱鍋上的螞蟻，手忙腳亂。

這也許就是做為一個媽媽，該品的五味雜陳、該修的人生功課吧。

母親打視訊電話來時，我正好在做午餐，燉了點蘿蔔排骨湯，蒸了一碗米飯。早上 Danika 一覺醒來，說頭不痛了，看來真的是戴墨鏡看電視看的。Danika 有點怕，上午和 A 去露台曬太陽，連墨鏡都不敢戴了，我對她說，只要你不把它當 3D 眼鏡，在太陽底下戴是沒問題的。

盛好米飯，正預備掛了視訊準備開飯時，Danika 又說，我頭又有點疼了。

母親在視訊那頭聽到一直喊，Danika，妳怎麼了，妳怎麼

了。我放下手中的活，立即走去沙發扶 Danika 回房，並安撫她，沒事，先睡會，媽媽幫妳留著飯菜，一會醒了舒服些再吃。

Danika 睡了，我和 A 坐下來吃飯，我讓母親也先去睡。我說，Danika 一會就沒事了，你們也早點休息，別太擔心。

上週五趕在接停課的 Danika 回家之前，去了一趟 Ametller 蔬果店，前些天嘗試用臺灣蔥油餅的做法做了蘿蔔絲餅，好吃得不得了，便多買了些蘿蔔回來，想說接下去在家，可以一家人一起做蘿蔔絲餅來吃。

蘿蔔絲餅，當初的想法絕對是錯誤的，煎製的食物油膩且容易上火，要是平常吃也無妨，但這個時候最怕的就是上火咽喉出問題，所以買來的一大袋蘿蔔，想了想又沒做，一看冷藏櫃裡還有一盒新鮮沒有冷凍的排骨，明天就要過期了，趕緊拿來煮蘿蔔排骨湯。

燉煮好的蘿蔔排骨湯，加了少許鹽和味極鮮調味，從露台剪了一小撮小蔥，洗淨切成小段撒在湯上，平日裡，Danika 很少喝湯，但蘿蔔排骨湯是她的最愛。也許是因為用家鄉帶的蔥頭種的蔥特別香，也或許是因為 Ametller 的蘿蔔特別新鮮甘甜，今日的蘿蔔排骨湯，真是鮮美。

可吃著吃著，越吃越無味，總覺得哪不對勁，便放下碗筷，走去 Danika 的房間。

Danika 已經睡著，我伸手摸了摸她的額頭，這是做母親的

本能反應嗎？記得小時候，我每次說哪裡不舒服的時候，母親也是立即來摸我的額頭，然後再用她的額頭來貼一下我的額頭，看有沒有發燒。

而這次，Danika 是真的發燒了。

怎麼會呢，怎麼會 38.7 度呢。我一邊吞咽著此刻含在嘴裡完全無味的飯菜，一邊對 A 說，握在手中的的碗筷不停地顫抖，而我，還要強忍著內心極度恐慌，把碗裡剩下的米飯吃完。因為此刻，媽媽更需要強大。

早上還在擔心合歡暖暖的花兒們，想著要讓 A 去澆水，後來看天氣預報，說下午會有雨。果真，不到下午三點，豆大的雨滴僻哩啪啦地落在窗外露台的地板上。

我躺在床上，A 幾度走到房門口，停在那弱弱地問我，需要我坐這裡陪妳嗎？需要和我說說話嗎？我都是搖了搖頭。

此刻，窗外除了雨滴聲，整個世界安靜得要死。人都去哪了，彷彿全世界只剩下在這屋裡喘息的三人。我呆呆地望著窗外，一滴滴的雨滴有聲，而一滴滴的淚水，無聲地落下。

每次孩子們發燒生病時，做為外婆的母親，總會和我說起我小時候生病的故事。說的最多的，是我兩三歲與父親分開，同母親住在景寧食品廠工人宿舍時的故事。

那時，母親是食品廠的一名工人，外公是食品廠的廠長，外婆是隔壁鋼鐵廠的司磅員，外公外婆家就住在鋼鐵廠的地磅

房裡。

地磅房外，有一口清泉，是外公從山上引來的，外婆用那口清泉洗菜做飯，外公時常會上山撿柴火，每次兜裡總會揣回給孩子們採的樹莓。我和表哥、表弟、還有一群孩子們成日在地磅下躲迷藏，有時玩累了鑽出來找吃的，每到廚房，總能看到那碗用清泉洗乾淨的樹莓，一群孩子你一顆我一粒地開始搶食。

那是我，記憶中最快樂的時光。

母親說，那時我們住食品廠時，最怕的就是妳夜裡發燒，每次夜裡妳一發燒，我就要抱著妳穿過幾十畝黑漆漆的稻田，經過陰森森的太平間才能到達醫院急診室。三更半夜，太平間外燒冥紙的火盆裡，火星忽明忽暗，妳在懷裡哇哇大哭，妳一哭，我也哭。

我躺在床上，想了一遍又一遍，怎麼就想不明白，Danika 怎麼就在這個時候發燒了。

拿出手機，給麥田圈（朋友圈的名稱）的姐妹們發了一條訊息。此刻，我唯一能想到的就是向姐妹們求助，畢竟她們一個是心理師，一個是護士長，一個是養身師，一個是瑜伽老師，還有一個是舞蹈老師兼虔誠的基督教徒。這時，他們的工作經驗，累積的豐富知識，都會給予我極大的幫助，哪怕是一次誠

心的禱告，我都非常需要。

　　窗外的雨越下越大，時間一分一秒地煎熬，我靜靜地閉上雙眼，默念六字箴言，深呼吸再深呼吸，讓自己慢慢從恐懼中走出，心平氣和地去等待姐妹們的一一回覆。

　　2020 年 3 月 22 日，Danika 突來的發燒，在這疫情的艱難時刻，對我而言，猶如一場晴天霹靂。

　　這一日的切身經歷，相信這一生一世，都不會忘記。倘若哪日老了，如母親般時常在兒女面前絮叨起那些陳年往事。那麼，今日所發生的事。今天，這世界所發生的事，我一定會一遍又一遍地同 Danika 说。

　　但前提是，Danika，妳必須要勇敢地挺過去。

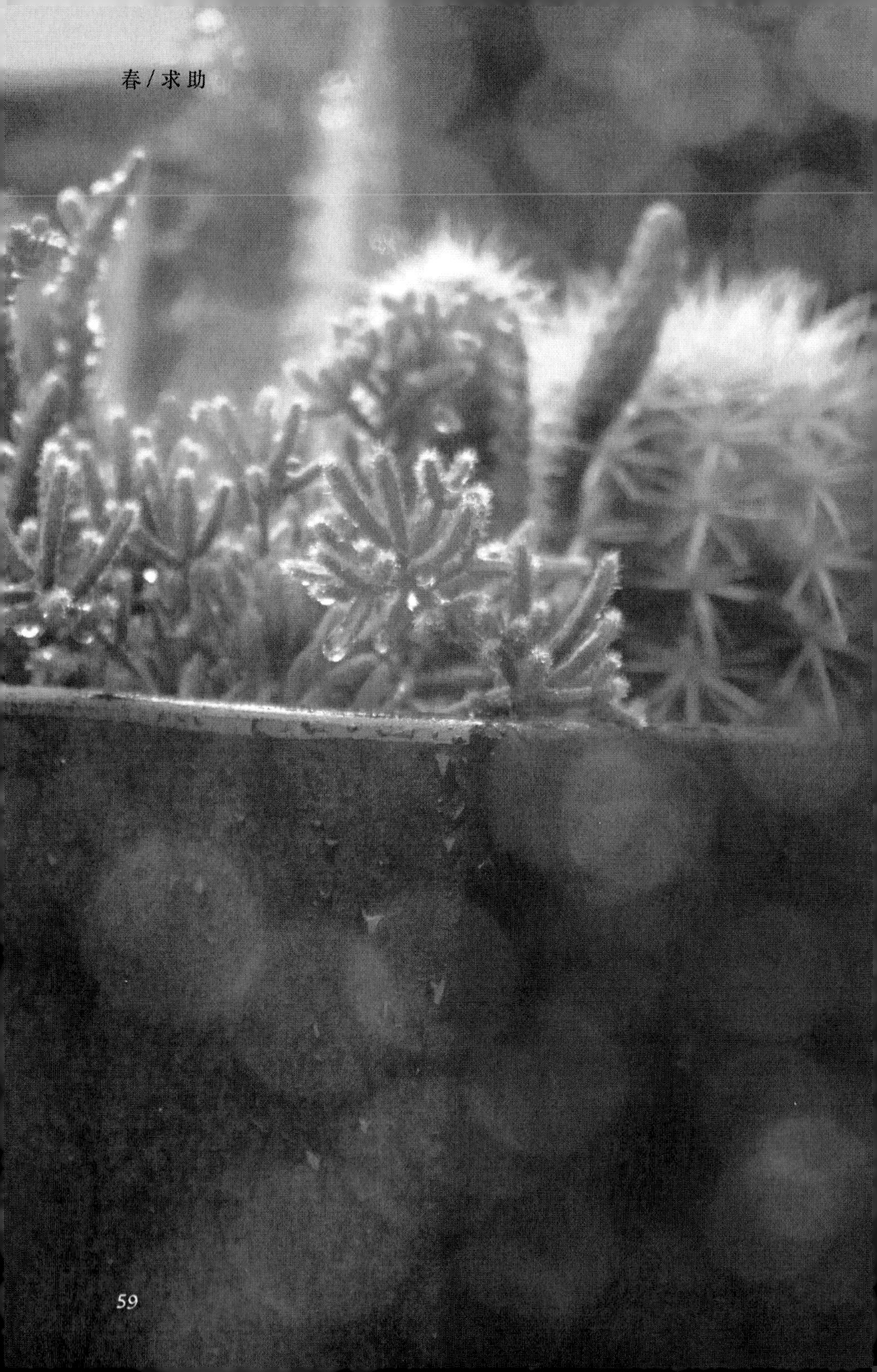

十‧支柱

對於我這個七十年代末出生的獨生之女來說，從小就集父母萬千寵愛於一身，雖然上世紀那個年代的生活條件，已遠遠好過三四十年代戰亂年代，但根本也談不上優越，可父母親總是會想盡辦法，竭盡所能地把最好的留給我。

從小，我就一直很渴望有個弟弟或是妹妹，看著別人有哥哥有姐姐，心裡就特別羨慕。

聽母親說，在生完我的隔年她再度懷孕，那時計畫生育正在推行，但還沒有確定為國策列入憲法，所以並不那麼嚴厲，如果想生也是可以生的。但當時，因為母親與父親工作分隔兩地，她一人帶我已很辛苦，加上生活拮据等，母親雖不忍但還是決定拿掉了，兄弟姐妹也就成了我小小心裡的夢。

長大之後，雖少了兄弟姐妹，十多年漂泊無定的生活卻也結交了不少五湖四海的朋友。有些朋友，漸漸成了姐妹閨密，

有些又成了弟弟兄長。

J從洛杉磯打來語音電話，在西班牙的這些年，每當我遇到難題，每當我陷入困境，每當我生病，每當我低落，每當我無助的時候，只要是她的一通電話，一句留言，都是我堅強的精神支柱。J總是悄悄做事，每逢春節，她都會瞞著我，孝敬我父母。來西班牙四年四個春節，我沒回過一次娘家，母親總說，妳去西班牙幾年，J春節送禮就送了幾年。

與J的二十多年友情，她對我的好，一直如初。她對我的情，遠勝過親姐妹。

J一月一家人從中國飛抵洛杉磯家中過新年，以往只有暑期會停留長達一個多月，春節頂多不會超過二十天。去年帶Danika去洛杉磯玩十多天，我們也是在他們一家到洛杉磯後的第二天到，在他們離開洛杉磯的前一天離開。而這次，他們因疫情被困在洛杉磯整整兩個多月，至今還無法回到中國。

J說，我能理解妳此刻的心情，換作是我也同樣焦急。但親愛的，現在首要的就是幫Danika降體溫，如果沒有超過39度，暫時不要給她使用任何退燒藥物，先給她做物理治療，用溫熱毛巾擦拭身體，用冷毛巾敷額頭。正常冠狀病毒兒童感染的機率比較低，按常理如果有問題，首先會是妳和A，但你們兩個都沒問題，就無需過分擔心，持續觀察體溫，至於西班牙目前關於疑似病例是否需要通報等等，這妳和A商議。

一切都會好的，現在全美國都在做禱告，妳也不妨做做禱告，J又說。

廚房料理台上，一整排A剛從藥箱裡翻找出來的藥。早在三月初Judy就發來訊息，讓我不僅要多囤些食物和日常必需品，還要在家裡備用一些感冒消炎之類的藥物。

記得中國爆發疫情，藥店裡一些常用藥品被搶購一空，還瘋搶什麼雙黃連，一想Judy的話也不無道理，便囑咐A有空去藥房採買一些。但粗心大意的A總是忙一忙工作便忘記，待下班回到家被我問起時，又摸一摸腦袋說忘記。等到13日西班牙下令全國進入緊急狀態，14日起全民在家隔離的時候，一是不敢再讓A冒險上街去藥房，二是想想都待在家了，也不會真那麼倒楣生什麼病，也就作罷了。

倒是自己，自從上個月做完胃鏡回來之後，總覺得喉嚨癢癢不舒服，便去中國貨行的時候，要了一瓶京都念慈庵川貝枇杷膏，小心謹慎地每天記得喝一匙，生怕喉嚨有什麼不適。

這會，還真怕家裡什麼藥都沒，或是有的也早過期。但阿彌陀佛，藥箱裡兒童服用的退燒藥、感冒咳嗽藥、腹瀉藥，通通都齊了，看了下日期也都還沒過期，便都拿出來擺在一旁備用，但沒等到J開口跟我說可以用藥的時候，我是絕不敢亂用藥的，對我來說，J比醫生還可靠。

按照J的指示，我和A兩人每隔半小時，就用物理治療幫

Danika 做全身擦拭，每隔一小時，給 Danika 喝溫開水並測量體溫，每次體溫計顯示的度數，都按照測量時間，詳細地記錄下來。

與 A 商量之後，決定暫時不給醫院打電話，也沒有告知西班牙的其他家人，包括公公和婆婆。西班牙自從疫情爆發後，醫院便不再接受門診，一有症狀，必須通過求救電話，由醫院安排人員上門檢查，疑似病例不檢測，輕症患者一律居家隔離，只有重症才會被送進醫院。

38.7 度、38.3 度、37. 3 度⋯⋯ Danika 的體溫逐漸降了下來。

我和 A 絲毫不敢鬆懈，夜裡輪流起來每隔兩小時給 Danika 測量體溫，餵溫開水。為了方便照顧，我讓 Danika 睡來我的房間，因為 Danika 睡的是兒童高低床，A 不能睡，只好又睡去沙發。上週一他出門沒戴口罩，被我趕去睡沙發，連睡了好幾天，好不容易我氣消了，同意讓他睡房間，這才睡一天，又睡回了沙發。

有沙發睡也不錯了，Judy 說，她美國另一個姐妹的朋友，因為老公不戴口罩，直接把行軍床搬去了門外。

麥田圈裡，姐妹們一一回覆，詢問 Danika 的狀況並給出了許多建議，還有遠在大加納利島的小強哥和南施姐，還有巴塞羅那南施姐的妹妹南燕姐，在得知 Danika 發燒後，都紛紛傳來了訊息。

南施姐說，別著急，也許是上週學校帶回來的流感病毒。

南燕姐說，如果必要時服用 Paracetamol，不要使用含布洛芬的 Dalsy，給孩子大量地補充水分和休息，如果可以用溫水加鹽漱口殺死細菌，穿淺色衣物，不要蓋太多，這樣有利於散熱。把它當做普通流感，但做更好的防護，即便是 Covid，則孩子們也可以毫無困難地克服它，因為他們是受影響最小的人群，請多保重。

小強哥留言說，但願她只是一般的感冒，跟新冠病毒沒有半點關係。隨時注意 Danika 的狀況，隨時與我們聯繫。

這時，每傳來的一條訊息，對我來說，都如同服用了一粒定心丸。

凌晨一點，華人群裡一條會長致所有居住在 Manresa 市及周邊城市僑胞們的訊息。截止到 22 號晚上，Manresa 市新冠肺炎確診 77 例，年紀最小 17 歲，其中 Althaia Manresa 的專業醫護人員 124 名被隔離，其中感染確診 15 名，另外住院治療達 171 人，同時在醫院等待核酸測試等一系列檢查結果的有 80 名患者，死亡共 7 例。

同時周邊的 Bages、Bergueda、Solsones 這些市鎮有 122 例確診患者，其中 Berga 醫院死亡 2 例，確診 14 例，15 名醫護人員被隔離，Manresa 市周邊的小城鎮幾乎都有確診患者。由於疫情蔓延嚴重惡化，未來兩週為爆發期，萬分拜託所有僑胞提高

警惕及做好防護措施。

　　凌晨三點，給 Danika 量完體溫餵完溫水，她靠著我的肩膀緩緩入睡，懷裡緊緊地抱著小熊。我拉起她的小手，貼在了自己的胸口，此時的我癱在床上，身心極度疲憊，卻絲毫沒有睡意。

十一‧照 顧

前幾日和 Judy 聊天時，她突然問我，芸有跟妳聯絡、關心妳嗎？

我說，沒有，倒是中國疫情剛爆發時，她立即傳來訊息，問候外婆外公的狀況，並囑咐我告訴他們一定要注意安全。她說，老媽，這病毒真的很可怕。

Judy 說，不錯，至少還有關心外婆外公。

我說，其實她心裡一定是擔心我們的。

當天晚上，前夫傳來訊息，他說，小的狀況好點了嗎？

我回他，燒是退了，今天又開始拉肚子，拉了一整天。

前夫說，那妳沒事吧，不要連妳都病倒了。晚上我和欣芸說了，她很擔心你們。

第二天，芸傳來訊息，老媽，妳和老妹都好嗎？

芸，真的是轉眼間，就成了大姑娘。

　　而我卻怎麼都還想把她當作那個會躲進我懷裡、會對我親親、會對我撒嬌的小女孩。我欣慰她長大，卻又多麼不希望她長大。也許這樣，我就不會錯過她的童年。也許這樣，她的童年裡，也不會有缺失的媽媽。

　　而我，這個狠心的媽媽，卻總是一而再，再二三地丟下她。

　　那年，芸才剛滿一週歲，我和前夫的婚姻，便出了問題。產後憂鬱、環境不適、婆媳問題、零零總總，讓我不得不一次又一次帶著芸逃離臺灣，回到大陸。

　　那一年，真的是不停在臺灣與大陸之間輾轉奔波。

　　當時，臺灣與大陸的交通極為不便，從桃園國際機場出發，中途要在澳門或香港轉機，抵達杭州後，還需乘坐幾小時的大巴，總要從一大早折騰到天黑才能到家，不像現在直航，從溫州起飛僅需一小時的飛行就能抵達臺北，比去省城的高鐵還快。

　　記得有一次，我丟下芸獨自回臺灣。那次，芸連續發燒好幾日，也一樣拉肚子。臨走前，一直都是父親與母親每日抱著她去醫院打點滴，她與其他大陸出生的寶寶一樣，都有著從小就從頭部靜脈注射的經歷。

　　我永遠忘不了那日的那一幕，母親抱著弱不禁風的芸，站在路口超市的門口，與我揮手道別。芸當時病得眼神呆滯，母親握著她的小手輕輕搖擺，不停地說，跟媽媽再見，跟媽媽再見。

芸當時沒哭，而我坐在計程車上，一路哭著抵達了車站。

憑什麼，芸要關心我、關心妹妹；憑什麼，不被照顧、不被疼愛的是她。在她成長的日子裡，有多少次她生病的時候，我是陪伴在她的身旁，給她無微不至的照顧。又有多少次，她需要擁抱、需要溫暖、需要傾訴的時候，我在哪裡。

芸不擔心我，芸不發訊息給我，芸即便是遺忘我，我都必須全盤地理解她。

前年帶父母親去泰國，從曼谷到芭提雅，又從芭提雅到清邁再到普吉島，足足停留了近二十天。

當初規劃去泰國的時候，我說至少要去半個月，父母親一聽傻了眼，什麼，泰國要去半個月，那些旅行團都是去五天而已。我笑了笑對他們說，五天，那還不如不去，一個地方玩半個月都太少，更何況要帶你們從泰國的北玩到南。

泰國，是一個一去再去，永遠都去不夠待不夠的地方。

在清邁的時候，父母親的一些朋友傳來訊息，讓他們幫忙帶泰國的藥品。要的最多的是青草膏，相信去過泰國的人都知道，那是必買品。

其實之前我也不知道泰國有那麼多神奇的藥，第一次去清邁的時候，什麼藥我都沒買，也沒研究過，因為那是一趟說走就走的旅行，根本沒有做過任何攻略。那次，是我還在紅糖負責運營的時候，和兩位老闆一起前往上海出差考察，兩天後在

酒店醒來的一早，我和靜躺在床上，說起旅行。

旅行，我是該去旅行了。

我從床上跳了起來，不假思索地上網訂了一張，當晚從浦東飛清邁的機票，又請蝦幫我訂了清邁的酒店，之後才給老闆發了要請一個禮拜假的訊息，並跟他預支了一個月的薪水。

前一天和靜在南京西路 H&M 買的一套泳衣和牛仔熱褲，正好派上用場，還借了靜的軍綠色大背包。靜拿出昨日我們一起從二手商店淘的那件黑色金絲雪紡吊帶洋裝遞給我。她說，去泰國一定要穿得美美的。

上午和靜辦完未辦完的公事，下午跑去銀行換泰銖。上海的銀行真是人滿為患，正愁著要趕飛機，恰巧走進一個戴眼鏡的帥氣女孩，手裡拿著一疊泰銖，說是和家人去泰國玩回來剩下的，拿來換人民幣。我又歡喜又有點質疑，門口警衛看到我的表情，笑呵呵地說，這泰銖很少有假的，放心跟她換吧。

就這樣，兜裡揣著從女孩那換來的泰銖，跳上一台計程車，一路飛奔去了機場。

和父母親在塔佩門旁的一間大藥房，採買朋友們所需的藥品，藥房裡擠滿了來自中國的遊客。

母親的一位朋友交代，勢必要幫他買幾盒一種名叫行軍散的藥。他說，這藥治療腹瀉特別有效。諮詢過導購員之後，我們在貨架上找到了五塔牌行軍散，母親又順帶多拿了幾盒，她

說，妳也帶一盒回西班牙，也許哪天用得到。

折騰了一整晚，Danika 燒總算退下來了，給她熬了一碗小米粥，這粥還沒吃上半口，又開始跑廁所了。我的心，瞬間又跳回了嗓子眼。

不到半小時，Danika 又喊肚子痛要跑廁所，這次因為來不及，竟還拉在了褲子上。等她拉完，幫她換了乾淨的衣物，一想還是不放心，又去拿我平日用的產褥衛生棉給她墊上。

這一天，從沙發到馬桶，從馬桶到沙發，一來一回，拉了不下二十次，直到她拉到已經拉不出東西，這一天，也就這麼渾渾噩噩地過去了。

睡前，幫 Danika 洗了個熱水澡。洗澡的時候，我用沐浴乳給她擦拭身體，因為稍微太過用力弄疼了她的屁股，她直喊，媽媽，好疼啊。我這個當媽的，一時竟忘了她可是拉了二十多次，大人都受不了，更何況小孩。

我趕緊用蓮蓬頭開溫水輕輕地對著 Danika 的屁股沖，我說，媽媽拉肚子的時候，也是這樣沖洗屁股，能幫助妳緩解疼痛。

Danika 被沖地咯咯大笑，一邊喊，好癢啊。一邊又喊，好舒服。

十二 · 神 藥

行軍散，對，行軍散。

明明昨日 A 翻藥箱的時候，還從眼前一掃而過，怎麼就視而不見。我躺在床上一邊給 Danika 讀睡前故事，一邊腦子不停在轉。

前年母親讓我帶回的那盒行軍散，還真有用得到的時候。

有一次，我肚子不舒服腹瀉，想說那藥這麼有效，不妨拿來試看看。打開盒子，是小玻璃瓶包裝的粉末狀藥粉，撬開蓋子倒了一茶匙，用溫水服下。這泰國的藥還真是神奇，服完過不久，肚子不痛了，腹瀉也止住了。

後來 Danika 也有一次鬧肚子疼拉肚子，之前看行軍散說明書上註明孕婦小兒都可服用，小兒用量減半，立即又拿出給 Danika 服用了半匙。沒過多久，Danika 也不痛不拉了。

去年回母親家，一次收拾房間時，看到櫃子裡有兩盒原封

不動的行軍散還有一盒青草膏。我說，媽，這些藥妳怎麼都沒用啊。

母親說，妳傻，沒拉肚子沒幹嘛的，當然沒用啊。

我說，這泰國的藥還真管用，我和 Danika 拉肚子時一吃就好了。

母親說，那趕緊這幾盒妳都帶回去，妳那不方便買，我這裡經常有朋友去泰國，讓他們帶就是。

J 得知 Danika 又拉肚子，讓我煮些紅豆粥來給她喝。

Danika 故事聽著聽著，睡著了。拉了一天的肚子，小身子一定虛了，連我這個媽媽，就算鐵打的人也有些乏了，開始昏昏欲睡。一想到明早的紅豆粥，又立即起身，從廚房櫃子裡取出紅豆洗淨後泡了清水。

這紅豆，女人養生必不可少的食材，也是許多中式甜點必不可少的食材。

前幾日，小強哥在群裡傳來一張照片，是他給南施姐做的草莓大福。香滑軟糯的糯米皮，晶瑩剔透的草莓被細膩柔滑的紅豆泥包裹著，完美無瑕的食材組合，切開來宛如一顆冰清玉潔的少女心，光看照片就垂涎欲滴。南施姐說，這次買的草莓特別好，軟硬適中，做出來特別好吃。

草莓大福，南施姐少數愛吃的甜點之一。南施姐，你真有福。

平日裡，也常會想要喝紅豆湯，特別是冬季嚴寒的早晨，若是起床，能來一碗熱呼呼的黑糖生薑紅豆湯，那暖身再好不過了。可這紅豆湯，好喝可真不好煮，貨行裡買的一包紅豆放了好久，上次忘記是做什麼，需要用到豆沙餡，沒有高壓鍋，硬著頭皮整整煮了大半天才煮爛。

去年的臘八，第一次熬臘八粥。紅豆、糯米、紫米、薏仁、核桃、銀耳、紅棗、枸杞，翻箱倒櫃，七拼八湊，一數正好八種。

還記得剛來西班牙那年，也是煮紅豆湯，那時家裡的電陶爐不太會用，不知可以設定烹煮時間，煮了一鍋紅豆湯，後來不知何事要去婆婆家，紅豆湯煮著煮著走時也忘了關火，等我和 A 完事從婆婆家回來時，人還在一樓正預備上樓，就聞到了一股濃濃的焦味。

天哪，我的紅豆湯。

謝天謝地，幸好家裡用的不是瓦斯爐，不然房子讓我燒了都不知道。至於紅豆湯，想都別想了，那燒成黑炭般的紅豆，卯足全力鏟了好久才從鍋子裡鏟下來，還有那燒焦了的燉鍋，也不知擠了多少洗碗液，用菜瓜布一遍又一遍才清洗乾淨。

至於家裡一直被我嫌棄炒菜炒不過癮的電陶爐，從此之後愛上了它。因為它的智能斷電，救了我的家。

五點起床，把冰箱裡泡了一整晚的紅豆，放進鍋子，開上大火。

前段時間，嘗試研究各種戚風蛋糕，一次在 Youtube 上看到一條蜜豆戚風蛋糕的教學影片，光看那蜜豆，有夠誘人，但一想紅豆，頭皮又開始發麻。

難不成這紅豆除了高壓鍋就沒什麼能治得了它？我不死心，又上百度查找各種煮紅豆的方法，原來煮紅豆，還真有不少竅門。

用了反覆燜煮法，據說能夠最大保留紅豆中的營養成分。燒開的紅豆，不揭鍋蓋燜涼，再燒開再燜涼，這樣一開一燜，反覆三次，不僅省電，紅豆也輕而易舉地煮爛了；另外又煮了一小鍋白米粥，等粥差不多糊了，勺了些煮好的紅豆湯加在裡面，再熬上一會紅豆粥便完成了。

剩餘的紅豆湯，暗自欣喜，這一大早來上一碗，也算是犒勞下這幾日的辛勞。

Instagram 上看到 Judy 和我、Danika，還有她和美國姐妹 May 的合照。其中兩張是前年帶 Danika 回臺灣我們在忠孝東路糖朝飲茶吃飯，一張是去年的宜蘭內埤海灘，還有兩張是 May 回臺時，他們出遊的照片，她在 Instagram 上 po 文並 tag 了我：

「晚上，yaya 給我傳來訊息。親愛的，我都不敢跟妳說，Danika 昨天發燒了。我一驚，趕緊用 LINE 打電話問她狀況。yaya 說，體溫 38.7，量完後手都在顫抖，我聽了心裡好難過，但還要故作鎮定地安慰她。

　　我的兩個好姐妹，yaya 在西班牙封城中，May 在美國加州封城中。自從疫情擴散之後，我每隔兩天就傳訊息，了解她們的狀況，確定她們是否平安，雖然這已是許多國家都束手無策的事。

　　聽到 Danika 發燒，真是憂心他們一家。西班牙今天宣布又延長封城十五天，口罩缺乏，輕症居家，為了避免外出採購食物，連餐食都要盡量簡單不浪費。

　　希望 yaya 的寶貝無事，趕快好起來，姨還要去西班牙找你們玩，我想念你們。親愛的，你們都要平安，加油。」

　　九點，A 還在沙發上呼呼大睡，真羨慕年輕人，都這會了還這麼能睡。煮好的紅豆粥，在電陶爐上，還溫溫留有餘熱。一看窗外，今天，又是一個陰雨的天氣。

十三・紫藤

　　對面二樓露台的紫藤花，一日日競相開放如夢如幻，成了
隔離日子窗外的一道美麗風景。我對著這道美麗風景，日復一
日地呼吸，思考，冥想，禱告。

　　你說，這紫藤花，開得可真是時候。

　　去年三月 Elisa 打電話來，自從前一年十一月她父親去世回
墨西哥一趟之後，我便再也沒有見到她。幾個月不見，她告訴
我她懷孕了，已三個多月。

　　這真是天大的好消息，我迫不及待地約上她，趁著春暖花
開的時節，一起外出去踏青。

　　我們在 Rajadell 的 Cal Miliu 餐廳用餐，那是我與家人時常
會光顧的餐廳，老闆是 A 的朋友，他們做非常傳統地道的加泰
羅尼亞風味餐。17 年父母親來西班牙時，兩親家便是在這裡第
一次見面。

我最愛的一道菜，是蝸牛。Cal Miliu 做的蝸牛，不同於法式焗烤蝸牛，他們用排骨加香草和各種香料調味料一起燉煮，燉得非常入味。

那日風和日麗，餐廳外馥郁芬芳的油菜花田，在陽光的照射下，如一片金黃璀璨的海洋。與我相對而坐的 Elisa，如一顆海水珍珠，閃閃發光。

餐後，我帶著 Elisa 去村莊散步。她是第一次來 Rajadell，也同我一樣喜歡上這裡。她說，下次母親來西班牙時，我也要帶她來。

村口一戶人家石砌的老房子外，紫藤茁壯蔓延，一串串紫蝶般的花兒，彷彿翩翩起舞在向我們招手。我與 Elisa 雙雙停住了腳步，站在這戶人家的屋前，異口同聲地說，太美了。

這紫藤花不僅好看，還有很多用處。在我家鄉，它是一種中藥材，花季的時候，人們還會拿它來入菜，焯水過的紫藤花瓣，用來清炒，清香爽口。哪日我若有了新家，我一定要在家門口種上一株紫藤，我對 Elisa 說。

這一年，Elisa 終於實現了孩子的夢，我也實現了新家的夢。

一月初，剛過完聖誕新年長假，便約了 Uniplant Garden 的老闆 Jordi 來新家看院子，一起討論要如何整改。

我把大致的想法與規劃，還有一些我想要種的花告訴 Jordi。Jordi 說，妳規劃得很好。那日，我們一起確定了用於種菜

的區域，也選了最佳的位置做為魚池，並和 Jordi 約好下週帶工人們來移植位於菜地的兩棵果樹。

合歡、紫藤、三角梅，這三種是之前就想好並告訴 Jordi 我一定要種的。我們選在魚池旁的一個位置種合歡，選在屋前露台的位置種紫藤。但唯一遺憾的是，原本計劃在大門口種植的三角梅，卻因為 Jordi 說這裡氣候不適宜，怕冬季無法存活，不得已而放棄了。

經過近兩個月的努力，Jordi 終於在一家義大利的供貨商那，找到了三株長達近十米的紫藤實生苗。我得知後，開心得不得了。

三株紫藤樹苗，在二月一個春光明媚的早晨，抵達了它們的新家合歡暖暖。Jordi 和另外一名園藝工人分別從露台兩側，小心翼翼地將枝幹沿著欄杆環繞了一周，並用扎帶固定好澆上水。

我在一旁幫不上什麼忙，跟前跟後難掩激動。

媽媽，媽媽，我想吐，屋裡傳來 Danika 的叫聲。

A 從沙發上跳了起來，坐在餐桌上寫日記的我，立即衝去廚房找不鏽鋼盆。

真是一波未平一波又起，拉了一天的肚子，昨晚好不容易吃了點東西，今早稀哩嘩啦地全吐了出來。鍋裡的紅豆湯，還溫熱著正等著 Danika 起床來喝。

這會，是要喝還是不喝。

吐完躺回床上休息半小時後，Danika 坐了起來，預備下床。我走過去問她，舒服點了嗎？

她點了點頭，說，舒服點了，媽媽。

待她洗漱完之後，看她暫時沒有再吐，也沒再拉肚子，便盛了點紅豆粥放在桌上對她說，如果餓了，想吃就吃一點，但不要勉強。

昨晚想到的行軍散，早上去開藥箱，還真有三瓶，一瓶是之前用過還剩下半瓶，另外兩瓶是去年從母親家帶回，還未開封過。

又過了半小時，看 Danika 氣色好轉些，吃下了那小半碗紅豆粥，也沒什麼反應，趕緊打開行軍散，倒了半茶匙，用溫水攪拌好，讓 Danika 捏著鼻子一口氣喝了下去。

又是在廚房忙乎午飯的時候，母親打來視訊電話。昨天在得知 Danika 發燒之後，她的臉一下青了，父親在一旁，看著也是乾著急。

這麼遠，兩位老人在家這一日的焦急，一定不輸我們。電話一接通，母親第一句就是，Danika 好些沒。

這泰國的藥，不得不又一次驚嘆它，自從早上服用完那半茶匙行軍散後，Danika 便不再吐了，昨日的腹痛腹瀉也頓時煙消雲散，就連燒也神奇地退了。

　　母親得知 Danika 好了些，這才喘了一口氣。她說，昨晚擔心地一夜沒睡好，一大早不到五點就叫醒妳爸，妳爸問我這麼早起來是要幹嘛，我說，趕緊起床，我們去南明山拜菩薩。

　　拜菩薩，南明山的寺廟對外開放了嗎，我問母親。

　　母親說，寺廟是關著的，幸好石梁旁的天王殿沒有門是開的，管它裡面供的是什麼佛，我和妳爸兩個趕緊上前磕頭拜拜。

　　加泰羅尼亞疫情的分布圖上，密密麻麻的感染人群，已經看不清楚 Manresa 城市的標誌。這幾日因為 Danika，忙得有點焦頭爛額，也未能實時關注西班牙的疫情。2020 年 3 月 24 日，從 22 日病發歷經三日，Danika 終於戰勝了病魔。

　　母親說，孩子是不會作假的。我終於又見回那個活靈活現，活蹦亂跳的 Danika。可何時，我又能再見昔日美麗熱情、驕陽似火的西班牙？

　　三月裡的小雨，淅瀝瀝瀝，淅瀝瀝瀝地下個不停。我想念合歡暖暖的花兒，也掛念我那剛種的紫藤。

　　你說，合歡暖暖紫藤的枝條上，已經開始悄悄萌芽了嗎？

十四・肉舖

Hola Eva，我對著樓下路旁正準備開車門的 Eva 大喊。

Eva 依舊一身純白色亞麻工作服，上衣是立領開衫，下身是直筒長褲，一雙黑色平底鞋，一頭金色短髮永遠那麼乾淨俐落。她一聽到有人在喊她的名字，立即抬起頭來四處張望。今日的她，終於戴上了口罩。

我突然想起，這四年來，我從未見過她除此之外的打扮，冬日裡冷，頂多加一件灰色鵝絨外套。我想象著她，唇抹鮮艷唇彩，身著一襲華麗洋裝，腳踩細高跟鞋的模樣。我想，那一定非常美麗動人。

Hola yaya，how are you，她見到露台上對她揮手的我，也向我揮了揮手。

Eva 會講一點點英文，她是我在這裡為數不多可以用英文簡單交流的人。這裡大部分人，不屑講英文，也不屑講西班牙文。

Eva 肉舖的名字叫做 Carnisseria Antonia，是加泰蘭語，翻譯過來是安東尼婭肉舖的意思。安東尼婭是 Eva 母親的名字，肉舖位在 Carrer Major63 號一樓，我們住的是 Carrer Major61 號，63 號是姨媽家的房子。

Carrer Major59 號、61 號和 63 號這三棟外觀一致，格局相同的洋房，在 1920 年始建，是 A 的外曾祖父祖母在世時親手蓋的，據說當時在家人的幫忙下，耗時多年才建成了 Carrer Major61 號，後來又建了 Carrer Major63 號，最後再建了 Carrer Major59 號。

當時，這裡是 Manresa 郊外，周圍一片稻田。Sant Josep 教堂在 1903 年動工，耗時 12 年建成，第一戶人家在 1918 年搬到這裡開始居住。聽婆婆說，以前去買東西，都要說是去 Manresa 買東西。而現如今，這裡卻成為市中心最為便利的地方，出門不到 10 分鐘就可以到達購物步行街，周圍店鋪、學校、醫院、超市、酒吧、咖啡館、餐廳，應有盡有。

後來，因為家人過世等等之類的原因，59 號這棟賣給了別人，留下 61 號和 63 號這兩棟。我來西班牙那年，A 的外婆還在世，住在 63 號二樓，由來自墨西哥的看護 Maria 照顧，姨媽和姨夫住在三樓。

隔年過完新年不久，外婆與世長辭，正因為外婆一家是最早在這條街居住的居民，所以去世時，Sant Josep 教堂為她舉行

了遺體告別儀式。

外婆走後，留下這兩棟房產，按遺囑，一棟歸姨媽所有，一棟歸婆婆所有，還有銀行的存款，其中一筆留給 A 結婚時用。

我很好，妳呢？妳好嗎？我對 Eva 說。她舉起手對我豎了豎大拇指，我也很好。

這時，見 Eva 母親 Antonia 穿過斑馬線，手裡拎著兩個提袋朝車子走去。下午兩點，應該也是從店裡打烊了出來。

Eva 的母親，銀絲鬈髮，戴金屬框老花眼鏡，雖身材矮小，但腳步穩健臉上洋溢著春風。Antonia 現在很少在櫃檯露面，都在裡面廚房幫忙。她看到 Eva 在同我說話也仰頭對我笑了笑，她的口罩掛在下巴上，我看到她擦著平時都會擦的楓葉色口紅。

其實剛來西班牙的時候，我沒光顧過 Eva 的肉舖，即便是知道它很便利就在樓下。當時因為語言加上環境不熟悉的關係，我很少選擇私人商舖。我喜歡去超市，因為在超市裡，即便是看不懂的東西，也可以隨時拿手機出來翻譯，不用難為情。

第一次聽到 Eva 這個名字是在姨媽家，那次我們在姨媽家用餐，不知大家在聊什麼聊起 Eva，我問 A，Eva 是誰，你們在聊什麼。A 說，Eva 是樓下開肉舖老闆的女兒，她有一個從中國領養的女兒。

也許是因為得知 Eva 有個中國女兒的關係，我對這個總是在店裡忙進忙出卻不曾打過招呼的女子，多了些莫名的親近感。

於是有一日，我推開了 Antonia 肉舖的店門，第一次略帶羞澀地對這名名叫 Eva 的女子，輕聲地說了一聲 hello。

Eva 站在櫃台裡，正低頭為一名等候的顧客切肉，她抬起頭咧開嘴角微微一笑，用那清脆的嗓音親切地也對我說了一聲 hello。

Danika 正和 A 在屋裡玩拼圖，聽到我在外面喊 Eva，立即跑了出來，Eva 在哪裡，Eva 在哪裡。

Eva 的中國女兒，我見過幾次，都是在我接 Danika 放學回家時，Eva 穿著她那白色工作服送她兩個女兒回家，她們住 Carrer de Valencia 的一棟公寓樓裡，就在我家對面的街道，從店鋪沿斜坡往下走，不到兩分鐘的路程。

聽說那年 Eva 和先生因為結婚多年一直未能懷孕，最後決定領養一名中國孤兒，正當他們在辦理領養手續的時候，Eva 卻意外懷孕了。雖然他們終於懷上了期盼已久的孩子，但夫妻倆商量決定後，堅持領養了那名被遺棄的中國女嬰。

後來，他們又再多了一個女兒。

Eva 的中國女兒，一頭烏黑齊肩髮，柳葉眉丹鳳眼，皮膚略帶點黝黑。

第一次見她時，她和她的妹妹手牽手背著書包，Eva 在一旁摟著她倆的肩膀。這樣一副標準的中國臉蛋，讓人不得不見到時，就想問候聲妳好，正當妳好這兩個字預備脫口而出時，我

立即堵住了自己的嘴。

不對，她不會說中文。

記得剛開始去 Eva 肉鋪買肉，因為品種太多不熟悉只會買一些最日常的里脊肉和雞胸肉，因為它們擺在冰櫃最顯眼的位置，不用說，用手指一指便知。

Antonia 肉鋪裡，各種新鮮肉製品、醃製品，牆上掛滿了火腿薩拉米，冰櫃裡各式手工奶酪，還有櫥櫃裡的各色農副產品，狹小的店鋪被擺得琳琅滿目。即便是店裡擁擠到只能放下一張折疊椅供等候客人休息，店裡的生意依舊是每天應接不暇。但你看，來店裡的這些客人，絕大部分都是推著菜籃、步履蹣跚卻依舊紳士的老爺爺和掛滿金飾的老太太。

至於為何店裡有這麼多上了年紀的老主顧，這說來，又是一段很漫長的故事。

十五 · 眼 鏡

一覺醒來，打開手機一看，八點十分。

自從 Danika 康復以來，這幾日精神狀況都很穩定，加上中國疫情大部分得到控制，家人們生活逐漸恢復往常，我的睡眠也一日日正常起來，除了偶爾一兩次會起來上廁所，夜裡不再像之前那樣會為關注疫情而刻意醒來，但依舊會早起，哪怕還在睡夢中，一到七點便像個機器娃娃似的，自動睜開雙眼。

今天睡得可真好，一覺到天亮，還多睡了一小時，心裡暗自欣喜。

走去廚房燒開水，這是每日起床第二件要做的事情。

是沒戴眼鏡嗎，七點十五分烤箱的時鐘上顯示，立即回臥室取眼鏡戴上，又回廚房再看一次，多了一分鐘七點十六。這時，我突然想起前幾日華人群裡，有人發了夏令時時鐘調整的圖片，並說，告訴大家一個好消息，本週末要改為夏令時，從

凌晨兩點改為凌晨三點，少了一小時宅家的時間真好。

因為烤箱時鐘是手動的，夏令時冬令時交替的時候，我時常會被迷糊。蹲下身調整時間，調完後起身一想，雖然並沒有多睡一個小時，但今天的太陽，卻會在西邊多停留一小時。

家裡的這副板材黑框眼鏡，是 N 年前在淘寶上配的便宜貨。自從十多歲近視後，因為度數變化陸陸續續配過幾副眼鏡，但都是最普通最便宜的那種，當時父母親供我念書家裡已很困難，怎可能去配昂貴的眼鏡。

父親和母親的眼睛都很好沒有近視，除了父親有角膜炎的老毛病。小時候其實我電視看得也不多，不知為何就近視了。一開始自己不知道，就覺得老師黑板上寫的字看得不像以前那麼清楚，一次不知哪來的一片玻璃碎片，上課無聊時拿起來放在眼睛四處瞎看，奇怪，這黑板怎麼頓時清楚了。

我回家好奇地問母親，媽，為什麼我拿玻璃碎片看黑板看得特別清楚。

母親一聽搖搖頭，叫妳每次寫字頭不要那麼低，就是不聽。妳完蛋了，一定是近視了。

第一副眼鏡是在新豐眼鏡店配的，它是麗水第一家眼鏡店。若干年後，我開了丫丫製衣，有一位喜愛舞劍、總穿白色太極服的女生成了我的老主顧，後來熟悉之後一聊，才知道新豐眼鏡店就是他們家開的，原來我也是她的老主顧。

之後，慢慢有了隱形眼鏡這東西，我便迫不及待地丟了那副討人厭的板材眼鏡。起初也有佩戴隱形眼鏡的痛苦經歷，但為了美麗不屈不撓，後來還練就了一身不用鏡子也不用夾子，徒手戴隱形眼鏡的好功力。

記得，最早的隱形眼鏡是需要測量度數配製的，價格不便宜但可以長久佩戴，但當時我已是一個個體經營戶，有了穩定的收入，所以配眼鏡對我來說是小事。

可訂製的隱形眼鏡還是有一個缺點，就是容易積蛋白，又不容易清洗，漸漸地就改為年拋，再後來又漸漸從年拋變成半年拋、季拋、月拋，最後開始使用日拋的時候，已是從十多歲的青春少女變成了三十出頭的中年婦女。

去年芸來外婆家，我們一起去同里古鎮，芸化了古妝換上漢服，為了拍美照，還攜帶了兩盒美瞳。

可平日裡戴慣了眼鏡的芸，對著鏡子戴了一次又一次還是沒能戴上，還一邊抱怨我為何幫她生了一對內雙。我在一旁哭笑不得，只好對她說，讓老媽來試試，她戴了半小時沒戴上，便勉強點頭答應了。

也真要感謝那隱形眼鏡，讓我和芸難得有可以肌膚親近的機會。

配過最貴的眼鏡，是在臺北工作的時候。因為長時間佩戴隱形眼鏡面對電腦工作，總覺得眼睛乾燥不舒服，就配了一副

眼鏡交替使用，以減少角膜缺氧及眼睛疲勞。

原本想說好一點的眼鏡總不至於太快被嫌棄，結果那副花了我半個月高薪的眼鏡，因為離職不需要面對電腦，加上款式過時最終被我丟進了最底層的抽屜。

終歸是覺得戴眼鏡不方便，偶爾戴下總要時髦點的款式，便在淘寶上隨便訂了一副便宜的。可便宜的倒是珍貴，還帶到了西班牙，長途飛行或睡前閱讀時全靠它。

嬌生美瞳日拋，臺灣以前電視裡最常打的隱形眼鏡廣告，後來也成了我生活中的必需品，我鍾愛深邃黑顏色，其他那些五花八門的顏色，戴上去我就不像 yaya 了。

後來離開臺灣，都會趁每次回臺灣時買足一年份的量。有一次家裡存貨不夠，便請要來大陸出差的朋友帶，結果朋友一忙忘了，想起來的時候人已到了大陸，他就去上海的眼鏡店幫我找，雖也找到了一樣度數一樣顏色的隱形眼鏡，但明明同一個廠牌，後來一用才知道產地不同，品質還是略有不同。

嬌生隱形眼鏡在來西班牙之前回臺灣辦理結婚文件時，又特意跑了趟眼鏡行買了一年份，現在想來，囤貨這兩個字，也並不陌生，我倒是個囤隱形眼鏡的高手。

但東西囤再多，也終究會有用完的一日，這個道理我不也明白嗎？就像是每次遠行母親總會往我行李箱裡塞這塞那，生怕我在他鄉沒東西吃的時候。我也會說，救得了一時，救不了

一世。

　但殊不知，多年顛沛流離的自己，也是有部分缺乏安全感的。

　Manresa 步行街 Optica Universitaria 眼鏡店，有一名身材高大挺拔，五官輪廓清晰綁小馬尾的帥氣男服務生，他也會一些英文，他幫我訂購過一次嬌生美瞳日拋，是愛爾蘭產的，品質和我在臺灣買的一樣。

　去年用完嬌生再回眼鏡店請他幫忙訂，他上電腦找了半天說訂不到了，後來就勉為其難地改用本土一個他推薦的品牌，結果一用，這哪是什麼日拋，戴半天眼睛就受不了了。還有一次，晚上摘完隱形眼鏡眼睛特別疼，以為是戴久了，立即趴床上閉上眼睛睡覺，結果隔天起床時還是一樣疼，就去鏡子前看到底是怎麼了，結果七弄八弄弄出了半片隱形眼鏡碎片。

　好在不久，和 A 兩人暑假回臺灣，現在女生愛美，隱形眼鏡已很普遍，屈臣氏裡各種來自日本、臺灣品牌的日拋月拋美瞳，買了兩盒臺灣產的來試，果真舒服。

　Optica Universitaria 眼鏡店的隱形眼鏡，之後再也沒敢買，但他們家的墨鏡倒是不錯，很多國際時尚大牌，近視鏡框也很多材質不錯的。A 前年眼睛也開始有點近視，怕晚上經常開車不安全，便去配了一副近視眼鏡，鏡片選用了感光鏡片，他很喜歡現在每天都戴。

前年暑期回中國時，給父親帶了一副大牌的墨鏡，算是提前給他做為生日禮物。父親歡喜，因為生平從未戴過這麼貴的墨鏡，他的眼睛本來就有點不好，加上外出騎電瓶車，每日日曬風塵，這麼大年紀了，做女兒的一點孝心，希望能好好呵護他的眼睛。

去年暑期又回中國，心想前年給父親買了一副墨鏡，母親七月生日，也該給她買一副好的。在我看來，衣服可以是便宜的，但墨鏡一定要是昂貴的。可這次一家人回去花費不少，加上各種伴手禮，還要儲備今年買新房的頭期款，經濟上並不寬裕，我便偷偷從抽屜皮夾裡藏了多年的私房錢中抽出幾張大鈔，去眼鏡店給母親選了一副舒適又美觀的太陽眼鏡。

母親總常說一句話，別笑話別人，你也會有老的一天。

父母之言，句句肺腑之言，這是近十年才漸漸領悟的道理，可當妳漸漸領悟到這些的時候，父母親的頭髮白了，妳也步入中年，而妳的孩子們也越來越不聽話了。

去年暑假在母親家時，漸漸發現手機要拿越遠才能看得清楚，又好奇地問母親，媽，為什麼我手機要拿得遠才能看得清楚。

母親聽完又搖了搖頭，妳完蛋了，一定是老花了。

不信邪的我，硬是要拉著母親去萬地商城的綠洲眼鏡店驗光，當驗光師拿著驗光後電腦打印出來的那張紙條，明確地告

訴我老花時，我才相信。

近視、散光、又老花，這是要怎麼辦。驗光師說可以配一種什麼漸進鏡，但價格比一般眼鏡昂貴，我一聽想了想，謝過驗光師之後，便拉著母親的手回家了。

三月初，剛換了一副新的月拋。雖然知道月拋只能使用一個月，但隱形眼鏡畢竟是損耗品這二十多年花費也不少，有時為了節省，還是會戴上兩個月，日拋也會多戴個三五天。

月初從抽屜裡取隱形眼鏡時，一看剩下四盒，這四盒加上之前使用的兩盒是去年芸來大陸時，又託前夫去屈臣氏買了讓芸帶來的。四盒，若今年暑假能回臺灣的話，時間差不多剛好可以撐到。可這才用了十多天，昨日因為摘完隱形眼鏡放入盒子的時候，看也沒看便蓋上了，當時就覺得這蓋子怎麼有點難擰，也沒在意，一早打開眼鏡盒一看，我那把寶貝的月拋啊，活生生地被蓋子夾了個粉碎。

心裡一酸還真有點難過，但一想，難過什麼，反正都在家隔離了，還要什麼美瞳，立即轉了個身，去臥室取了那副廉價的眼鏡戴上。

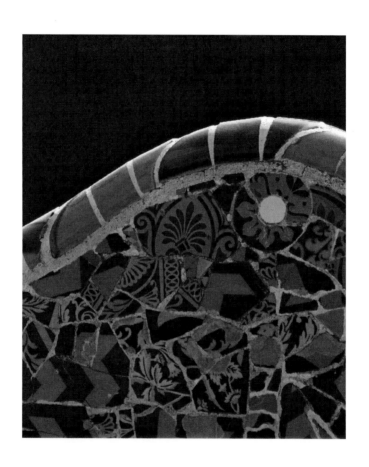

暖

—

微風拂過臉龐，陽光灑在
臉上，隔著口罩，我不停
大口大口地呼吸。望著昔
日大學前車水馬龍，此時
卻又空空蕩蕩的街道，淚
水彷彿快要湧出眼眶。
這一刻的自在，眼下竟成
了奢侈。

十六・日記

　　自從隔離開始寫《記，這些日子》以來，母親每日都會讀完我的日記才會上床睡覺，她成了她女兒的忠實讀者。

　　母親睡前又傳來訊息，囡啊，妳文章的字實在太小，我眼睛都看花了。

　　前幾日，給母親打視訊電話，她正好在讀我發布的日記，那天她就說，妳日記的字太小，看得好吃力，妳爸更是看不清楚。我聽完笑了笑對她說，好好，明天我把字放大一點。可說歸說，隔日還是選了 12 號字號，大一號的字我預覽了一遍，可一看，強迫症又來了。

　　記得念書時，母親也總是這樣不停地嘮叨我，囡啊，妳寫的字實在太小了，寫給誰看啊。母親嘮叨歸嘮叨，女兒的字還是沒有變大。

　　可今日，當母親再次說我的字太小的時候，我突然有些心

酸。父親是真的老了，母親的眼睛也真的是花了。明日，就算強迫症再犯，我也要把字放大。

母親，今日的字，妳看清楚些了嗎？

日記，誰看都可以，唯獨爸媽不能看，這應該是大部分人的心聲吧。我們這些在東方傳統教育下的孩子，從小就害怕對父母親吐露我們的心聲。

其實，我以前也是這樣，寫的東西，怕父母親看到。前幾年，父親還沒有微信，就母親有，有時朋友圈發點東西，總會糾結，發了母親一定會看，但又不能為不給她看而屏蔽她。屏蔽母親，這說不過去。

有一回，母親對我說，囡，我身邊的一些朋友他們看了妳寫的文章，都誇妳寫得很好。我一聽，假裝笑笑，但恨不得立即鑽進地洞。

除了母親，對孩子，我們不何嘗也是這樣。為了樹立起我們那至高無上的地位與尊嚴，在孩子面前，我們撒了多少次謊言，又做了多少次偽裝。

去年芸結束大陸之行回臺灣，因為要在蕭山機場趕一大早的飛機，我們從蘇州玩回來決定在杭州停留最後一晚。

杭州，是芸最喜歡每次來都會去的城市。

那日，因為芸起床赤著腳跑去洗手間，出來之後，強迫症的我又強迫她去洗腳。夜貓子的她，本來平日起床都免不了會

有起床氣，更何況是清晨五點。

她說，我不洗，別管我。

我一聽，差點氣吐血，別管妳，誰要管妳。

她聽我口氣不好，也來勁了，頂了一句，妳本來就不管我。

那好，我不管妳，我幫妳叫計程車，妳自己去機場，我對著她嘶吼。誰都知道，這分明就是氣急了的話，有哪個做媽的真的做得出來。

看著她梳洗完，乖乖地整理好剩下因我生氣不幫她整理的行李，即便是最後她還是沒洗腳，穿上了襪子和鞋子，我也是拖著她的行李箱，默默關上酒店的門，陪同她一起去機場。

搭乘機場巴士去機場的一路，芸趴在前座後背的把手上，不知是睏還是不想和我說話，一直低著頭。她那一頭烏黑的長髮灑落在一旁，我看不清她的臉，她也應該看不清坐在一旁淚流滿面，她母親的臉。

到機場因為時間還早，還沒開始辦理登機，我便帶她去機場的餐廳吃早餐。她看了看櫃台的餐牌搖了搖頭，說要去旁邊的便利店買吃的。我說，好，那我在這裡吃，妳買好了再回來。

早餐的時候，我從皮夾裡又拿出一張一百歐元的紙幣遞給她。我說，等到了桃園機場，連同人民幣一起去外匯窗口兌換。

那是第一次，我們沒有擁抱分別。以往，即便是她害怕與我親近，她也會在進安檢前，給我一個擁抱。

　　我望著她漸漸遠去的身影，那個從小女孩漸漸長成少女的身影，那個一次次在我視線裡漸漸模糊的身影，我只能轉身，再一次拭去眼角的淚水。

　　去年九月，Judy 的堂妹來巴塞羅那，問我需不需要從臺灣帶點什麼東西。我想了想回她，沒什麼要帶的，但能不能請你堂妹幫我帶點東西給芸。

　　那日午後，在加泰羅尼亞廣場旁的英國宮門口，見到了 Judy 的堂妹小琪。

　　那是我們第一次見面，她看著手機裡 Judy 傳給她我的照片，對比了好久，才敢對著我叫出了名字。我將給芸買的一些彩妝還有另外兩包給 Judy 先生 Jimmy 買的咖啡，一併交給了小琪。聽 Judy 說，小琪皮膚敏感，我送了她一瓶平日過敏醫生推薦我用的身體乳。

　　我和小琪在加泰羅尼亞廣場的噴泉前留影道別，因為要等到七點 A 下班來接我回家，我一個人走著走著從廣場一直走到了凱旋門。

　　一路上，我突然好想芸，想起去年與她離別的那一幕，歷歷在目，我後悔，當時為何就不能主動上前給她一個擁抱。我坐在凱旋門前的花壇邊，拿出手機，給芸發了一條訊息。

　　芸，媽咪想對妳說，謝謝妳，帶我去了蘇州，因為如果不是妳，也許我也不會去二十多年未曾再去的蘇州。

　　回想起來，在蘇州和同里的那幾日，時光恬靜特別美好。我想，若來年可以，我還想和妳一起去蘇州，去平江路閒逛吃蘇式小籠包，去水鄉古鎮看古蹟拍古裝照。

　　芸，媽咪想和妳說聲對不起，走的那日因為自己強迫症弄得不歡而散。這不是妳的錯是我的問題，希望妳能原諒也理解，妳知道的，媽咪的強迫症就是當下焦慮但過後又好了，妳千萬別放在心上。

　　現在妳長大了，有自己的思想是好的，但在媽咪心裡卻始終還是把妳當作孩子，有時候言語過重，但也都是因為太在意妳。雖然妳一直不在我身邊，但我對妳的愛比對任何人都多，甚至勝過妳妹。

　　過去的日子，沒有給妳太多的陪伴，沒有在妳身旁盡到一位母親的責任，相信我，這也不是我願意的，太多的無奈日後妳終會明白。相信媽咪，不論將來遇到什麼需要什麼，媽咪始終都在這裡，會是妳永遠的依靠。

　　好好唸書，好好照顧自己。我相信，終有一日我們會再團聚，會在一起永不分離，永遠愛妳的媽咪。

　　疫情是殘酷的，但因為疫情，我們也更加珍惜。

　　這次寫的《記，這些日子》，寫了好多關於父親母親、關於孩子的事。而這次，日記裡的每一字，每一句，我希望他們都能夠清楚看到。

父親，母親，芸，Danika，這些都是我的心聲，這些都是做為一個女兒，做為一個母親的心聲。

今日第一條實時動態，衛生部發言人 Simon 第一次病毒檢測呈陽性發布之後，華人群裡便有人迫不及待地上傳 Simon 感染的消息。

緊接著，一片冷嘲熱諷。

要不是這次疫情，我還真不知西班牙有 Simon 這樣一個人。對於西班牙的政治人物，政府官員我一概不了解，說起來不怕人笑話，在這之前，我甚至連西班牙的首相是誰、國王是誰都不知道，因為一來我不關心政治，二來我不喜歡看電視。

做為一名在此居住的外籍人士。我想，只要如國民一般做好一個公民的本分就行。

當看到 Simon 被感染的消息，我想說的也只有不幸。沒有一個人是應得的，任何一個在這次病毒疫情中受災，任何一個在這次病毒疫情中感染，任何一個在這次病毒疫情中喪生的人，不論他是政府高官，或是平民百姓，都是一個家庭，一個國家，乃至全世界的不幸。

做為一個深愛著這片土地的外國人。我想，我能做的，也只有阿門，祈求上帝保佑。

另外看了一篇關於 Simon 感染的文章，我覺得他們說得比較客觀。

　　文章說，西班牙疫情愈演愈烈，我們著急，我們失望，我們吐槽，我們就像一個過來人，像一個父母，勸著年輕人少走歪路。但每個人都是不同的個體，更別說一個國家，在面臨一個突發事件，即使是有經驗可取，因為是第一次，肯定會經過磕磕碰碰的過程。

　　這樣的文章在疫情中，能傳播溫暖，給人力量。

　　Bb，你知道嗎，Coruna 一名 37 歲被確診新冠病毒感染的孕婦在剖腹產過程中不幸死亡，腹中的胎兒也沒能倖免於難。

　　A 一聽，輕輕地嘆了一口氣。

　　我說，好難過。Danika 說，媽媽，跟妳那時丟了小寶寶一樣難過嗎。

　　我摸了摸 Danika 的頭，也輕輕地嘆了一口氣。寶貝，這比媽媽那時要難過多了。

　　午餐後，原本想回房躺在床上再看一遍《天使愛美麗》。電影，真的好久沒看了，雖然家裡每到週末晚上都會播放電影，隔離之後就更不用說了，除了 Danika 生病的那幾日外。

　　Danika 上學的時候，從週一至週五，我是不允許她看電視的，週末可以看兩小時的電視和一部電影。但雖說是週一到週五，其中有兩晚她住婆婆家，至於婆婆讓不讓她看電視，那就不受我管轄了。

　　雖然我不喜歡看電視，但喜愛電影。

　　這每到節假日的電影，雖然 A 除中文電影之外都可以看，可英文電影中文字幕 Danika 不能全懂，也看不懂中文，而翻譯的大部分西班牙文電影沒有中文字幕，對我來說更難，加上又只愛看原聲電影，所以這個原本可以一家三口橫七豎八躺在沙發上，一邊吃著微波爐剛炸出來的爆米花，一邊看電影的美好時光，最後成了 A 和他小情人的二人專屬。

　　片頭曲還沒播完，腦子又想到了日記，暫停了視頻，打開日記的文件夾。

　　Danika 抱著她的小熊跑來房間，媽媽，電影好看嗎。她一看我並沒有在看電影，說了一句，又在寫日記。

　　我說，是啊，媽媽喜歡寫日記，寫日記很好，可以把所有做過的，心裡想的全部都記錄下來，以後還可以拿出來回憶。

　　Danika 想了一下，那拍照片也可以啊。嗯，是的，拍照片是可以記錄很多妳做過的事，度過的快樂時光，但寶貝，它不能記錄妳內心所想。

　　Danika 聽完，抱著小熊轉身離開，走出房門前留下一句話，反正我討厭寫日記。

十七 · 哥哥

西班牙時間 3 月 31 日，下午剛過六點，朋友圈便不少人開始懷念哥哥。

2003 年 4 月 1 日下著小雨的夜晚，中環文華東方酒店 24 樓，張國榮帶著遺書縱身一躍，現場畫面，不忍直視。除了那張迷人的臉蛋，他的身體骨全被摔得粉碎，而此刻的他，靈魂卻插上了天使的翅膀，飛向了極樂世界。哥哥解脫了，留下的，只有緬懷他的人無盡的思念。

2003 年 4 月 1 日，注定是個愚人的日子。

何時起，這個上世紀影響了一個時代的香港天王巨星，出生在 21 世紀的這些 00 後也開始追捧，就連芸 FB 的頭像都換成了哥哥的劇照，成了一名不折不扣忠實的榮迷。

有一次，我忍不住問芸，為何妳喜歡張國榮。她只回答了一句，哥哥太美了。

我在深夜十二點睡前，給芸發了一條訊息。今日，懷念哥哥。

哥哥去世整整十七年，那個每到每年 4 月 1 日一懷念起哥哥便會想念起的另一個人，去世也整整快十二年。

他叫波，是我的初戀情人。

哥哥在 96 年演唱那首《怪你過分美麗》時，我與波相戀了一年，那是波時常會唱給我聽的歌。他總對我說，ya，怪妳過分美麗。

得知波去世的消息，是在他去世一個月後。那年，我隻身一人在臺北，在北投杏林一路 7 號三樓，租著一間不到七坪的單身公寓，每日公車捷運通勤三小時往返羅斯福路工作。

記得那日是週日，我在家休息，母親給我打電話。她說，囡，我要跟妳說一件事，但妳聽了不要太難過。

我聽完還是一頭栽倒在床上，不知天昏地暗地哭了多久。電話沒掛斷被丟在一旁，隱隱約約聽見電話那頭，母親不停地喊，囡，別哭了。囡，別難過了。

芸出世那年，也算是多事的一年。

SARS 肆虐，娛樂圈兩位香港巨星殞落。新聞裡和平醫院爆發感染封院，張國榮跳樓自殺身亡，梅艷芳病逝追悼的畫面，一幕幕依稀浮現在腦海。屏幕裡一遍又一遍地播放梅艷芳的《女人花》，還有張國榮的《當愛已成往事》。

波喜歡張國榮，也喜歡黃家駒。90 年代我們這些情竇初開的年輕人，舞廳、KTV 是我們最常約會的場所。

波很喜歡唱歌，我也喜歡聽他唱歌。他每次唱《風再起時》，那神情，那一個轉身一個動作，每看一遍屏幕中張國榮這首歌的 MTV，就會感嘆屏幕前這個全神投入演唱的他，為何如此相像。

而波，雖不是張國榮，卻是我心裡永遠的哥哥。

波死於車禍。他於 2008 年 10 月 25 日凌晨，駕駛著轎車在麗水去往景寧高速的一個山洞口與一輛大貨車追尾，當場身亡。

若干年後，我與他的二姐玲姐在景寧我們相戀的地方再見。玲姐說要帶我去惠明寺燒香拜拜，一路上我們沉默了許久。玲姐望著我，望著眼前這個昔日他弟弟痴迷的戀人，又忍不住提起讓她終日哭斷腸的人。

玲姐哽咽著說，ya，妳知道嗎，波一定是不想死的。駕駛座的車窗，我去現場時，還留著他雙手垂死掙扎模糊了的血跡。

最後一次去波的墳，已是好多年前。

前幾年住在母親家，每到清明便會帶著母親去景寧掃墓，而每次去，我定會多帶上一捧花，去看看波。波的墳墓與外公外婆的墳墓相隔不遠，那座密密麻麻被公墓布滿的山頭，埋著的都是我深愛的人。

我坐在波的墳前，墓碑上那被雨水沖刷泛了黃的黑白相片，

他的雙眼與我無聲對望。我在他的墳頭擺上鮮花，為他點上一根香煙，放他喜歡的張國榮的《紅顏白髮》。

清明時節雨紛紛，路上行人欲斷魂。誰說只有江南，今年的西班牙，也是日日夜夜，陰雨綿綿。

我靠著窗，樓下 Sant Josep 教堂又敞開了大門，有人在舉行告別式。我望著一個個打著傘進進出出腳步沉重的老人，不禁感嘆。

今年，又是多事的一年。

懷念你，哥哥。想念你，波。

十八・天堂

這幾日 A 在用 revit 建築軟件構建新家模型，Danika 在一旁看著覺得很有趣，便和 A 一起玩了起來。

上個月把從超市搬回的一些東西運到新家的時候，一開門，迎面而來百花齊放還有陣陣花香。當時心裡暗自在想，倘若這個時候，我們已經住進新家有多好，這樣即便是再艱難再漫長的隔離，也可以過得如詩一般。

理想是美好的，但現實總是殘酷的。合歡暖暖的花園還沒有全部完工，房屋更是沒有正式動工，一切都被迫停擺了。

望著靜的能聽到自己呼吸聲的花園，還有泳池旁那些大大小小施工工具，連同一包包建築材料被蓋上了一層厚厚的防雨布，回想前段時間每到週末，四五個工人加上我們，在太陽底下忙得熱火朝天的景象，心裡不免又一陣心酸。

今年夏天搬進新家，看來是不指望了。

望著電腦裡，一點點被滑鼠鍵盤建起的新家模型，我對 A 說，倘若現在我們住在那裡多好。

A 說，是啊，如果現在我們住在那裡多好。我的朋友們，一個個都問我，你們現在是在 Marquet Paradis 的房子度假嗎？

Marquet Paradis 加泰蘭語翻譯過來，是馬奎特天堂的意思。而天堂，此刻好近，又好遠。

半個月過去了，西班牙感染人數雖已被原本排名第四的美國遠遠超出，但又一次「榮登」了世界第三，成為全球第三個確診新冠病毒感染人數逾十萬的國家，美國「榮登」榜首。

今天一整個下午都沒寫日記，只聽哥哥的歌，只看《霸王別姬》。

哥哥的歌，聽了三十年。隨著年齡的不斷變化，每一次聽，都更加感動。每一次聽，都更能理會每一句歌詞的蘊意。

你說，為何當代那麼多流行歌曲風靡，卻少了讓人能內心產生共鳴的。是年代變了嗎？還是你真的老了。

第一次看《霸王別姬》應該是在金華唸書的時候，當時看完是什麼心境，已記不太清楚，但知道自己喜歡。

二十多年過去了，今日又再重溫這部影片，終於體會到為何大部分人說，我們真的很難再拍出這樣的影片。對於我個人而言，不是哥哥演的程蝶衣，就不是程蝶衣。不是張國榮的《霸王別姬》，就不是《霸王別姬》。

看新聞，臺灣為了紀念張國榮逝世 17 週年，華納威秀又開始重映《霸王別姬》和《阿飛正傳》這兩部經典影片。

一想，過幾天正好是芸的生日，就發訊息請前夫幫忙訂購兩張電影票，送給芸當做生日禮物，可以讓她約上好友一起去看。

前夫一聽是《霸王別姬》，便說，之前她和同學一起去看過了。再說，這個時候去電影院好嗎？

難怪芸那麼喜愛張國榮，一定是看了《霸王別姬》，每當她喜歡上什麼的時候，都會很瘋狂。

去年來大陸看《哪吒之魔童降世》，一刷，二刷，二刷不過癮回臺灣前又三刷，心想《霸王別姬》芸應該也會想再看一遍，但前夫說的也有理，這時去電影院是太不合適，便作罷了。

看《霸王別姬》的時候，Danika 又跑來我房間，趴在我床邊，對著電影裡那個男扮女裝的程蝶衣，看得出奇。我沒有因為這是成人類電影而趕走她，反而告訴她這是一部很好的電影。

她問了許多問題，媽媽，什麼是京劇，為什麼他是個男的，什麼是戰爭，為什麼會有日本人，什麼是國民黨，為什麼會有解放，什麼是批鬥，為什麼會有文革。

這部濃縮了中國近一個世紀歷史的電影，對於一個不滿十週歲、且一半在國外長大的孩子來說，即便是我這個做母親的能夠全部解答，對她而言，也是很難理解，就如同她理解不

了為何學校不能上課，為什麼大人們不能工作，為什麼會有
COVID-19 一樣。

看到菊仙流產的那一幕，Danika 在一旁看著嘟起了小嘴。
她說，媽媽，她好可憐。接著又說，媽媽，我是從肚子裡出來的，
那姐姐是從哪裡出來。

我說，姐姐是從小妹妹裡出來的，妳因為出來的時候，太
頑皮卡在那裡，所以只能剖肚皮，如果不剖肚皮的話，妳和媽
媽都會有生命危險。

Danika 說，那小妹妹那麼小怎麼可以生出小寶寶。

我說，當妳生小寶寶的時候，我們的生殖器官會自動打開，
這是生命很神奇的地方。

Danika 聽了似懂非懂地望著我，我摸了摸她的小腦袋說，
沒關係，等妳長大生小寶寶的時候就會經歷到了。

同樣的問題，記得小時候的我，也同樣問過母親無數遍。
每次我問母親，媽媽，我是從哪裡出來的。母親總是笑笑拍著
肚子說，傻瓜，當然是從肚子裡出來的，不然還有哪。

同樣的問題，今天是自己的孩子來問，我沒有拍拍肚子，
也沒有難於啓齒。我相信，因為正確的生理教育，Danika 未來
成長之路，一定不會像她母親那樣，因為無知受到不少傷害，
也因為無知而走了不少彎路。

今晚八點的掌聲似乎比前幾日更加熱烈，一戶每日都會

準點打開音響播放音樂的人家，今天播起了 Michael Jackson 的《Heal the world》。一聽到這首歌，有些驚訝，立即對著正在開窗的 Danika 說，快聽，是 Michael Jackson。

伴著此起彼伏的掌聲，跟著歌曲動人的旋律，我也哼起了那熟悉的歌詞。

Heal the world，

Make it a better place，

For you and for me and the entire human race。

There are people dying，

If you care enough for the living，

Make a better place for you and for me。

唱著唱著，百感交集。我想，再沒有比這首歌，更適合當下了。

十九‧餅乾

戴了十多天的眼鏡，我的眼睛終於有點適應眼鏡的視覺了。

如果你常戴隱形眼鏡，你知道，戴久了換戴眼鏡的時候，會感覺怪怪，甚至頭還會有點暈眩，反之也一樣。這也是為何我們去眼鏡行，無論摘下哪種眼鏡，驗光師都會說，先休息一下。

前天跟母親通視訊電話，自隔離起，這成了每日例行的公事。母親一接通便和父親兩個哈哈大笑，因為我鼻梁架著的鏡框下墊了一塊折疊過的廚房紙，乍一看，像極了京劇裡的小花臉。

母親笑完問我，妳鼻子怎麼了。

戴眼鏡戴的，兩邊戴出了紅色的印，很疼我就墊了張紙，我一邊說一邊正要摘下眼鏡給母親看，卻發現廚房紙被牢牢地黏住，用力一拉，竟流血了。

母親一看有點心疼，又忍不住好笑。她說，這麼老了，什麼都見過，就沒見過戴眼鏡戴到流血的。

誰叫妳幫我生了一個塌鼻，不然就是這眼鏡便宜沒好貨，我哼地一聲。

掛電話前，母親千交代萬交代，一定要擦上小護士。小護士就是曼秀雷敦的面速力達母，在臺灣俗稱小護士，是幾乎家家戶戶日常都會必備的藥膏。

說到小護士，這也是我常年會囤的物品之一，包裡必備的除了它還有美國的小蜜蜂紫草膏。以前每次從臺灣回大陸，都會給母親帶幾盒，後來母親比我用得還誇張，嘴裡要是有個潰瘍什麼的，直接拿小護士往嘴裡塞。薄荷味那麼重，真不知她怎麼受得了，她還總是笑呵呵地說，這東西真管用。

還有一定不要碰水，以免感染，母親又嘮叨了一句，這個時候，可要特別小心。

小心，這昨天切水果才剛切了一塊肉。

上次用完的小護士，一時不知放去哪，Danika 便跑去浴室拿蘆薈膏來幫我擦。

擦了藥一時不能戴眼鏡，瞎摸著從臥室抽屜裡取出一副新的隱形眼鏡，小心翼翼地打開戴上。當晚睡覺前摘下時，對著眼鏡盒裡的鏡片，看了一遍又一遍，才敢將蓋子蓋上，生怕又像上次一樣。

　　戴了十多天的眼鏡，這下戴回隱形眼鏡又有些不適應了。人啊，總是不斷地要適應。適應長輩的嘮叨，適應孩子的變化，適應另一半，適應環境的變化，適應氣候的暖化，還要適應病毒的安全距離，還有這何時才能到頭的隔離。

　　母親說，這下戴眼鏡戴到流血又可以寫一篇日記了。還真被她說中了。

　　南燕姐一早在群裡傳來訊息，她分享了一個酥皮點心的花式製作視頻，並留言說，我等著兩位大廚做好了來吃。

　　我一看，看得眼花撩亂，回覆她，哇，高難度。

　　小強哥笑嘻嘻，@ 我說，這對妳來說，是初級難度。

　　去年十月小強哥和南施姐來巴塞羅那，停留了一個多禮拜。有一天，我閒暇做了一些蔓越莓曲奇，便裝了一餅乾盒，讓 A 次日下班後送去 Sarria 南燕姐家給他們品嘗。

　　南施姐、南燕姐、小強哥他們吃過後讚不絕口，後來南施姐還因此把南燕姐加到了群裡。在這之前，我也只有在南施姐的嘴裡，聽說過這個會跳弗朗明哥的職業女強人。

　　二月，天氣漸暖，又敞開了露台，一見木板箱裡的蔥長勢更旺，便剪了一撮拿來做蔥油曲奇。

　　加了海鹽還有小蔥的蔥油曲奇，入口即化，口齒留香。第一次做給 A 吃的時候，他一邊吃一邊大喊，是誰發明餅乾裡加蔥，真的是太好吃了，我從來沒吃過這麼好吃的餅乾。我聽了

偷笑，這哪有什麼稀罕，這傳統的中式餅乾連我媽都知道怎麼做。

又用腰果和蔓越莓烤了一盤義式脆餅，連同蔥油曲奇分裝了兩盒，想著之前一直答應南燕姐要做餅乾給她吃，也欠得太久，便拿起手機給她發了訊息。

南燕姐邀請我去她家做客，因為很久沒去巴塞羅那也想順道採買點東西，就和她約在加泰羅尼亞廣場見面，這裡方便搭乘火車，Manresa 直達不需要轉程。

南燕姐說廣場附近有家咖啡館很棒，我說，巴塞羅那妳最熟，妳推薦的一定不錯。她很細心，給我發了咖啡館名字、詳細地址，還留了她的手機號碼，我們約在週五下午四點半在咖啡館見。

可週四，正當我滿心歡喜終於可以見到南燕姐時，我卻因為多次嘔吐連夜去掛了急診。

其實早在一個多月前，我便在飯後感覺食道有異物感，一開始並沒當一回事，後來越來越明顯，飯後胸堵，還不停地打嗝，就在那日掛急診的前一晚，我開始嘔吐。

因為前幾年我皮膚一直過敏，又身體常有異樣，去醫院的次數遠超過 A 在這裡生活 33 年去醫院的次數，他便在去年六月幫我保了個人醫療保險，可保完沒多久，我的皮膚過敏莫名其妙地自癒了，所以繳了近一年的保險，卻一次也沒享受過私立

醫院的待遇。

那晚去 Sant Josep 醫院看急診，去時匆匆忙忙也沒想到要戴口罩，因為當時西班牙畢竟也只有個位數的感染人數，倒是到了醫院等候看診的時候，急診室門口坐著兩位戴口罩的本地人。我當時有些驚訝，問 A，是不是現在到醫院都必須要戴口罩。A 說，他們應該是有比較嚴重的症狀才戴口罩。

嚴重，我立即用衣服摀住了嘴，不敢再張嘴說話，幸好沒多久，便聽到廣播裡在叫我的名字。

那日幫我看診的醫生，也沒戴口罩，聽完我對病情的敘述，又知道我有胃病史，醫生嚴肅地說，兩個選擇，一是立即住院，這樣能在三日內安排做胃鏡檢查。二是不住院，由醫院安排時間，但最快也要到三月中旬。

等到三月中旬，這要是每天吃完都吐，怎麼行，我和 A 毫不猶豫選擇了住院。但考慮到住院，家裡的一些雜事需要妥善安排，便請求醫生讓我今晚先回家，明日一早再來。

醫生點了點頭同意了，並幫我開好了住院單，也就是那晚臨走的時候，一旁的護士，遞給我三片口罩。

當晚回到家，正準備隔日去醫院的衣物，A 想到了我的保險。

因為我的醫療保險自投保起未滿十個月，保險公司只負責看診的部分，住院的部分是要滿十個月才能享受。為此，A 連

夜打電話跟保險公司確認，答案果真一樣，但保險公司答應會幫我們申請胃鏡檢查的費用。

這一來，住院是不行了，因為如果要自費根本負擔不起一天超 100 歐元的住院費用，但是要排胃鏡檢查，又太久，最後 Sant Josep 醫院建議我們拿著病歷去公立醫院碰碰運氣，或是打電話到其他地方的一些私立醫院，看能不能約到最快的檢查。

公立醫院還是碰了一鼻子灰回來，A 只好一邊查看電腦，一邊挨家挨戶地給巴塞羅那各家有胃鏡檢查的私立醫院打電話，打了一下午，終於約到了 Sant Cugat 的 Policlinic Torreblanca 醫院。

2 月 24 日一早，A 開車載我去 Sant Cugat 做胃鏡。

Sant Cugat，三年不曾來了，前些年，A 和 Mitri 合作音樂的時候，因為 Mitri 住在這裡時常會來。Sant Cugat 是富人區，環境綠化做得很好，來幾次便喜歡上了這裡，特別是 Mercat De Torreblanca 市場，市場一邊賣菜，一邊是餐廳，我們會去市場門口的一家日料店吃烏龍麵和壽司。

那日在醫院等候做胃鏡的時候，我和 A 坐在最無人的角落，嘴上沒戴口罩，心裡還是有點害怕，眼睛不停地骨碌轉。這時突然走進一名年輕女子，由一位婦人攙扶著，那名女子用手摀著嘴巴，一邊走一邊狂咳，咳到身子不停地一前一後搖擺。

頓時走廊裡的人，都抬頭看了一下，但又若無其事地低下

頭各自看報紙玩手機。我忍不住推了推 A，趴在他耳邊說，我們還是把口罩戴上吧。

做完胃鏡檢查，頭很暈。因為打了麻藥，被醫生叫醒時，還因為正在美夢中，揮了他一拳。也許是家常便飯，醫生一點都沒生氣，還笑笑地對我說沒事。他說，一會可以喝點水，沒有不舒服就可以吃東西。

那日天氣真好，從醫院裡出來時，A 望了望藍天白雲，問我要不要找間咖啡館坐坐，我點了點頭。

Bonaparte pa i dolc 麵包店裡，瀰漫著滿滿咖啡與麵包的香氣，人們安定祥和地坐著閒聊、看報紙、喝咖啡、吃早餐，一切一如往常。

當時義大利疫情剛爆發，我一邊看著報紙關於義大利疫情的報導，一邊慶幸自己還能坐在這裡無拘無束地喝著咖啡、啃著麵包。

可回來後不出兩日，Sant Cugat 便有了一名女性冠狀病毒確診病例。一想到醫院裡那名咳得死去活來的女子，心跳立即撲通撲通地快了起來。

前兩天，Danika 吵著要我做蔥油曲奇給她吃，我便讓她自己動手。我說，媽媽在一旁指導協助妳。

Danika 很喜歡做甜品，前陣子時常和 A 一起做 cupcake，A 有一本 cupcake 的書，她可以拿著這本書躺在沙發上看一整個下

午，嘴裡嚷嚷著今天要做這個，明天要做那個。

Danika 做的幾次杯子蛋糕，很漂亮也很好吃，我把她做的成品發給小強哥他們看，他們各個都誇 Danika 好厲害。我也很不謙虛地說，一半是天分，一半是遺傳。

小時候，我也特別喜歡玩麵團，那時候沒什麼好吃的，週末最常做的就是邀請鄰居小夥伴來家裡，一起搓麵團、捏造型，炸好了裹上糖吃。

Danika 不緊不慢、不慌不忙地秤著各種材料，她很細心，儘管我在一旁不停地說，偏差幾克沒關係，她還是多一克少一克都不行。她對做甜品還真有悟性，我一點她就通，這要是換在功課上多好，前兩年我嘗試在家教她中文，可是每次教，每次都要被她氣瘋，後來她沒放棄我自動先放棄了。

日子再難，也還是要過。

切一片檸檬，泡一杯紅茶，來一口 Danika 烤的蔥油曲奇，放點輕鬆的爵士樂，這隔離的日子也變得有滋有味起來。

至於我的胃，胃鏡檢查說沒問題，原本要回診再檢查其他部位，卻因為西班牙疫情爆發不敢再去醫院。後來，又莫名其妙地自癒了。

還有，二月那兩盒原本做給南燕姐吃的餅乾，自然是被我、Danika 和 A 三人瓜分了。原本想著等胃好些再做來送給她，結果這疫情一來，餅乾又不知要拖欠到什麼時候了。

二十‧出門

一看時鐘，已快十點。足足睡了近十二個小時的我，身體還是動彈不得，看來昨日出門買菜，真的是累到了。

記得昨日採買完東西，進門第一句話就是，我好餓。

A 一聽，立即去廚房開始準備晚餐，今晚可以做新鮮的生菜吞拿魚沙拉，還有 Antonia 肉舖超級鮮嫩多汁的牛排。

睡前，A 和 Danika 坐在沙發上看電影，一邊啃著盤裡的西瓜，一邊看得咯咯大笑。是的，沒錯，是西瓜，今天我們還吃上了大西瓜。

A 見我洗漱完往臥室走，便跟了過來。他說，我幫妳按摩。

我從床頭櫃上拿起那瓶麝香袪痛氣霧劑遞給 A，對他說，先噴點這個，再按摩。

這南洋理通牌麝香袪痛氣霧劑，去年回西班牙前，母親帶我一起去藥房買了三瓶。原本打算買兩瓶，母親說，妳婆婆膝

蓋也不好，多帶一瓶送給她。

母親雖嘮叨，但這世上，卻再也找不出比她對妳更細心的人了。

去年從美國回來不久，我的膝蓋因為跑步嚴重受傷，在家待了快一個月，無法下樓。

公立醫院看了兩次，給我開了一些西藥。也不知開的是什麼藥，反正看不懂，A說怎麼吃我就照吃，吃了兩天，胃又開始疼了。A說，可以買一種胃藥，是服用藥物前吃的，這樣可以保護妳的胃。當時，我滿腦子想的都是中藥的跌打藥膏，才不信這西藥，所以A說什麼胃藥，根本聽不進去。

西藥被丟在一旁，不吃了，可膝蓋還是繼續疼，疼到連蹲馬桶都站不起不來。就在束手無策的時候，看到朋友圈有一位Manresa的華人在賣藏藥噴霧，頓時如獲救星。

那晚諮詢完林小姐的時候，已快夜裡十點，還是迫不及待地讓A開車，連夜去她家取了回來。

一瓶納和祥經絡通噴霧和一盒經絡養護貼，我查了下百度，是雲南昆明一家生物科技公司產的。看成分裡有藏紅花、紅景天還有蒲公英，心想，這下對了。

藏藥，如西藏一樣，因為遙遠，所以充滿了神奇。

記得07年去西藏的時候，當時除了買藏香，經當地朋友介紹，還買了許多藏藥。雖忘了具體名字，但家人用了，都誇其

有神奇的療效。

後來那年在青海湖生活的那段時間，因為藏族阿媽每年會在農曆四月到五月冰雪融化的時候去高山上採摘冬蟲夏草，我便會時常問她一些關於藏藥的問題，我喜歡聽她說藏藥的一些神話故事，也喜歡依偎在她身旁，看她那黝黑滄桑、卻寫滿了陽光與信仰的臉。

還真虧了那瓶藏藥經絡噴霧和那盒養護貼，我的膝蓋終於一日日好轉，也漸漸可以下床走動了。

但經過這次，我也不敢輕易跑步了，特別是越野跑。也不敢再像前幾年那麼勇猛，去參加馬拉松，每年 Manresa 舉辦的十公里城市跑步比賽，去年我也沒報名再參加。

膝蓋問題，這年輕時想都不會想的問題，一上了四十的年紀，還不得不小心注意。我可不想像前婆婆一樣，搞到最後換膝蓋，也不想像現在的婆婆一樣，走兩步台階，就要氣喘吁吁。

去年暑期回中國，去臺灣玩了近十天，也許是每天帶著初次去臺灣的 A 到處東跑西跑，走得太多，膝蓋又開始有些隱隱作痛。

從臺灣回來之後，父親拿了他的雲南白藥噴霧給我噴，噴了幾天用完了，母親便帶著我一起去藥房再買。藥房的導購員問過我的狀況之後，她推薦我用另外一款噴霧，也就是這瓶南洋理通的麝香袪痛氣霧劑。

剛開始我半信半疑，總覺得這些導購肯定是因為這款藥有回扣，才會說破了嘴推薦我。後來一聽有折扣差不多半價，而雲南白藥沒有，也就抱著貪便宜的心理買了一瓶試看看。

又過沒幾天，帶著父母親和 Danika 一起去老撾琅勃拉邦玩，出門前便將這瓶麝香祛痛氣霧劑丟進了行李箱。

在琅勃拉邦那幾日，因為喜歡清靜，酒店並沒有選在熱鬧的中心街道，所以上街遊玩，購物用餐，必須要走二十多分鐘的路程，我便每日照三餐地給膝蓋噴祛痛氣霧劑，果真這藥還真如導購員所說的有效，不出十天，我的膝蓋全好了。

去年回西班牙後，一次和 Judy 聊天，Judy 問起我的膝蓋。她說，親愛的，妳在臺灣那幾天說膝蓋不舒服，後來好些了嗎。

一說起膝蓋，我又忍不住要跟人誇這麝香祛痛氣霧劑有多好了。Judy 一聽也是半信半疑，她說，臺灣也有許多不錯的藥膏，居然大陸還有更厲害的。

也巧，沒過多久 Judy 先生被公司派去中國大陸出差，去的就是現在聞名全球的武漢。

去之前，Judy 傳訊息來，她說，我媽膝蓋也是不太好，剛好 Jimmy 要去武漢出差，我讓他去藥局找找，看有沒有妳說的這款藥，妳能拍張照片給我嗎。

不過後來 Jimmy 去了武漢的好幾家藥房，也沒找到我用的這款氣霧劑，便買了其他一些麝香噴霧和藥膏之類的帶回去，

至於效果好不好，我還真沒問。

　　噴完藥，趴在床上，裸露著後背，A 從我的雙肩一直按摩到我的後背。

　　昏黃的燈光下，加上一下午的勞累，我很快就開始昏昏欲睡。A 在一旁按著按著也開始有了倦意，我便叫他停下去沙發陪 Danika。

　　他說，那我關燈，妳先睡。說完關了床頭燈，走出了臥室。

二十一・清明

昨晚，做了抹茶蛋糕卷，又包了牛肉蝦仁餃子，等做完一家人吃完全部整理完，已過了十二點。

我正在洗手間，Danika 在沙發上看電視，她問，媽媽現在幾點了。我用加泰蘭語回答，十二點了，快去刷牙睡覺。

她一聽，立即跑去廚房看烤箱的時鐘，然後走過來對我說，媽媽，姐姐生日到了。說完又轉身對著正在辦公桌前的 A 說，Aleix，今天是我姐姐的生日。

A 放下手中滑鼠，揮起雙手唱起了加泰蘭語生日歌。

心裡記掛著今天是芸的生日，睡不到六小時，就醒了。

打開 FB，想看看有沒有她今天發的帖，結果什麼都沒有，就連生日提醒訊息也沒有。一想，應該是她關閉了生日提醒功能，去年 Judy 生日，我也是沒看到 FB 上她的生日提醒，問她之後才知道，原來還有這功能。

不想讓人知道她生日，又要玩網絡社交平台，這是什麼心理。

記得是前年，芸在她生日那天 po 文，年輕人難免一些不雅的口頭禪。她說，幹，清明節生日。

我一看，倒是一點都沒生氣反而覺得好笑。這一天生日也確實是尷尬，可這也怪不得她老媽，什麼時候生，老天說了算。

芸出生那年，我們回麗水。有一日和小管兩人在聊算命，我便說了芸的生辰，小管一聽，回了我一句，好時辰，清明生的孩子特別聰明。

也不知小管說的是真是假，但我也是硬記了這麼多年。這下，想到拿他的話來安慰芸，我便在她的 po 文下留言，清明生的孩子特別聰明。

芸，這個自 Danika 出生，和她相處時間不超過一年的姐姐。在 Danika 心裡，是很重要的。

Danika 從昨天下午起，便一直不斷地提起姐姐的生日，她讓我做蛋糕，說明天要拿來為姐姐點生日蠟燭。她和婆婆通電話時說，明天是我姐姐生日。她與我小姑子通電話時又說，明天是我姐姐的生日。

而在芸的心裡，這個和她相處時間不超過一年的妹妹，Danika 在她的心裡，又是什麼樣的地位。

芸出生，我在臺灣婆婆家；Danika 出生，我在大陸母親家。

芸和 Danika 都出生在一個忙碌的日子。

芸出生那日，婆婆忙著殺雞拜拜。Danika 出生那日，母親忙著殺雞請客。一個是殺雞過清明，一個是殺雞過生日。

芸生日是 5 號，我生日是 6 號，Danika 生日是 7 號，我們三個人的生日都是單號，是連在一起的單號，而她倆生日的月分加起來，剛好是我生日的月分。

這兩個女兒，光憑這生日的時日，就知道一定是老天賜給我的寶貝，以至於 17 年懷 A 孩子的時候，心裡一直揣摩著，這個孩子是要在哪一天生，時辰才能和我還有兩個姐姐匹配，也許真的就是怎麼算預產期，怎麼不對，這個孩子也就沒能夠出世。

芸十七歲了。

十七年，五歲之前是母親，五歲之後是前夫的母親，論養育之恩，跟我這個母親沒有絲毫關係。雖說，好歹我也是順產生下了她，但又怎樣，養育之恩大於生育之恩。

去年一次和芸聊起她阿嬤，我的前婆婆。

前婆婆，是一名不折不扣的臺灣傳統媳婦。雖然尖嘴薄舌又愛嘮叨，但刀子嘴豆腐心，自生完長子我前夫，就一輩子再也沒工作過。不會騎自行車，不會騎機車，不會開車，只會走路搭公車，終日忙忙碌碌，任勞任怨地為家奉獻一輩子。

現在想想，這樣的好婆婆，打著燈籠也找不到，可這要怪

誰，要怪也只能怪自己沒那福氣，要怪也只能怪自己年輕不懂事。

去年回臺灣，去桃園前夫家接芸。到時是一大早，只有芸一個人在家，還在睡覺的她被門鈴吵醒，披頭散髮地打開窗，一看是我，立即下樓開門。

我一邊幫她收拾要帶去臺北的衣物，一邊又開始嘮叨她的房間太亂。芸應該是不想聽，故意跑去浴室洗臉刷牙。

沒過多久，樓下傳來開門聲，還有前婆婆那熟悉的台語，她像是在同鄰居說話，知道她一定是從菜市場回來，立即放下手中的活跑下樓。

媽，妳回來了，我幫妳拎，我對前婆婆說。她一見是我，又換用國語說，妳來了，淑雅。

淑雅是我在臺灣的名字，那年前夫娶我回臺灣時，婆婆拿我的生辰八字去算，說我的名字和她犯沖，便花錢找人幫我起了個新的名字。

父母親起的名字、前婆婆給的名字、藏族阿媽起的名字、自己取的別名、朋友叫的小名、公司的英文名，後來來西班牙，因為 yaya 在這裡同音是奶奶外婆的意思，婆婆又用加泰語發音叫我原名的 first name，A 跟朋友介紹，又用我的姓氏 Ni 做為我的名字。

這麼多的名字，以至於自己有時都分不清自己叫什麼，每

當別人問我的名字，還會糾結半天不知該回答哪個名字是好。

淑雅，已經好久沒有人這麼叫我了。

去年我膝蓋不好，前婆婆也動手術換膝蓋骨。當時和前夫聊天時，我還納悶，這家裡大事小事的主心骨住院了，雜七雜八的活該怎麼辦，誰來幹。

果然，前夫說全家只能每天吃外賣。

婆婆整理完買回來的菜後，一如往常地來到芸的房間，開始指點我要給芸帶哪些東西。我問她，媽，妳的膝蓋好點了嗎？

一說起膝蓋，前婆婆又開始一邊推著老花眼鏡，一邊大話西遊了。從發病看病到住院手術，還有為了選哪位醫生看診，在神明面前擲筊，那每日都會抹得鮮紅的嘴，一說一笑，說個沒完。

我在一旁聽得入神，芸卻有些不耐煩，一直嚷嚷著，好了沒阿嬤，走了沒老媽。

芸，外婆對妳好，也許妳那時小忘了，但阿嬤對妳的好，妳可一輩子都不能忘啊。以後妳長大了，可以不孝順我這個老媽，但一定要好好孝敬妳的阿嬤。去年和芸在母親家一次對話中，我對芸說。

好好，我知道了，芸聽完又是一臉的不耐煩。

給芸發了一條生日祝福，隨後又給 Judy 發了一條訊息，親愛的，祝 Winnie 生日快樂。

　　Winnie 比芸小一歲，她倆同一天生日。05 年我到丞廷高爾夫雜誌社上班的第一天，Judy 和另外一名男同事帶著我一起到新店高爾夫球練習場實習工作。休息時，我和 Judy 兩人坐在休息區，一遍喝著飲料一遍閒聊，一聊才知道，居然我倆的女兒同一天生日。

　　也許正因此，從此和 Judy 便有了不解之緣。

　　Judy 回覆，Winnie 說謝謝妳。隨後又傳來一張她親手為 Winnie 做的豐盛早午餐照片，裡面有炒蘑菇、堅果果乾粒佐生菜、燕麥草莓優格杯、火腿腸、起士蛋、烤小可頌、小蕃茄還有黑咖啡。

　　孩子的生日，做父母的，看得比自己的生日還重要。

　　母親時常說，眼睛往下看容易，往上看難。是啊，年輕時的我，哪記得父母哪天生日，而自己的生日，朋友的生日，男朋友的生日，遠比父母親的生日來得重要。而父母親寧可不過他們的生日也要幫我過生日，而我寧可跟朋友、男朋友一起過生日，也不願跟父母親一起過生日。

　　Judy 每年都會隆重地為 Winnie 慶生，每當我看到他們一家其樂融融，Winnie 臉上掛滿著被寵愛的幸福笑容，我心裡都會一陣心酸。

　　而此刻我的芸，或許一個人，正躲在她的房間裡，埋頭打劍三，或是無聊上社交網絡閒聊，因為阿嬤現在要忙的孫兒孫

女太多，根本顧不過來。而前夫，除了今年因為病毒疫情無法出國，往年都會在芸生日恰逢清明長假的時候出國遊玩。

而我，這麼遠，除了一句問候，或是花錢給她訂購禮物，也再沒有其他了。

Judy 說，也祝芸生日快樂。我說，謝謝。

孩子們都長大了，Winnie 和芸，這兩個兒時時常會一起玩的夥伴，去年在朋友的菓然咖啡再次見面時，也只能面對面而坐，各自刷著各自的手機。而她倆一起在東區 Hello Kitty 餐廳過生日時的場景，我還清清楚楚地印在腦海裡，那年是我懷著 Danika 的時候，卻怎麼一晃，又過了九年。

而那之後的九年，我再也沒為芸過過一次生日。

從寒山寺出來，正值中午。八月的江南，烈日炎炎，我和芸搭上旅遊環線巴士，準備回平江路的民宿休息。

路上，芸靠著車窗聽音樂，突然摘下一邊的耳機遞給我。

那是前一年她去參加稻米節音樂會，因為忘記戴耳機，我借給她的那副蘋果耳機。後來音樂節回來那晚，她忘了還我，我也忘了問她，次日一早她搭飛機回臺灣，便揣在外套的口袋裡一起帶回了臺灣。

為此我還特意打電話給前夫，讓他趕緊找找收起來，不然這個沒頭沒腦的女兒回到家把外套一脫一扔，阿嬤隨手一拿不注意，又直接丟進了洗衣機。

也幸好當時是在杭州，我又跑去平海路的蘋果旗艦店再買了一副耳機，不然當天晚上去泰國，一路上沒音樂可不行。

老媽，妳要一起聽歌嗎，芸說。我接過她遞給我的耳機說，好啊。

芸說，這是薩頂頂的《不染》，我很喜歡。薩頂頂，老媽以前也很喜歡聽她的歌，喜歡聽她的《琴傷》還有《飛鳥和花》，我對芸說。

薩頂頂的歌多年未聽，歌聲還是那麼空靈動人、美妙至極。我和芸一邊聽著音樂，一邊聊起了往事。

此刻，一副耳機，竟將芸和我緊緊地連在了一起，我真願與她就這樣一直肩並著肩坐在車上，任憑巴士一站站地停，任憑乘客一個個上下，也永遠沒有起點，也沒有終點。

二十二・慶 生

Bb，拌一些沙拉，烤兩個 pizza，我坐在桌前一邊對著電腦整理日記，一邊對著 A 說。

Danika 一聽到 pizza，立即從沙發上跳起來扭屁股，oh yeah pizza。

兩個 pizza，are you sure，A 走到我桌前，懷疑自己聽錯了。

是的，沒錯，今天吃兩個。我知道 A 一定要問為何之前想吃兩個不讓，後來硬是把披薩放過期，今日卻讓他一次烤兩個，馬上又補了一句，今天 Cindy 生日，開心。

Cindy 是芸的英文名，她在念幼稚園的時候叫 Heidi，Cindy 是後來進國小，國小英文老師取的。要論更喜歡哪個英文名，我也說不上來。Heidi 就如我記憶中童年的她，天真，可爱。Cindy 又更貼近現在青春期的她，內向，高冷。這兩個名字也很形象地代表著兩個不同時期的她，所以你問，妳更愛哪個，再

變也是自己的心頭肉，自然是都愛。

一個火腿鳳梨夏威夷口味，一個牛肉芝士 BBQ 口味，都是義式薄皮披薩，相比起厚皮，我更喜歡薄皮鬆脆的口感。

第一次吃薄皮披薩，是 Mark 和 Steven 帶我一起去的，這裡的 Mark 不是 Danika 的生父，他和 Steven 是 couple，是我在臺北的男閨密。他倆帶我去忠孝東路太平洋百貨附近的一個巷子裡，一名來自義大利的老外，在這裡擺了一個路邊攤，賣各種口味的義式薄皮披薩還有進口啤酒。

坐在路邊，一口冰啤酒，一口番茄加九層塔濃郁香味烤製出的披薩，一個充滿異國風情的下午。

陽光真好，也算不負芸的生日。這樣的天氣，坐在露台吃披薩，喝啤酒，再來點音樂也就完美了。

可沒有芸，怎算完美。

Bb，快聽，這首是我很喜歡的音樂。

它叫什麼名字，A 一邊咬著手中的披薩一邊問我。

Don't forget me，我還沒來得及說完，A 立即說，Of course I forget you。

哈哈，這隔離才半個多月呢，已經受不了婦人起早貪黑的嘮叨。不過恭喜你，首相昨日宣布，國家緊急狀態再次延長十五天。

環顧了下四周，大部分人家門窗緊閉，只有我們一家鬧哄

哄地坐在露台。

我們一定是 Carrer Major 街最瘋狂的一家，我喝了一大口啤酒放下杯子對 A 說。

A 說，這還用說，誰都知道我有一個瘋狂的妻子，每日進門要求馬上脫外套、洗手、擦手機，還不讓摸外面的門把手。

你看，現在所有人都照著我之前做了二十多年的在做，這病毒厲害的很，要不是你太幸運，第一次去中國就遇到了我，不然哪來這些絕招，我一臉不屑的表情。

今日的蝦米音樂隨機播放，真的太給力，放的都是我喜愛的歌曲。雖然播放列表裡近兩千首歌曲，都是自己下載的，但總有那麼一部分是聽了幾遍就想刪掉，還有一部分是可以整日單曲循環播放的。

《Creep》，這首來自 Radiohead 搖滾樂隊的經典曲目，節奏明快的吉他，低沉震撼的貝斯，激昂十足的架子鼓，讓酒足飯飽後的我，頓時騷動起來。

家裡有煙嗎，我問 A。

A 想了下，有，有一包我們結婚時，艾森給我的。

那包紅雙喜，還能抽嗎，我一臉疑惑，卻又難掩興奮地跑進房間。

這包整整放了快三年的紅雙喜，被塞在酒櫃一個格子的角落裡，伸手拿出來再從抽屜裡取了一個打火機，正走去露

台，又轉身回廚房打開冰櫃，取出那瓶一樣是放了三年的 BAI-LEYS，另加了一個 short 杯。

這瓶百利甜酒，是那年父母親來西班牙，帶他們去安道爾玩時，在菸酒免稅店買的。

Are you serious，A 靠在椅子上，驚訝地望著我。

開心，Cindy 的生日。芸的生日，又成了今日最好的理由和藉口。

打開那包紅雙喜，給自己點了一根，又順手倒了一杯甜酒。A 拿起 BAILEYS 的酒瓶，一看，2018 年 7 月到期。

寶貝，別喝了，過期兩年了，妳知道這酒裡面有奶油成分嗎，我寧可戴上口罩冒著生命危險去超市再給妳買一瓶，A 一邊說著，一邊把酒瓶推得遠遠的。

我吐了一口煙，又伸手拿回酒瓶。沒事，我昨晚喝了一杯，而且我已經便祕三天了，如果這會能讓我拉一拉正好。

三天，A 一臉無語。也從煙盒裡取出一支香煙，默默地點上。

過期的披薩我們吃了，放了三年的香菸我們抽了，還有過期快兩年的酒也喝了，這百毒不侵的身體，估計連 COVID-19 也怕吧。

趕在今日生日結束之前，給芸錄製生日祝福視頻。

也許是因為有特殊意義，第一次做抹茶蛋糕卷，竟非常成

功。我在前一晚做好的時候，拍了張照片傳給南施姐一家，我說，就是有點偷懶，如果奶油裡面再加上蜜豆，搭配抹茶就更完美了。

小強哥回了一句，完美主義 yaya。

傍晚的 Manresa，因為是山城，總是會起風。

芸的生日蠟燭點完一根又接著點上一根，嘴裡的生日歌唱了一遍又是一遍，總算錄到一半感覺這次會滿意的時候，A 的手機竟然沒電了。好在，緊趕慢趕還是趕在中國時間凌晨 12 點前給芸傳去了我們一家人的祝福。

芸收到後回覆我，好棒喔，謝謝。

又被我囉嗦嫌棄半天的 A 總算喘了口氣，坐下來開了瓶白酒倒了兩杯，迫不及待地吃起我和 Danika 做的抹茶蛋糕卷，然後冒出一句，妳知道拍電影，那些專業攝影師，一個鏡頭要拍多少遍嗎？

二十三‧噩耗

　　我們的好友 Nuria 外公因感染新冠狀病毒去世的事還沒寫，A 另一位朋友的爺爺奶奶也因病毒相繼去世。

　　原本想著寫完芸的生日，便來好好寫寫身邊朋友家人們去世的事，可這還沒提筆，又一噩耗猶如晴天霹靂。

　　的確，今日晴空萬里，又搬去露台享用午餐。

　　今天改中式，有一早我滷的雞爪，A 炒的西蘭花，還有 Danika 煮的米飯。其實自己也感覺蠻奇怪，這光天化日之下，一家三口大張旗鼓地啃雞爪，在中國也罷，可這在西班牙，要是對面哪戶人家開窗一看，沒被病毒嚇到，倒要被我們嚇壞。

　　這中餐，還真要正兒八經地躲在屋裡吃。

　　隔離半個多月，Danika 閒著沒事幹，跟著我淘米煮飯洗菜炒菜，A 這次米飯總算學會做了，學了一個多禮拜，但洗米要花上十分鐘，煮飯還要叫 siri 定鬧鐘，光這最簡單的都要如此搞

工，是不指望他的中餐了，還不如多花點心思，教會女兒比較實在。

昨晚 Danika 炒了一盤娃娃菜，裡面加了紅蘿蔔和蘑菇，從洗到切到炒，都她自己動手，我只在一旁稍作指點，並告訴她要加多少鹽。

生平做的第一盤菜，一定很有成就感，望著她吃得津津有味的模樣，我忍不住直誇她棒，並拍了張照片傳給母親。

母親要是知道 Danika 能做菜了，別提會有多高興。

寶貝，明天媽媽再教妳做別的，這樣萬一哪天媽媽生病了躺床上動不了，Danika 就可以照顧媽媽了，我說。

好啊，媽媽，我想學做紅燒肉，Danika 一邊大口地吃著我做的紅燒肉，一邊說。

也是該學會做飯了，我小學三年級開始幫家裡煮飯，六年級暑假就獨自上菜市場買菜了，我聽完後心想。

Bb，妳知道嗎，Cache 沙龍的那名男髮型師去世了，A 用手拿著雞爪，邊啃邊對我說。

什麼，你再說一遍，誰去世了，我嘴裡正啃了一半的雞爪瞬間掉進了碗裡。

Cache 沙龍的那名男髮型師，幫妳剪過頭髮的那個，A 一本正經地又說了一遍。

Oh my god，我用雙手摀住了嘴，但還是難以置信地問 A，

你怎麼知道的。

我的朋友 Georgi 是他的朋友，也是他的客戶，會時常去 Cache 理髮。Georgi 今早在 Instagram 上發布他去世的消息，A 放下手中的雞爪，拿起手機打開 Instagram 想要查找那條消息給我看。

我迫不及待又追問，是感染了 coronavirus。

A 點了點頭。

Cache 沙龍，是 Manresa 我最喜歡的沙龍。若不是因為我常年不燙不染不剪，我也想如那些悠閒的富太太一樣，每日塗抹著鮮紅的指甲油，珠光寶氣地躺在沙龍的皮椅上。

唯一一次光顧 Cache，那是 17 年我懷孕的時候。當時因為孕吐，導致身體非常不適，還要每日打理那一頭及腰的長髮，一想等生完帶孩子的時候，會更麻煩，便狠下心決定去一剪了之。

那是我自 2008 年開始留長髮之後，第一次剪髮。

其實，早在沒光顧 Cache 之前，我便喜歡上了這家店。

這間位在 Carrer de Valencia 斜坡上的沙龍，是我來西班牙四年，每次到市中心購物街步行必經的，也是自去年 A 給我購置新車後，每日出門開車，回家停車一定會看到的。

Cache 沙龍，到 Carrer Major61 號我的住家，直線距離不超過 50 米。

Danika 一聽什麼人去世了，也很好奇，問我，媽媽，是誰去世了。

寶貝，就是媽媽總是跟妳說這家店很漂亮，裡面的那位男髮型師，就在我們車庫對面。妳還記得，學校停課那天接你從 iaia 家回來，我們還停在 Cache 的櫥窗外，看他們又用乾花布置了新的櫥窗造型。

是的，媽媽，他店裡的花擺得好漂亮。

也許是因為我學服裝設計，也或許是自己經營過服飾店、咖啡店，做過女裝品牌的運營總監、民宿運營總監，還負責過餐廳酒吧的運營，親手布置過無數大大小小的派對，陳列過無數換季換款的櫥窗，所以憑著專業，對店舖櫥窗布置的直覺非常敏銳。

Manresa 也許真的是鄉下城市吧，就如表妹疫情爆發前對我說的一樣，表姐，妳那山裡地方，一定很安全，到時候真的嚴重到沒地方躲的時候，我們都去妳那。

麗約，妳認為最安全的地方，也不安全了。就連我住家不超過 50 米的地方，都死人了。

鄉下城市，沒什麼有情調的咖啡館，沒什麼設計感十足的餐廳，也沒有什麼有氛圍的酒吧。就連 ZARA、MANGO，這些國際時尚品牌的櫥窗，也是俗氣地要死。

可 Cache 不一樣，它總是一枝獨秀。只要你稍微留意，便

能看到每到換季，或是大小節日聖誕節，他們的櫥窗總會不斷變換花樣，布置驚豔到我這個路人都要時不時停下腳步，站在櫥窗前癡癡地看，不停猜想是誰有這樣極高的品味。

而它，不是什麼國際時尚服飾店，卻只不過是一間隱藏在冷清街道的理髮店。

A 從沒去過 Cache，他都是去朋友 Marcel 的沙龍剪，在 Centre d'Atencio Primaria Bages 醫療中心旁，離家也不遠，走路五分鐘就到，名字叫做 STK。A 說，妳想剪頭髮，要不要我幫妳約 Marcel。

我想著一直很喜歡 Cache，剛好可以趁這次機會去光顧一下，便對 A 說，不用了，我去 Cache。

西班牙的沙龍不像國內理髮店一樣，隨到隨時都會有人服務，需要提前跟店家預約時間。

那日去 Cache 是另外一名女髮型師接待我，每次經過時看到，一直都是她和男髮型師兩人，心想他倆是 partner，同是老闆。

妳想要剪髮、燙髮還是染髮，女髮型師站在門口的接待櫃台，拿出預約登記簿問我。

想要剪髮，我說。

有沒有指定的髮型師，她抬頭看了看我。沒有，都可以，我對她笑了笑。

好的，禮拜四下午六點，謝謝。說完，女髮型揮了揮手說再見，便轉身又去忙了。

這時，男髮型師正在為一位客人剪髮，看見鏡子中的他對著我微微一笑，我也對他微微一笑。隨後說了聲謝謝再見，推開玻璃門，走出了沙龍。

Bb，你知道那位男髮型師叫什麼名字嗎，我坐在那裡，已放下手中的碗筷，望著盤裡滿滿原本越嚼越有勁的雞爪，頓時覺得噁心。

A 看了一下他朋友發的帖子，回答我，他叫 Jordi。

Jordi，我雙手合十在心裡默念，Rest In Peace。

週四下午六點，我準時推開了 Cache 的門。

Jordi 和女髮型師兩人正在工作，Jordi 在為一名年輕女士吹頭髮，女髮型師在為另外一名剛染好頭髮的老婦人沖洗頭髮，一名男客正坐在一旁的沙發上閱讀雜誌。

Jordi 一襲黑色。

黑色襯衣，領口微微打開，復古卷邊黑色英倫褲搭配一雙擦得雪亮的黑色綁帶皮鞋，一臉落腮鬍，看起來成熟性感，大概三四十上下年紀。他看到進門的我，熱情地用西班牙文問候 Hola。

Hello，我用英文回覆。

他一聽我講英文，便換用一口流利的英文對我說，請稍坐

片刻。說完，他用手指了指一旁的沙發，示意讓我坐下。

　　沙發，那張靠牆擺著的棕色復古鉚釘皮沙發，我每次經過時都會看到，若不是隔著櫥窗，我早就想一屁股坐下去了。

　　我對 Jordi 說了聲謝謝，深吸一口氣坐下來，不自覺地四周環顧起這家我喜歡已久的沙龍。

二十四·死亡

雖然 Danika 每天跟著我們看新聞，看多少人感染 coronavirus，看多少人死於 coronavirus。但你說，一個八歲的孩子，她能真的理解病毒的恐怖，明白死亡的殘酷嗎？

我只知道，在她這個年紀，我對死亡充滿了好奇，也充滿了畏懼，這是一種很矛盾的心理。若說對死亡的真正理解，也是近幾年才漸漸開始。

記得兒時住在外公外婆景寧葉府前的大宅院，這是以前有錢人家的宅院，後來住的都是買不起洋房的貧苦老百姓。

當時，若是哪戶人家有人死了，都會在院子裡布置靈堂做法事，這時一群孩子就會結伴偷偷摸摸、躲躲藏藏地去看那具被架在長凳上或是躺在棺材裡的屍體，左看右看，恨不得能掀開看一眼，那被蓋得嚴嚴實實壽被下的臉，是否真如鬼故事裡的僵屍般恐怖。

孩子們雖膽大包天，有時卻也膽小如鼠。又譬如一群孩子在踩著咯吱咯吱作響的閣樓玩躲迷藏，東躲西藏、跑來跑去，總是一不小心又撞到哪戶人家藏在閣樓裡的那口棺材，頓時各個嚇得魂飛魄散、雞飛狗叫。

妳好，請跟我來這邊洗頭，Jordi 對著坐在沙發上的我說。

Cache 只有兩名髮型師，沒有助理，所以連洗頭也要自己親力親為。Jordi 倒是習以為常，我半躺著十指交叉在胸前，剛開始不免有些緊張，畢竟是這麼帥氣的男髮型師幫我洗頭。

Jordi 動作熟練卻又輕柔，整個洗髮、吹髮、剪髮的過程，讓人感覺舒服。特別是他那口流利的英文，溫柔且富有磁性的嗓音，還有一直掛在嘴邊的微笑，特別平易近人。

Danika 前幾日和 A 每晚都看哈利波特，直到看完最後一部。哈利波特，我沒看完全集，大概只看過第一部和其中的一兩部。

Danika 很喜歡哈利波特，去年在洛杉磯 Universal Studio 玩哈利波特主題公園，在紀念品商店看到霍格沃茨校服，吵著要買。我一看一百多美金，實在有點狠不下心，便拉著她走出商店，哄騙她說一會會有更喜歡的東西。

等玩完環球影城，夜幕也悄悄降臨。Danika 拉著我像是要往哈利波特主題公園走，我猜想，她一定是念念不忘那件魔法校服。不忍心看她失落的表情，還是咬一咬牙給她買下了，給 A 買了一根哈利波特魔法棒。

今年嘉年華，Danika 穿了霍格沃茨校服去學校，每次看哈利波特電影時，她也會拿出來穿在身上。A 模仿著電影中的哈利波特，時不時揮舞著那根我送他的魔法棒，看著沙發上他們倆，覺得特別搞笑。

Danika 每次看哈利波特都會看得特別入神，但也會看到害怕，怕的時候跑到我身邊喊，媽媽，抱抱，抱抱。

我笑她，怕為何還要看。

小時候，夜裡睡覺講鬼故事，妳不也怕到躲進被窩直哆嗦，卻又不停吵著同伴繼續講嗎，我笑完 Danika 又心想。

自那次在 Cache 剪完頭髮之後，除了每次經過時會對坐在門口抽煙的 Jordi 微微一笑點頭之外，便再也沒有踏進過這間沙龍。原以為之後會時常再去找他修剪頭髮，畢竟頭髮很容易長長，可頭髮才剪完一個多月，孩子便沒了。

我又開始留回我的長髮，足足留了兩年多，才留回原本及腰的長髮。最近在家隔離，不出門也不需要特別打理，我便日日起床把它編成麻花瓣，煮飯的時候母親跟我通視訊看見，又說，囡啊，妳的頭髮又這麼長了。

當人們漸漸開始意識到病毒越來越近，瘋狂湧進各大小超市搶購各種民生用品的時候，Cache 也依舊每日那麼多時尚愛美人士，一邊看報紙雜誌，一邊燙頭染髮。

那是最後一次趕在政府宣布隔離前，去市中心購物街採購

必需品，回來的時候經過 Cache，習慣性地朝店裡瞄了一眼，門口接待收銀櫃上，那每日都會擺著一大玻璃罐棒棒糖的旁邊，多了一瓶消毒洗手液，Jordi 與那名女髮型師一邊工作，一邊在和客人們閒聊，沙龍裡沒有一個蒙著半張臉的蒙面俠，有的只有以往的輕鬆與自在。

是前幾天哈利波特看太多，看到太多關於死亡的恐怖鏡頭，Dainika 在聽完 Cache 髮型師 Jordi 因病毒感染去世後，原本開開心心啃著雞爪的她，小臉蛋也開始變得悶悶不樂了。

又或許是此刻她幼小心裡，也與我一樣，在感嘆那日停在 Cache 櫥窗前，望著那一朵朵花兒時的美好。

我伸手摸了摸 Danika 的小臉蛋，輕聲地對她說，寶貝，別難過，並將她摟進了懷裡。

找遍了硬盤裡所有 17 年拍的照片，又翻遍了手機裡近七千幾張照片，明明記得那次去 Cache 剪髮的時候有拍過一兩張照片，還有一次經過時忍不住拍了幾張櫥窗的照片，卻怎麼找也找不出半張。

為了給日記推文配圖，我突然想到 Instagram，用店鋪名字很快就搜索到 Cache 沙龍，還一併找到了 Jordi 的個人主頁。

打開 Jordi 的 Instagram 主頁，最後一張是去年十月自拍的生活照，顯然他有一陣子沒更新過，我想，以後也不會再有更新了，就如同我身旁那一個個去世的朋友一樣。

照片中的 Jordi，身穿一件白色棉布襯衣，外面一件橄欖綠鵝絨馬甲，栗色帶些許凌亂的髮型，嘴角微微上揚，露出性感迷人的笑容。他的身後，是一片鬱鬱蔥蔥、生命力極其頑強的常春藤。

馬甲，是的，他很喜歡穿馬甲，他在店裡工作的時候，時常會在襯衣外搭一件黑色的禮服馬甲。我在這裡極少看到穿禮服馬甲的年輕男性，除了那些七老八十年邁的老男人，他們依舊堅持著每日上世紀四五十年代的裝扮出門。

Bb，我看到 Jordi 和他男友的照片了，我一邊瀏覽著 Jordi 的照片一邊對 A 說。

果然，我之前的直覺沒錯，Jordi 是同性戀者。這也證實了為何他的品味獨特，往往 gay 都會有較高的審美，就像我在臺北那幾個 gay 男閨密一樣，他們比我還愛美，比我更追求生活的品味。

望著照片裡，那個生活多姿多彩、與男友親密恩愛的 Jordi，雖然今日的心情比起昨日剛聽到他去世時，稍稍平復了些，但心裡還是難免感傷。如果不是因為這場該死的病毒，這麼年輕有為的髮型師，這麼有藝術天分會畫畫的藝術家，這麼熱愛生活熱愛音樂的他，應該會有更加精彩的下半生。

還有 Cache，這個沒有了 Jordi，還會是以前那個我每次經過、都忍不住停下腳步的沙龍嗎？

二十五 · 女性

Eva，現在營業時間和之前一樣嗎？我一邊環顧店舖四周的貨架，看還缺什麼，一邊問 Eva。

Eva 正按我的要求幫我切五花肉，這是預備明日做紅燒肉給 Danika 吃的，家裡好久沒有吃上新鮮的肉了，前兩個禮拜的餐食，肉都是前一晚從冷凍櫃取出放冷藏退冰的，冷凍過的肉就算燒的手藝再好也燒不出新鮮的味道。

Eva 個子不高，瘦得又有些弱不經風，可站在砧板前，手腳確是精幹利索。

西班牙這個女性抽煙比例比男性還高的國家，連超市的肉品區、海產區，或是私人的魚店肉舖，在那裡揮舞著利刀，開膛破肚的，也幾乎都是女性。

雖說也見慣了這些婦女，因為大部分長相都很彪悍。但上個月去 Bonpreu 超市看到一名二十出頭的年輕女生，五官玲瓏

小巧，身材纖細標緻地站在那，揮舉著大刀為一名老婦人剁雞肉時，我還是一臉疑惑。

這樣的女生，不應該在一間高雅的咖啡館，舉著托盤端著醇香的咖啡和精緻的甜品，或是在一間時尚的 lounge bar，在吧台一邊搖著酒壺、一邊嘻嘻哈哈地招攬客戶嗎？

是的，營業時間跟以往一樣，沒變，Eva 一說完，五花肉也切好了。她抬起頭來看了看我，又問，是切成這樣對嗎。我看了看砧板上那剛稱好的 500 克五花肉，瞬間已變成一粒粒 2 乘 2 公分的標準大小，忍不住笑笑地誇她，切得真好。

Bb，Antonia 肉鋪開了多久了，我對著正躺在沙發上玩手機遊戲的 A 說。

Hola Mama，Antonia 肉鋪開了多久了，A 回答不出來，立即打電話向婆婆求救，電話很快接通了。

為什麼突然問起 Antonia 肉鋪，婆婆好奇地問 A。有人在寫 Antonia 肉鋪的故事呢，A 對著電腦前的我眨了眨眼睛。

原來是這樣，讓我先好好想想，畢竟這是很久以前的事了，婆婆在電話那頭說。

我搬了一張椅子，讓 Danika 爬到椅子上，因為露台的圍欄是用水泥做的，高度和 Danika 身高差不多，所以她看不到樓下。

Hola Eva，Danika 也揮了揮手。看見 Eva，她可高興了。

妳好嗎，Danika，雖然 Eva 說話時戴著口罩，但我遠遠也

能看出她臉上帶著喜悅的表情。

Eva，也算見證了 Danika 在西班牙生活四年的不斷變化，從剛開始陪我去買肉時的啞口無言，到現在竟成了我和 Eva 的小翻譯官。

不知是 Danika 很喜歡 Eva，還是因為嘴饞，想要吃 Eva 家的肉，每次下課接她回家經過 Eva 的肉舖，她總是要問一句，媽媽，今天要去買肉嗎。

Eva 也同樣很喜歡 Danika，四年了，Eva 彷彿很少叫我的名字，但每次見到 Danika 時，總會親切地喊她的名字，並問候她，妳好嗎。

每次去 Antonia 買肉，Danika 很喜歡問 Eva 問題。這個肉是什麼肉，這個奶酪是什麼奶酪，這個香腸是什麼香腸，

我有時聽得不耐煩，會說，Danika 別吵了，Eva 正在忙呢。Eva 倒是一點都不介意，還很有耐心地一一回答，時不時還切一些奶酪，或是從罐子裡拿一些小薩拉米遞給 Danika 吃。

有好吃的，小朋友自然是難以抗拒，也難怪她比我還關心今天買不買肉的問題。

Antonia 肉舖，前面是接待客人展示貨品的鋪面，後面是烹煮料理的廚房還有儲存肉品的倉庫。他們有一家分店在 Carrer d'Angel Guimera，一次經過時進去光顧過一次。店鋪裝修很新，人也是新面孔，雖比較寬敞，但因為戀舊，我還是情願擠進這

間狹小的老店鋪排隊等候。

我時常會在早上九點送完 Danika 去學校之後，遇到正準備開著那輛小貨車給分店送貨的 Eva，白色的工作服整潔，白色的小貨車乾淨，就連 Eva 露出笑容時的牙齒，也是潔白無瑕。

早安，Eva，我一邊開門一邊揮手。Hola，Bon dia，Eva 也一邊揮手，一邊開著車門。

婆婆說，Antonia 肉鋪，最早不是肉鋪，是她外婆開的魚店，賣魚和各類海產。

魚店開在 1950 年，沒有名字，因為開在家裡，大家都稱呼外曾祖母 Crespa。1957 年因為外曾祖母年事漸高，女兒就是我們的外婆又生了兩個女兒，需要外曾祖母幫忙照顧，於是便關了這間魚店。

後來一名叫 Isidre 的男子租下了這間位於 Carrer Major 63 號一樓的店鋪，在 1970 年開了這條街最早的肉鋪，名字叫 Germans Ferrer。當時，Isidre 僱了一名年輕的女生做為店員，這名年輕的女店員就是 Eva 的母親，Antonia 肉鋪的老闆安東尼婭。

年輕的肉鋪女店員，這不禁又讓我想起那日在 Bonpreu 超市，站在砧板前，給客人們快手剁雞肉的年輕女生。

而這位經常出現在我面前，一頭銀絲鬈髮、抹楓葉色口紅的老婦人 Antonia，我很難想像，上世紀七十年代的她，又是怎樣一副模樣，站在這間古老的店舖裡，為人們切肉。

二十六・感嘆

Onia 在家人群裡發了一段視頻，仔細一看，這不是我們家旁邊的 Baixador 火車站嗎，一隻狍子在馬路中間四處亂竄，被人拍了個正著。

我和 Danika、還有 A 三人看完視頻，忍不住哈哈大笑，這往常夜裡只能在郊外運氣好的時候才會遇到的動物，卻大白天大張旗鼓地跑進了城市。

可想而知，此刻的 Manresa，是有多麼僻靜。

A 說，我很喜歡一部電影叫《I'm Legend 我是傳奇》，裡面講的是 2012 年，地球被病毒所擊垮，病毒學家羅伯奈佛因有自然抗體未被感染，成了紐約唯一的倖存者。後來他帶著他的德國牧羊犬，繼續尋找其他倖存的人類。電影中，城市變成了一座森林，動物們都紛紛住進了紐約城。

Bb，為什麼我覺得現在所發生的一切，如電影裡的情節。

　　華人協會群裡，會長發布收到一批由青田縣政府捐助的防疫物資，預備要發放給青田籍華僑的訊息。這話音剛落，立刻有人跳出來吐槽。

　　不都是中國人，還分東西南北。乾脆改青田群好了，什麼華人群。

　　這下，口罩又無辜地惹禍了。

　　會長無奈，只能解釋他也是傳達青田縣政府的意思，但好在他明智，原本只發放給青田籍華僑和之前捐助過祖國及西班牙的華僑每戶二十個口罩，經協會視訊會議討論後，立即改成了發放給所有 Manresa 華僑每戶二十個口罩，並組織第二天下午在市警察局門口，憑證件登記領取口罩。

　　總算沒讓好事變成壞事，我心想。

　　口罩，什麼時候變得比愛馬仕、LV、香奈兒，還要風靡全球，成了 2020 年全世界最熱銷的產品。饑荒年代聽父母親那輩人說過，錢荒沒有真正經歷過，但口罩荒卻被我們趕上了。

　　疫情一來，人們的價值觀也變了。家人變得更重要了，友情變得更加緊密了，就連民眾也越加愛國了。而此刻，奢侈品變得最不重要，最重要的還是自己的身體。

　　當然，還有口罩。

　　加泰羅尼亞各大藥房在下週二，將收到政府購買口罩的第一批口罩，每位加泰羅尼亞居民可憑醫療卡免費領取一片口罩。

一片口罩，是的。對於此刻這裡大部分民眾而言，一片口罩比一張歐元大鈔還大。就連公公婆婆僅有的兩片口罩，還是我們給的。

婆婆昨日電話裡說，下午要去超市，但口罩之前去超市已使用過一次，她便也學起我們，把口罩放在太陽底下曝曬。

婆婆說，看新聞下週可以領口罩了，我立即讓 A 轉告她，這個時候還是不去搶這一片口罩了，萬一人一多，還得不償失。

青田縣政府捐助的口罩，我沒去領。

口罩，我當然缺。但我這個拿臺灣戶籍的人，此刻也很尷尬，明明土生土長的麗水人，但看證件，居留證護照上寫的都是臺灣。可當初若不是因為被計畫生育被逼無奈，一群人氣勢洶洶地跑來母親家，非要罰我十幾萬，我也不至於一個人挺著六七個月的大肚子，飛回臺灣折騰一個月，換了臺灣戶籍。

現在倒好，又開放二胎了。我也懶得折騰，反正芸在臺灣，拿臺灣戶籍去看她也總是方便些。

好多人都趕在歐洲疫情爆發前，逃回祖國。此刻，回到祖國的懷抱多好，我也想此刻能回到母親的懷抱。

不知是不是我也算後知後覺，雖知病毒厲害，總也不至於想到，西班牙會淪陷到今日。但就算聰明，早想到了，也是無處可逃。回中國，萬一途中不小心感染了病毒，醫療費用誰來承擔？年邁的父母嗎？回臺灣，住哪？況且我和 Danika 兩人因

為常年居住在西班牙，戶籍早被戶政遷出國外，所以乾脆前年回臺灣時把健保也一併停了，回臺灣沒有健保，醫療費用也要全部自己負擔。

所以，即便是母親想著此刻一家人若能呆在一起多好，我們也只能乖乖地留在西班牙。哪怕政府也跟我一樣，再怎麼後知後覺，我們也還是要堅信它。

A 在電話裡對婆婆說，Cache 的男髮型師因病毒感染去世了。

婆婆說，幫我剪髮的髮型師 Yoli，她的父母也感染了病毒，幸好媽媽治療後康復了，但不幸的是爸爸去世了。學校停課那日下午，我去婆婆家接 Danika，婆婆不正是趕在國家宣布隔離前，去 ESTETI-K 沙龍剪她的頭髮嗎？

我的天哪，婆婆那裡，居然死了這麼多人，Nuria 的外公也是死在村裡的養老院。

Sant Joan，婆婆住的村莊的名字，這個 Danika 學校所在地，是我最常一個人上山散步的地方。我喜歡站在 Collbaix 山，夕陽西下望著不遠處 Manresa 整座山城，感嘆過往。也喜歡它春暖花開，萬物復甦時，一片欣欣向榮的景象。

Sant Joan de Vilatorrada，從家裡開車僅需五分鐘。

我的記憶裡，永遠記得第一次來西班牙，A 開車帶我去婆婆家。那是二月，路旁的那株桃花開得正好，我讓 A 停下，採

了一把回家。

168

二十七‧空城

上週出門買菜，回家時看到 Sant Josep 教堂門口，擺著一名中年婦女的遺照，相框旁是一簇簇鮮花和一盞盞被點亮的蠟燭。傍晚暮色中，燭光一閃一閃，相框中面帶微笑婦人的面容，在鮮花及燭光的簇擁下，顯得淒涼。

我停下腳步，朝遺照望了一眼。心想，這麼年輕就去世了，不會是因為病毒吧。雖然互不相識，但心中還是默念了一句 Rest In Peace，隨後加快了腳步。

一個禮拜過去了，冰箱總算慢慢空出了些位置，一些當日沒吃完的食物，也可以蓋上保鮮膜，勉強地擠進冷藏室。

也是，這樣的特殊時期，除了把冰箱填滿，也沒有比這更能讓人獲得安全感了。

不過，我有些好奇 Salelles 的姑媽家，以往只放幾顆雞蛋、幾盒酸奶、幾片火腿和奶酪的冰箱，現在是不是也因為疫情，

被塞得滿滿。

在設計新家廚房的時候，關於冰箱的問題，我和 A 也討論過幾次。

A 提議用美式的四門大冰箱，按常理，住鄉下地方，是要有足夠的儲存空間以減少外出購物的不便。而我還是堅持要用兩門的傳統冰箱，總覺得這樣才能把那近九百平方米的院子利用得淋漓盡致。種蔬菜、種香料、種瓜果，搞不好還能養雞養鴨，就連姑媽家養蜜蜂的活，我都想到了。

你別說，前陣子院子裡桃樹、杏樹、梨樹盛開的時候，還真密密麻麻的都是蜜蜂。但這畢竟也只是理想，就憑我鋤兩下腰都直不起來的人，現實還是很骨感。

一個禮拜過去了，我的肩背還有手臂的痠痛也緩解多了。雖然母親也知道，差不多我這個年紀的時候她都做外婆了，她還是一樣把我當孩子，每日都要勞心地問一下，囡啊，妳的肩膀好點了嗎，還疼不疼？

雖說我鋤頭是不怎麼會用，但至少還不至於那麼弱不禁風。母親，還記得當年開服飾店的時候，每次進貨，那幾十公斤的貨，還不都是我一個人從杭州折騰回來。

直到卸下所有重物，進浴室洗澡發現雙肩紅腫的印記時，才意識到今天確實買多了。

從下午三點出門，直到晚上八點，來回跑了五趟，足足十

大購物袋從不同超市，店舖搬回來的食物，我都不知道，A 是怎麼把它們塞進冰箱的。

而我明明也知道家裡的冰箱就那麼點大，還是中了邪一樣，任憑 A 在那裡不停地喊，冰箱快爆了，我還是照樣拎起購物袋，又一次出門了，好像恨不得把一家三口，吃一輩子的糧食全部買了回來。

疫情，讓人購物心態也扭曲了。

隔離三個禮拜，第一次出門買菜。前一天視訊電話裡母親說，知道妳明天要忙，就不打電話了，然後又特別交代，出門買菜不要用現金。

父親在一旁聽了，又嫌母親嘮叨，他說，女兒還會不知道嗎，之前還不是她囑咐你出門不要用現金。

為了等晴朗的好天氣，一來是想趁好天氣出門透透氣，二來是想有紫外線病毒不至於太肆虐，硬是憑著僅剩的一點糧食，一日兩餐地從禮拜一撐到了禮拜五。

買菜，這個家庭主婦平日裡最常做的事，什麼時候變得又緊張又興奮，還要挑日子，好比相親似的，連出門的著裝打扮，前一晚都想好了。

前年去泰國的時候，在網上買了一件及膝長的白色防曬外套。我買防曬衣，倒也不是為了防曬，是旅行時披著，以免機場機艙冷氣太強著涼用的。我喜歡防曬衣的材質與現在設計的

各種時髦款式，在歐洲，是買不到的。

防曬衣，這會出門穿倒挺合適，輕便又像防護服，雖然也沒有研究說防曬衣可以防病毒，但總比穿雨衣出門強。

週五，太陽如期而至。急匆匆地吃了午飯，便開始梳理，換外出衣服。

西班牙午餐正常用餐時間，一般是下午兩點到四點，這會通常超市裡人最少，隔離前我也是趁這個時間段去超市買東西囤貨，母親聽了還誇我真聰明。剛開始，超市裡真沒幾隻貓，可後來妳聰明別人也不笨，超市裡不分時段地湧進越來越多的人，最後連一早還沒開門營業的超市門口，都早已擠滿了磨刀霍霍的人群。

帽子、眼鏡、口罩、手套，站在鏡子前從頭到尾檢查了一遍又一遍，原本強迫症的我，平常出門之前都會不斷強迫自己跑廁所，A這個時候還在一旁故意煽風點火，笑著不懷好意地說，好緊張，好緊張，今天終於要出門了。

外面的世界，真的是瞬間變樣了。

行人紛紛戴上口罩，往日裡悠閒的腳步，變得匆忙了，就連雙目流露出的神情，也顯得更加凝重。人們壓抑著以往的熱情，外出遛狗，上街購物，雖然眼裡依稀還能看到過往的車輛及路人，但彷彿看到的只是一座空城。

踏出門口的第一步，有一種飛機剛著地的感覺。雖住的樓

層不高，但三樓與地面多少總有落差，三個禮拜沒出門，頭開始有點暈眩，腳步也顯得輕飄，彷彿整個人瞬間失去了地心引力。

聽著音樂，沿著 Avinguda de les Bases 走到與 Carrer de la Font del Gat 的十字路口，明明往前再走幾步，就可以到達 Mercadona 超市，但為了能多走一走，看看這久違的藍天與白雲，多呼吸幾口外面的新鮮空氣，我停在路口猶豫了一下，然後等候穿過斑馬線的紅綠燈，走向了 FUB 大學前的人行步道。

FUB 大學是一座敞開式沒有圍牆的大學，大學對面有一棟學校的圖書館，是一棟非常美的巴洛克風格老式建築。

我去超市會時常經過圖書館門口，門口總有成群結隊談天說地的大學生，還有談情說愛摟摟抱抱的年輕情侶，這讓我每次走過時，都會有回到校園的感覺，也不免默默低頭感慨一去不復返的青春。

喜歡大學前斜坡上那片綠油油的青草地，往常我也會像今日一樣，藉著去超市順道來學校周圍走走，沿著 Parc de les Homilies d'Organya 可以走到學校後面的山坡，在那裡可以看到庇佑這座城市的神山 Montserrat 全景，父母親那年來西班牙，也時常會來這裡散步。

有一對男女，停在學校門口 fuente 洗手，兩人都沒戴口罩。我停在路旁，望著草叢裡開出一片片白色野花，再抬頭仰望天

空，覺得此刻花兒的白，與白雲的白，如此呼應，忍不住拿出手機，拍了一張照片。

微風拂過臉龐，陽光灑在臉上，隔著口罩，我不停大口大口地呼吸。望著昔日大學前車水馬龍，此時卻又空空蕩蕩的街道，淚水彷彿快要湧出眼眶。

這一刻的自在，眼下竟成了奢侈。

二十八·分床

一早起來準備洗漱，看到洗臉盆裡 Danika 昨晚玩顏料什麼的玩完沒沖洗乾淨，弄得都是五顏六色的污漬，地面上也不少水漬，便顧不得洗臉刷牙，先開始打掃起來。

孩子睡得熟，就算是我在廚房劈哩啪啦的，也吵不醒她。A 聽到屋裡有動靜，從沙發上醒來。

自從 Danika 發燒生病和我睡了幾天，加上之後每晚看哈利波特看得不敢一個人回房睡覺，便名正言順地睡來我的房間，A 只好灰溜溜地抱著毯子又睡去沙發。

16 年 Danika 五歲那年來西班牙開始，便學會自己一個人睡覺。之前住在母親家，跟外婆睡，她是外婆的小棉襖。

來西班牙四年，A 偶爾會與夥伴們做音樂徹夜不回家，Danika 就乘機跑來跟我睡，她喜歡躺在我懷裡，睡前給她讀故事，摸她後背；我喜歡一覺醒來，望著她那睡得像是撲了腮紅

的蜜桃小臉蛋，偷偷親吻。

雖然希望孩子能早點獨立，但做媽媽的也很珍惜這一刻彼此間的親密。也許過幾年，你想讓她跟你睡，她不想了，再過幾年跟男朋友一起睡，再過幾年天天陪老公睡。等老得常常被嫌棄嘮叨，若那時女兒還願意再爬到妳的床上，依偎著妳，跟妳撒嬌，跟妳親熱的話，那也許就是老來最幸福甜蜜的事了。

像芸，現在都不願意跟我睡。如果出去外面住，有兩張床必須選兩張床，若是沒有，她一定是睡沙發。若是沙發都沒，被迫要睡一張床的話，也是要躺得老遠，生怕一個轉身碰到我。

剛開始幾天，A 每日沙發上起來，都會撐著腰哎呦哎呦地喊腰疼。我心裡偷笑，你也會腰疼，我來四年，家裡的這張床也是每日睡得我腰疼，現在也讓你嘗嘗滋味。

前幾年住母親家，剛開始睡硬床也是睡得全身骨頭痛，後來才漸漸習慣。西方人喜歡睡軟床，A 第一次來母親家睡覺的那晚，他往床上一躺，大叫了起來，我的媽呀，這是石頭床嗎。

我在一旁捂著被子哈哈大笑。

是母親家的硬床睡習慣了，還是真的年紀大了喜歡睡硬板床。來西班牙後，這軟床我又不習慣了，可 A 又不習慣睡硬床，這是要怎麼辦。

那年父母親來西班牙，因為家裡只有兩間臥室，便把主臥留給了他們，我和 A 睡去婆婆家，每晚吃完飯離開，次日一早

回來。可爸媽睡不到一個禮拜，也開始嚷嚷著床太軟睡得腰疼，後來死活不願睡我們的床，硬是要在地板上打地鋪。拗不過老人家也就由著他們去，我和 A 又睡回了家裡，一家老小五口便這樣擠在這間小公寓一起度過了三個月。

也就是那年父母親來西班牙之後，我才下定決心，一定要買大一點的房子，要為爸媽留一間寬敞舒服的房間，也要給自己買張新床換一張舒適的床墊，因為有了新家的夢，也就暫且忍受著這每日起床都會想要丟出去的床墊。

去年和 A 回臺灣，住在 03 年我帶家人去臺灣時，曾住過北投公園的一棟溫泉大樓裡。我在訂好去臺灣的機票後，聯絡到當年租給我們房子的屋主陳小姐，陳小姐正準備將這間屋子長租出去，但知道是我們，便答應等時間臨近若還沒有租出去的話，就短租給我們。

雖然也擔心暑期沒有提前預定好住處的話，臨時很難找到喜歡的民宿，但因為對北投的那間屋子有特殊感情，再加上它位在新北投公園，環境特別好，地理位置又絕佳，我還是抱著僥倖的心理，靜靜地等了兩個月。

也許是我們跟這間屋子真的有緣，當陳小姐告訴我們屋子還沒有長租出去，願意給我們回臺灣度假這段期間使用時，我感激到不停地對陳小姐說謝謝。

總認為唯一解決我和 A 兩人睡眠最好的方法，就是在新家

的臥室裡，擺兩張單人床，一張軟床給他，一張硬床給我。可
沒想到去年回臺灣住過陳小姐家之後，發現居然還有這麼神奇
軟硬適中的床墊適合我倆。

記得到臺北那晚，已有些晚，待陳小姐交代完家裡情況離
開後，我和 A 開了瓶啤酒泡了個溫泉，隨後立即跳上床倒頭就
睡。第二天醒來，兩人睜開眼互看了一眼，開口同時說的第一
句話就是，這床太舒服了。

這下，A 總算不擔心我吵著新家要分床了。他說，記得，
等新家買床墊的時候，一定要來好好請教陳小姐。

隔離，很快又過了一個月，A 也足足在沙發上睡了快一個
月。前幾天，我問他，要不要回房睡。他說，不要，我要睡沙發。

怎麼，腰不疼了，我笑話他。他說，不疼了，原來睡沙發
挺舒服的。

好吧，又一個跟芸一樣喜歡睡沙發的。我叫上 Danika，走，
跟媽媽回房間睡覺。然後又對 A 說，最好以後你都睡沙發，我
一個人睡不要太自在。

二十九・北京

美國時差、中國時差再怎麼倒，一個禮拜也倒過來了；可僅僅一小時夏令時、冬令時時差，兩個禮拜了，還是沒調適過來。

這在家隔離的時鐘，幾點真的全憑自己說了算。

下午四點半，在國內已是做晚飯的時間了，我才停下電腦，一邊匆忙地做中飯，一邊給母親打視訊電話。

父親和母親現在解除禁足令，像是籠子裡放飛出去的鳥，每天到處跑。前年雙雙喜歡上戶外，每天跟著一些戶外群，不是這裡登山就是那裡徒步，雖然隊伍裡年紀屬他倆最大，但論體格一點都不輸給年輕人，每次走在隊伍最前面的總是他們兩個。

這不，今天又去什麼龍泉的三江源頭披雲嶺，去爬海拔1600多米高的山。不過看照片地形不算太險峻，有一次不記得

他們是去哪裡爬山，那山峰陡峭得跟珠峰的希拉里台階似的，還一群人排排站好，擺各種 pose 拍照。要不是事後才看到，我怎麼也不會讓他們這麼大年紀的人去冒險。

每次他們一跟我說要去哪爬山或是徒步，我這個做女兒的都要替他們捏一把汗。他們倒是嬉皮笑臉地呵呵笑兩下，第二天又興高采烈地出門了。我總是要擔心到第二天晚上他們平安到家給我打電話或是傳訊息，才鬆一口氣。

什麼時候，我身上那些愛玩、愛冒險的精神，都去了父母親那裡。而以往那個在家一刻都待不住的 yaya，現在卻成了日日宅家乖巧賢淑的家庭主婦。

07 年那年，我一個人進藏，一路從青海湖到拉薩，再到珠峰大本營，雖然沒有登頂，也算到達了人生海拔 6000 多米的最高點。

不過現在想來，當時真應該做足充分準備去登頂的，不論成功與否，也算是人生無憾。現在想要再登珠峰，更困難了。

一來登山的費用太昂貴，負擔不起；二來身體也不如從前了，加上這連跑步都不怎麼敢跑的膝蓋。當然最重要的還不是前面這兩個可以克服的因素，而是現在的責任感更重了，不能再像年輕那會做什麼都肆無忌憚了。

父母年長，孩子未成人，加上家庭另一半，我這個獨生子女身上的擔子，還很重。

　　記得那年進藏前我在臺灣，父母得知我要去西藏，立即開始阻止我，就連家裡的親戚都紛紛勸說我不要進藏，說一個女孩子進藏太危險，再加上聽說西藏偶爾會有暴亂。

　　那時，我當然不把他們的話放心上，為了實現那個深藏心中多年的夢，還是一意孤行地踏上了通往落入人間的天堂——去往西藏的路。

　　十多年過去了，還沒完成二次進藏的計畫，父母親卻也想要去西藏了。去年七月，一個戶外群組織從四川自駕進藏，那時正巧我們一家人回中國度假，父母再怎麼想去西藏，也自然是沒有女婿第一次回丈母娘家來得重要，也就錯過了。

　　去年十一月，母親報了一個戶外群組織春節去北京遊玩的行程。父母親歐洲也算玩了好幾個國家，而北京卻還沒有去過。父親總說，這輩子北京是一定要去的，一個中國人，連天安門都沒去過，死不瞑目啊。

　　我對北京，也有特殊的情感，倒不是因為它是首都，而是因為那裡，有許多可以回憶的故事，也有許多讓人掛念的人。倘若純粹為了遊玩，我倒也提不起太多的興致，故宮都走好幾遍了，所以即便是父親總是嘮叨著想去北京，我還是自顧自地把他們一遍又一遍地往東南亞帶。

　　父母春節遊北京的行程總算報上了，我也為他們高興，這次老人家總算可以圓北京夢了，還是乘坐這麼現代化的交通工

具高鐵去呢，多叫人興奮。

　　女兒第一次去北京那會，可要坐上一整天的綠皮火車，就算是這樣也興奮了好幾晚睡不著。回程坐飛機那更是激動地早早就在人人面前炫耀，我要坐飛機了。

　　那個年代，誰生平第一次坐飛機，沒激動過呢？

三十・病毒

母親說，怎麼這麼晚才燒中飯。

日記剛寫完，往常一兩點就吃了，現在隔離，還忙得連燒飯的時間都沒了，我笑了笑，然後又說，妳跟老爸也忙，每天忙著到處玩。

忙好，忙好，母親聽完哈哈大笑。

北京的行程報了沒幾天，母親又傳來一條訊息。女兒，這裡有一個二月坐火車去西藏旅遊的行程，妳幫我看看怎麼樣，好的話我和妳爸去報名，現在報還有優惠呢。

看了下日期，這不是北京玩回來才沒過幾天嗎，這二老真行，我心想。

打開西藏行程的鏈接，大致看了看。十多天的行程去掉往返火車上的時間，在西藏停留不到十天，行程倒是在林芝安排了好多天，羊湖也有，在拉薩的時間很短，還沒有去納木錯湖，

就連寺廟也只有大昭寺。

西藏，對於我來說，去過一次也只能算是走馬觀花，所以勢必是要再回去的。但對於父母親那輩人來說，這輩子，能夠去一次也算不錯了，所以行程更要好好思量斟酌。

A 受我影響，對西藏也充滿了無限嚮往。有一次，我半開玩笑地對他說，等 Danika 以後長大了，我們就去西藏，你當喇嘛，我當尼姑。他聽了，居然說好。

平日裡，我時常會在 Youtube 上找一些西藏的紀錄片，或是珠峰登山的紀錄片來看，A 雖然聽不懂，也喜歡躺到我身旁，光看著西藏那片天，那片地，就足夠讓他驚嘆不已。

有一次，我們看到一名醫生，外出給病人看病，除了帶他自己配製的藏藥外，還扛了浴缸去。原來這名醫生的治療方法，是給病人泡藏藥浴，當我和 A 看到醫生和他助理兩人捲起褲腿，扛著那口浴缸過河的畫片時，兩個人笑得前俯後仰。

從那之後，A 只要是週一或週四 Danika 去婆婆家住的那兩晚下班回家，洗完澡後一定會吵著說，寶貝，今晚我們再看一次 Tibet bath。

幸好，他還沒看過，給病人看病用丟石頭占卜的那集，不然又要每天吵著看丟石頭了。

看完西藏的行程，心想著 A 也一直想去西藏，特別是我跟他說，有個叫色達的地方可以看天葬之後。不如計劃一下，也

許下次回國可以一家人從四川自駕進藏，豈不更有意義。

我把我的想法告訴了母親，母親聽了也直叫好。她說，若是我們一家人去，那更好。

囡啊，妳衣櫃裡有兩件開襟的棉袍，一件是朱紅色的，能讓我帶去北京穿嗎？我和群裡的姐妹們約好，要在天安門前穿中式復古的衣服拍照，母親在微信問我。

我說，好啊，當然可以。

那兩件復古開襟棉袍，還有一件是墨綠色的，是做 Goforth 女裝品牌運營總監時，松陽的一位代理小舒贈與我的。我很喜歡這兩件棉袍，冬日裡搭一件毛呢的小腳褲，配一雙棉鞋或是儷送我的那雙平底繡花鞋，不自覺得就會把頭髮往後盤成一個髻，插上一枚純銀的老髮簪，再往唇上抹上純正的中國紅。

那年農曆生日，我穿著這身衣服，在小舒帶我去過的松陽古村落，留下了一組的照片。照片做成一本紙質相冊留了下來。

而我那枚心愛的髮簪，卻永遠地遺落在了古村落。

我能想像，母親穿上那件朱紅色棉袍站在天安門前拍照的模樣，一頭染黑露耳的短髮，也許還會搭配一雙球鞋，但就算她怎麼穿都比不過女兒美，但臉上的笑容一定如城樓國徽上的五角星般金光燦爛。

一月中，杭州的一位同學向我諮詢沙巴遊。因為做服裝的人平常都比較忙，只能藉著春節假期帶孩子出去玩。

在來西班牙之前，我做了快兩年沙巴自由行的代理。14 年暑假，我帶芸去沙巴度假，結識了當時在國內銷售沙巴一日遊的代理，來自山東濟南的娜娜。

後來去沙巴遊玩之後，喜歡上了那片海，一次偶然的機會，娜娜介紹了沙巴地接社的老闆 K 給我認識，當時公司正好在馬麗風島投資開發新的海島度假村，我便加入了他們，也正式成了一名國內沙巴遊游的代理。

再後來，又因為紅糖認識了做平面設計的麵哥，和麵哥一拍即合，做了玩 ya 這個旅遊公眾平台。

玩 ya，這個幾乎快被人遺忘的名字，提起來，自己都覺得又熟悉又陌生，而母親，卻保留著我當時做玩 ya 時的那幾面手旗，一直捨不得丟。以前，我每次去哪，都會帶著那面玩 ya 的旗子留影。現在，是父母親每次去哪，都會帶著那面棋子留影。

父親母親，把玩 ya 玩的精神真正發揚起來了。

我建了一個群，把同學還有一位要與她一起去沙巴的朋友，連同 K 拉進了群裡，以方便諮詢。

當時同學詢問去沙巴時，已接近春節，不巧的是她朋友的護照又剛好過期，正著急是否能夠加急趕護照的時候，中國新冠狀病毒疫情爆發了。

應該就是 1 月 20 日，國家衛健委發布 1 號公告，將新型冠狀病毒感染肺炎納入法定傳染病乙類管理的那日，同學的朋友

在沙巴群裡發了一條視頻，打開一看，好幾個穿防護衣戴防護鏡的人，在火車車廂裡像是在檢查什麼，心想這又是什麼瞎搞視頻，沒播幾秒就關了。

緊接著，其他群裡、朋友圈裡，類似的視頻、圖片刷屏了，眼裡全是防護服、防護鏡，還有那再顯眼不過的口罩。口罩，這下，我才想到了 03 年的 SARS，03 年的 SARS，不就是這樣的場面嗎？

完了，是病毒來了。

攝影：白楊

花

—

是啊，疫情，讓多少人，想做的事沒能做完；
無常，又讓多少人，想了的心願未能了卻。
望著萬籟俱寂的窗外，仰望月影婆娑的星空，
我問自己，如果人類能夠戰勝這場病毒，那麼
疫情之後，妳最想要做的是什麼？
帶父母親，去北京去西藏；弄好新家，接他們
來安度晚年；和芸，再去一次蘇州，再遊一次
江南古鎮；帶 Danika 去埃及，看金字塔；去
冰島，看北極光。
還有，完成寫一本書的心願。

三十一 · 阿 諾

隔離的早餐，基本上以西式為主，除了三明治，也時常會吃可麗餅。

我是認識阿諾之後，才知道什麼叫做可麗餅。也是認識他之後，才知道在師大夜市，有一間很有名的可麗餅店，叫做阿諾法式可麗餅。

05 年，我在臺北仁愛路《高球高爾夫》雜誌社工作的時候，我是一名 sales。當時公司和富邦銀行聯名推出一張聯名卡。聯名卡其實就是信用卡，但這張聯名卡不僅可以當做信用卡使用，還可以做為球場的 VIP 卡，享受各大簽約高爾夫球場的折扣，並如大部分信用卡一樣，享有免費使用機場貴賓室等額外服務。

雜誌社，其實靠賣幾本雜誌賺不了什麼錢，搞不好還賠錢，但聯名卡可以賺錢，賺銀行給公司的回扣。所以我這名雜誌社的 sales，並不是什麼高大上雜誌的銷售員。而是最討人厭、每日拿著筆和表格，死纏爛打地讓人掏出身份證辦理信用卡的推

銷員。

　　也許那會我正當年輕，二十六七。雖已生過孩子，但因為生得早，身材恢復較好，臉也長得算是標緻，穿著打扮也還時髦，即便是滿口大陸口音，卻也討人喜歡。所以男同事到球場，一天搞不好辦不了一兩張信用卡，我去，一天可以辦好幾十張。

　　那時在高爾夫雜誌社工作，每天北部各大球場到處跑，我這個從小成長在小山城沒見過世面的，也算是人生開了場眼見，結識了不少臺灣當時上流人士、藝人、名人、政壇人物和各企業主商人，也遇到了人生的貴人，還有過往的情人。

　　阿諾，便是當時我在高爾夫雜誌社的其中一名客戶。記得初次相識那日，他遞給我一張名片，他說，有空來我店裡，我請妳吃可麗餅。

　　後來我真的去了，但去並不是因為可以白吃，是想見識下到底什麼是可麗餅。阿諾故裝神祕，他遞名片給我時，我好奇地問他可麗餅是什麼東西，他卻笑笑地搖了搖頭說，不告訴妳，來吃就知道了。

　　那日去之前，給阿諾打了電話，他和我約在師大的門店見面，他的確兌現了之前對我所說的，請我吃了好幾種口味的可麗餅，也因為那次，我又認了一個球場之外熱衷於事業，執著於美食不一樣的阿諾。我們聊可麗餅，聊著天南地北，從客戶關係漸漸地變成了朋友，後來又親切地改稱曾先生為阿諾大哥。

　　但這位阿諾大哥，如同其他早年在臺灣結交的朋友一樣，因為我漂泊不定的前半生，而最終失聯了。

　　離開臺灣後，一直沒有再吃過可麗餅，直到 17 年 A 帶我去法國的 Carcassonne 卡爾卡松，才第一次吃到正宗的法式可麗餅。

　　Carcassonne 的大街小巷，不少販賣可麗餅還有熱巧克力的店舖。歐洲的冬天，雖然屋裡暖氣暖到讓人脫到只剩下短袖，但一跨出門，必須要裹上嚴嚴實實的厚重外套。這個季節，寒風颼颼中來一杯熱巧克力，還有一份新鮮出爐抹上花生巧克力醬夾著香蕉的可麗餅，一邊品嘗一邊漫步在中世紀古城，也算體驗下冷冽中的法式浪漫。

　　不過，雖說可麗餅出在法國，卻在臺灣玩出了花樣。

　　相比之下，我更喜歡臺式的可麗餅，這不得不讓人又誇起臺灣的美食。臺灣人揣摩美食的心思和腦筋，就好比巴黎時裝設計師的心思和腦筋，快得讓人根本追不上潮流。

　　第一次在 Antonia 肉舖看到可麗餅時，我指著冰櫃裡外帶餐盒中四個被捲成像蛋捲一樣的東西問 Eva，Eva，這個是什麼？

　　Eva 朝著我手指的方向看了下，這個是 crepe，她回答說。

　　Crepe，我見過臺灣的可麗餅，也吃過法國的可麗餅，可還真沒見過捲成這樣圓咕隆咚的，我好奇地又想嘗嘗味道，便跟 Eva 說，我要一盒。

　　照 Eva 說的，把 crepe 放進微波爐加熱 30 秒，取出來之後

在表面抹上一層薄薄的黃油，切開來嘗了一口，哇，太好吃了，裡面是火腿還有加熱過被融化的芝士。

當天 A 下班回家，我熱了一個可麗餅給他，他一看對我說，這是 Eva 家的吧，小時候，外婆最常買這個給我吃。

A 一邊吃，一邊回味著兒時的味道，我猜想此刻，一定勾起他不少童年的回憶。

後來，我發現 Eva 家其實有賣整包的 Crepe 餅皮，是法國 PaysanBreton 的，便買了一包，又讓 Eva 切了一些火腿和芝士回來試做。

原來這可麗餅的做法非常簡單，只要把火腿和芝士捲一捲，再捲上一層可麗餅餅皮就可以了。但也許是 Eva 家賣的火腿和芝士特別好，我嘗試改用其他超市買的火腿和芝士，因為價格比 Antonia 肉鋪便宜，但就是做不出同樣的味道。

自從有了現成口感還不錯的可麗餅餅皮，免去調製面糊、煎製等許多繁瑣工序，即可輕而易舉地做出好吃的可麗餅。我憑著記憶中阿諾可麗餅的味道，自己又研發了苜蓿生菜沙拉口味、火腿煎蛋玉米口味，還有各種新鮮水果奶油口味，A 和 Danika 都很愛吃，時常拿來搭配紅茶、果汁當做早餐，或是午後小點。

寫到這裡，又突然想到，去年回臺灣的時候，怎麼竟忘了帶 A 去吃阿諾家的可麗餅，真是遺憾。

　　但更遺憾的是，昔日這些老朋友，杳無音訊。就連在這難逢難遇的時刻，想要給他們捎去一句問候或是一聲關懷，也只能在心裡留有記憶了。

三十二·盡心

最近北京冷嗎，爸媽過年要去北京，我在微信上傳了一條訊息給死魚。

死魚回覆，今天特別冷，大冬天的來北京沒啥好玩的。

我說，他們一群玩戶外的人去有伴，老人家也就想看看天安門、故宮和長城，也算了了心願。

以後有機會，氣候好我又不忙的時候再來一趟，我好好招待，死魚說。我笑了笑，對他說，招待我就好了，他們跟團時間也趕，大北京要見個面跟臺北到高雄似的，太不容易了，就是一說到去北京，我又想到了你，便問問你好不好而已。

我都好，在拍戲。那天氣冷，拍戲辛苦，你也要注意保暖，我又說。

一聽死魚說北京冷，就想著父母親這趟去北京，帶的衣物足不足夠禦寒。江南雖說冬天也濕冷，但平常所穿的畢竟沒那

麼厚重，怕是抵不了風寒。

一月去 Decathlon 買護膝的時候，我順帶買了一頂軍綠色雷鋒帽，去新家地裡幹活的時候戴，倒是真好，這頭耳朵脖子一暖，全身都暖和起來。當然，膝蓋和腳的保暖，上了年紀也很重要，這會可不比年輕，可以只要風度不要溫度。

上淘寶找了找，找到和我那頂款式類似的雷鋒帽，便給爸媽各買了一頂，給父親選了黑色，母親選了駝色。

父母親收到我給他們買的雷鋒帽，戴起來拍了照片傳給我，他們說，這個戴起來，再冷都不怕了。看著二老戴著雷鋒帽的樣子，覺得又可愛又搞笑。

母親說，帽子這下有了，外套我和妳爸有兩件羽絨外套，鞋子我就穿妳給我的那雙雪地靴，再多帶雙球鞋就可以了，保暖內衣也每人都備了兩套，應該夠了。

雪地靴倒是真暖和，可父親沒有，我又偷偷地上淘寶訂了一雙男款加絨防水防滑的雪地靴，駝色的，款式有點像戶外的登山鞋，心想，這次父親一定會喜歡。

以往，母親只要一收到包裹，便會立刻傳訊息給我。今天一看，淘寶訂單裡已顯示物品簽收，卻沒收到母親收到鞋子的消息。

我給父親傳了一條訊息，老爸，海洋超市有一件我們的快遞，快去取一下。

　　海洋超市是家樓下路口的一間大眾超市，老闆是我們景寧老鄉，和母親關係很好，時常會送景寧鄉下帶來的東西給我們吃。老闆娘知道我喜歡吃綠豆腐，去年暑期回國，特意讓鄉下的老母親做了好幾次綠豆腐，託人帶來麗水送給我吃。

　　因為母親家是老社區，沒有警衛管理，所以海洋超市，久而久之就成了替我們附近幾棟居民代收快遞的，快遞聯絡不到人，或是湊巧收件人不在家，都是往海洋超市送。前兩年暑期回母親家，我也不免會上淘寶採買一些國外買不到的東西帶回西班牙。母親總說，只要妳一回家，海洋超市天天都是妳的包裹。

　　昨天快遞給我打電話，說把包裹放在海洋超市，今天早上我讓妳爸下樓去拿，但是沒找到，老闆說，昨天晚上關店門的時候，就沒看到妳名字的包裹了，母親傳訊息來說。

　　雖說在淘寶上買了這麼多年的東西，都是海洋超市代收，但去年還真丟過一次，是給芸買的化妝刷，因為東西便宜，也就沒在意，快遞小哥說要賠，我回他說不用了，你們大熱天送貨，也挺辛苦的。

　　因為隔天就要出發去蘇州，芸等著到同里古鎮化妝拍照時要用，我就連忙又下單，讓店家直接快遞到同里的民宿。國內淘寶還真的是既方便又神速，我們人才剛到蘇州，同里民宿的老闆便打電話來說，快遞收到了。

　　鞋子弄丟了，這怎麼辦呢，再一個禮拜大年初一，父母親就要出發去北京了。

　　我立即上淘寶聯絡店家，一邊請他們幫忙聯絡快遞公司處理丟件的事，一邊又重新拍了一雙雪地靴。店家說，這次寄順豐快遞，應該能趕在除夕前收到鞋子，這下才放心。

　　隔天，客服傳來訊息，說已經聯絡到快遞公司，確定是丟件了，並協商好由快遞公司負責賠款。

　　對我來說，有人賠錢自然是好事，但心裡又有些於心不忍。這大過年的，畢竟拿走包裹的也不是快遞小哥，可這回偏偏又不是幾十塊錢的化妝刷，如果不賠，母親又要在那裡心疼錢，嘮叨我買鞋的不是了。

　　帽子，鞋子，父母親這趟去北京，我這大老遠地也盡心盡力了。這回，就等著父親能夠安全地收到鞋子，二老也就可以高高興興地整裝待發了。

　　但計畫永遠趕不上變化，重拍的鞋子還沒到，疫情又來了。

三十三 · 櫥 窗

　　那是 2013 年十一月中旬的一日，一名身著藏青色碎花吊帶棉裙、背一個 OUTDOOR PRODUCTS 黑色雙肩背包，腳穿一雙棕色英倫短靴長髮飄飄的女子，站在新加坡濱海灣金沙購物商城愛馬仕門店外，神情專注地望著那個用綠葉、樹枝、舊自行車、還有輪胎精心布置的櫥窗。

　　這間世界頂級品牌愛馬仕的櫥窗，讓這名初次來新加坡的女子，驚嘆不已。她很想推開那扇厚重的玻璃門，進去看看那些頂尖設計師們的作品，但低頭看了下自己這身打扮，又看了看店裡，那些著裝整齊、儀容端莊的導購，隨即望而卻步。

　　前幾日，看到朋友圈裡一條推送，愛馬仕傳奇櫥窗設計師 Leila Menchari 因感染新冠狀病毒逝世，享年 92 歲。這位世間最會造夢的設計師，把愛馬仕的櫥窗，變成了一個個紙醉金迷的奢華夢。

2020 年，這場全球性的病毒災難，奪去了多少無辜人的性命。又有多少才華橫溢的人，悄聲無息地隕落。

這場災難，讓人不禁感嘆，世間的無常。也勾起內心，對不少過往的回憶。

2013 年十一月初，R 從臺北發來郵件。早在一個多月前，我們在北投公園星巴克門口相見，他開著車，來接我去他天母的住處，那是我們 10 年分開後第一次相見。

R 在郵件中說，我要去新加坡度假一週，妳想和我一起去嗎？

對於 R 的這次邀請，我很心動，也猶豫了好久。我去，就代表著我們的關係會死灰復燃；而我不去，又違背了自己想去的心願。新加坡，是一個我一直很想去的國度，再加上自從 11 年生完 Danika 之後，便一直在家專心帶孩子，還真的沒有一個人好好出去散心過。

兩天後，我寫郵件回覆 R，告訴他我願意與他同去。他收到郵件之後，又發郵件詢問我在內地的銀行帳號，他說他會匯款到我的帳號，讓我在收到錢後，立即去預訂機票。

果然，當天下午我就收到了 R 的匯款。他還真如以往一樣，只要想得到什麼的時候，都會非常闊手。

抵達新加坡樟宜機場是清晨五點半，R 比我提前一天到達，事先我就對他說，不用刻意來機場接我。下飛機後，我按照他

給我的地址，照著地鐵路線圖，獨自一人搭上了去往金沙的地鐵。

因為沒有當地手機號，R 無法聯絡到我，他便按照預估我會抵達酒店的時間，在一樓的 Lobby 等候我。

當我從地鐵出口正預備搭乘手扶梯上金沙酒店大堂，遠遠就看到那個等候在手扶梯口，一貫頭戴棒球帽，身穿運動白 T 恤，黑色運動短褲，和腳穿耐克球鞋標準球員打扮的 R。

他遠遠地對我笑了笑，我也對他笑了笑。

在 Lobby 等候電梯的時候，R 從口袋掏出一張房卡遞給我。他說，上下電梯，到頂樓泳池，健身房 SPA，都需要用到房卡，這張是給妳的。

我隨手接過，說了一聲謝謝。很好，這是我出發前就預料到的，這一個禮拜的假期，雖然我們住在同一個房間，但肯定是各顧各，你玩你的我玩我的。當然，這也是我決定來新加坡的重要原因。因為這樣，我才能一個人自由自在地到處走走看看，並思考未來的人生。

房間位在酒店二十六樓，有超大落地窗，可以一覽新加坡城市景觀。我放下行李，去浴室打開浴缸的水龍頭，水滿後，舒舒服服地泡了一個熱水澡。

R 躺在床上，還沒等我洗完澡跟他說上幾句話，就已經呼呼地睡著。我猜想，他一定是在賭場玩了一整個晚上。

　　泡了一杯咖啡，在落地窗前的沙發躺下，望著窗外晨曦中的城市港灣，高樓林立，車水馬龍，不敢想像此刻自己會坐在這裡。而身後這個躺在床上身型壯碩、膚色黝黑的男子，他是我曾經的男友，此刻他的背影，如此熟悉。

　　而此刻，我們的關係，卻又如此模糊。

三十四・問候

傍晚，切了一塊從冰箱取出昨日做的檸檬可可蛋糕卷，倒了半杯白葡萄酒，隨手抽了一本書，提著收音機走去露台。

露台的風鈴總在這個時候，發出清脆的響聲，叮咚叮咚妳聽得早習以為常。Ａ一會屋裡，一會露台，耳裡塞著耳機，一邊大聲地講著電話，一邊不停來回走動。

講電話的聲音，最讓人心煩，讓人想趁這會功夫好好享受下片刻的寧靜都不能。

燕子成群結隊地在空中飛過，對面三樓趴在窗台抽煙的中年男子，對我揮手。這一個月來，他時常趴在窗台獨自一人默默抽煙。我時常坐在露台，獨自一人默默仰望藍天。

他每次見我，都會揮手。我見又是他，也微笑揮手。這是隔離日子裡，最無聲的問候。

什麼時候，轉角頂樓那戶人家露台上用紙板寫著今晚八點

半 Disco 的牌子被拿掉了，想必是被關在家裡一個月，也終於明白這病毒並不是什麼好玩的東西。

街道上，依舊冷冷清清，偶爾有一兩個牽著狗的路人，或是一兩個推著菜籃的婦人。

一輛救護車停在環島旁的停車格，司機下車在整理車內垃圾，隨後戴上口罩，拿去一旁的垃圾箱去丟。

前幾日，看到一條新聞，一名救護車司機被感染了新冠狀病毒，因救治無效死亡。望著樓下這名救護車司機的背影，看他再一次上車，駕車緩緩離去，祈禱上帝保佑他出入平安。

叮咚叮咚，A 在門外按門鈴。自從上週政府宣布建築業、製造業等一些非關鍵行業復工後，這是他第二次出門會議。昨天去了 Sabadell，今天又去了婆婆的村莊 Sant Joan。

一打開門，A 手裡捧著一束鮮紅的玫瑰，一朵朵碩大的花蕾，含苞待放。我愣了一下，今天又不是 Sant Jordi，為何要送我玫瑰花，就算是，也沒有花店開門不是嗎。

正當我預備開口，A 已搶先一步。他一邊遞給我玫瑰，一邊說，這是 mama 送給你的。

那年我來西班牙，一日去婆婆家，他和公公兩人正在院子修剪那株種了十多年的玫瑰，被修剪下來的殘花和多餘的枝條裝了滿滿一大垃圾袋。

我從垃圾袋裡取出一朵朵殘花，小心翼翼地用紙包好帶回

家。

次日，掰開一朵朵花瓣，拿到露台放在太陽底下晾曬，隨後又找到一塊碎布縫製了一個香袋，把那曬乾後的玫瑰花瓣一片片地裝進香袋裡。

四年過去了，那香袋掛在白色衣櫥的把手上，還依舊保有淡淡的玫瑰芳香。而來的這四年，每年婆婆院子裡的玫瑰總是開得熱烈，她知我喜歡，每一年都不忘剪一束送予我。

修剪完多餘的枝葉，取了一個細長的玻璃瓶，把玫瑰一朵朵插進花瓶裡，擺在玄關矮櫃我們一家三口結婚時拍的合影旁。

一夜過後，玫瑰朵朵綻放。

往年的復活節，Danika 都會去 Salelles 的姑媽家做 mona 蛋糕。家裡四個孩子連同大人們在餐桌旁圍成一圈，在事先做好的蛋糕胚上塗抹上鮮奶油，裱花，插上羽毛，擺上巧克力雞蛋，再用各色的果脯還有花生碎裝飾。

孩子們每次都做得很開心，因為可以一邊玩一邊偷吃，大人們在一旁也是忙得不亦樂乎。雖然成品做得不如蛋糕店裡買的精緻，但一家人都很享受這個過程，最重要的是孩子們的參與感與成就感。

做好的蛋糕孩子們各個捧在手上，姑父給他們集體拍照留念，然後再各自帶回家。

今年去不了姑媽家，Danika 就和 A 兩個人自己做 mona 蛋

糕。從烤製蛋糕胚，打發奶油，裝裱，就連巧克力雞蛋，他倆都嘗試用巧克力豆融化了來做。

折騰了一整天，廚房裡亂得跟被人打劫似的，我坐在餐桌一邊打字寫日記，一邊聽他們在廚房裡吵鬧哄哄，但心裡卻是踏實。

隔壁姨媽 Dolors 打電話來，說留了一塊 El Cigne 買的 Mona 蛋糕，想送給 Danika 吃。A 一邊接電話一邊問我的意思，想必是因為尷尬時期，但老人家的一片心意，自然是不好拒絕，我就點頭說好。

姨媽有我們家的鑰匙，婆婆家也有，我時常腦子糊塗出門忘了帶家裡的鑰匙，便會給姨媽打電話。不知是我運氣好，還是姨父姨媽真的很宅家，我每每跟他們求救的時候，總是不出一分鐘，姨父便會拿著那串鑰匙下樓，先替我打開 61 號一樓的大門，再跟隨我上到三樓，直到我開完家門把鑰匙還他，才掉頭下樓回家。

姨父年紀也算有點大了，每次看他為我又要上下爬好幾次樓梯，都會不好意思地對他連說好幾聲謝謝。但每次說完，還是會稀裡糊塗地出門又忘帶鑰匙。這四年在西班牙，都記不清他為我開過幾次門。

去年聖誕節在姨媽家用餐，吃完飯後，我和 A 帶著一家人去看新家。姨父和姨媽看完都很喜歡，還在院子里採了好幾顆

石榴帶回家。臨走前，姨媽開玩笑地對我說，以後搬去新家可別出門忘了帶鑰匙，不然住這麼遠，可來不及救妳。

我聽完，哈哈大笑。

家裡的門鈴對講機響了，A 去接聽，我猜應該是姨媽送蛋糕來。

我把蛋糕放在門口的凳子上了，姨媽在對講機裡說。姨媽每次送東西來，都是這樣無聲無息，每一年大小節日、A 的生日、我的生日、Danika 的生日，都會把禮物放在門口的凳子上，讓人時常開門或是回家時，有意外的驚喜。

姨夫姨媽姨真的很有心，不論是誰的生日，或是節日，他們都會手寫卡片，抽屜積攢的那一疊厚厚的生日卡與節日卡，都來自他們。

打開門，取進姨媽留在門外的那塊蛋糕，打開一看，是香橙夾心蛋糕，上面有羽毛、巧克力、還有一隻小雞的毛絨裝飾物。我連忙叫 Danika，寶貝，快來看，這小雞剛好可以放在你和 A 做的那個有破洞的巧克力雞蛋上。

也真是湊巧，巧克力雞蛋破洞的大小正好塞進那隻小雞，Danika 又拔下姨媽送來那塊蛋糕上的羽毛、巧克力片插在自己做的蛋糕上。

這一裝扮，今年的 Mona 蛋糕，比以往做的任何一個都漂亮。一家人切開，圍在桌子旁開開心心地吃了起來。

三十五・拉 麵

政府已經計劃好兩個階段進行經濟復甦，而直到聖誕節前，酒店、酒吧、餐館可能沒有開門的希望。這，不是在開玩笑吧。聖誕節，我怎麼覺得去年的聖誕節這才剛過不久呢？

自從去年平安夜那日新家交屋後，便開始忙忙碌碌地整修合歡暖暖的院子，因為週末一家人都要去新家幹活，加上裝修需要一大筆費用，以往每個週末都要好好去餐廳享受下的我們，想來，也已經好幾個月沒有出去外食。

然而，對於這個拄著拐杖、坐著輪椅，也要去咖啡館喝上一杯咖啡，再忙也要坐在露天座喝瓶啤酒抽根香煙，再沒錢，也要戴上廉價的飾品穿上正裝，坐在餐廳裡切著牛排手搖紅酒杯的國家。

若是一整年，沒有咖啡館，沒有酒吧，沒有餐廳，也沒有夏日可以悠閒度假的酒店，這熱情似火西班牙民眾的日子，是

要怎麼過？

　　記得二月初，甌玲姐開著她那台與她個子極為不符的白色寶馬 GT 來載我去市中心 Consell Esportiu del Bages 的辦公室，為孩子們報名繳交今年度滑雪度假的費用。

　　西班牙這個國家，倒也說不出什麼不好，唯獨市中心停車場的停車位，實在是小到讓人不得不時常抱怨。特別是巴塞羅那，記得去年小桃子她們來西班牙自駕遊玩時，還開玩笑地對我說，難怪西班牙的車子都是被刮得稀哩嘩啦的。

　　甌玲姐，人小車大，但開車技術卻熟練精湛，三兩下便將車子輕鬆地倒進那個我左看右看怎麼看也倒不進去的停車格裡，然後拿起外套和背包，打開車門硬擠了出來。當她從兩台車身狹小的縫隙中走出來時，我不免又笑著吐槽她一句，人這麼小，車開這麼大。

　　她早聽慣了我這句話，咯咯地笑了兩下。

　　二月初，中國農曆新年還沒過完，對於我們這些海外遊子來說，每一年都感受不到春節的年味，也更體會不到國內今年過年的水生火熱。

　　幫孩子們報完名後，我和甌玲姐在 Consell Esportiu del Bages 辦公室外的街道上一邊走一邊閒聊。甌玲姐說，今年春節國內的餐飲業真是慘不忍睹，我青田好多開餐廳的朋友，各個都在叫苦連天。

我說，是啊，我那些做餐飲的朋友也是各個發愁。

前兩天，甌玲姐打來電話，當時我正在門口忙著接 A 從超市買回來的東西，聽到電話鈴響一看是甌玲姐，便對 Danika 說，幫媽媽接下電話，是熙熙媽媽。

甌玲姐是唯一在西班牙會給我打電話的華人，但若不是因為那天 A 替我去超市採買東西，需要聯絡我，便事先將手機聲音打開，一定也會如往常一樣，每次都錯過來電。待我再回電給甌玲姐時，不是換她電話忙線中，就是在忙沒接到電話。

16 年二月，第一次踏上歐洲的土地，在西班牙停留了二十多天，從沒日日吃西餐的我，也總算是理會了為何那麼多人出國要帶泡麵。

一日，A 對我說，想不想吃麵，我帶你去一家日式拉麵店吃麵。拉麵，是真的嗎，這裡居然有日式拉麵店，我半信半疑地望著 A。

A 笑了笑說，是真的沒騙妳，就在家附近，我時常去吃，他們還有一間做 Sashimi 很老的日料店，叫 Sakura。

我時常會中午一個人，去 Ramen House 吃麵。

每當我一個人坐在卡座，低著頭認真地吃著碗裡那碗醬油叉燒拉麵的時候，也會不經意地抬起頭朝玻璃窗的方向望去。

那個靠著窗微微透進陽光的兩人座位，是 A 和我第一次來時坐的位置。我記得很清楚，那晚是一名來自青田、五官長得

清秀的小女生服務我們。當時，我還與她閒聊過幾句，第一次
來歐洲，又遇到老鄉，倍感親切。可當我第二次來西班牙再回
拉麵店，想再見見那個小女生，跟她說聲妳好，她卻已經不在
了。

　　四年了，Ramen House 的服務生，換了一張又一張新面孔，
可碗裡這拉麵的味道卻始終如一，而坐在這裡吃麵的我，始終
還是我，只不過從一個女友的身分變成了一名妻子的身分，體
型略微開始臃腫，眼角也多了幾許皺紋。

　　第一次遇到甌玲姐，是 Danika 來西班牙後不久。

　　那日 A 陪我到住家附近的 Raga 牙科診所，幫大臼齒蛀了
一個小洞的 Danika 預約掛號，正當我們在櫃台填寫資料時，一
名中年綁著馬尾的華人女子帶著一名與 Danika 年齡相仿的小女
孩，走進了牙醫診所，只聽她用一口流利的西班牙文與櫃台小
姐打招呼，簡單對話之後，便帶著小女孩坐到了一旁的等候區
等候。

　　我填寫完資料，轉身時對著這名女子微微一笑，這時 A 認
出了她，便冒失地上前問了一句，妳是 Ramen House 的老闆娘？

　　那名女子笑著點了點頭，她對 A 說，是的，你認得我。

　　A 說，當然。

三十六・傷心

Danika 今天去奶奶家，雖然違反隔離令，但我們還是冒了這個險。

一個多月沒出門，Danika 興奮地不得了，早早起床吃了早餐，穿好衣服等著 A 帶她出門。臨走前，我拿出一片口罩給她戴上，她隔著口罩親了我一下，我抱了抱她，對她說，去奶奶家要好好聽話。

母親打來視訊電話，問 Danika 呢，我說去奶奶家了，這麼久沒見爺爺奶奶很想他們，每天都給他們打電話，一聊要聊個把小時。

母親說，真是可憐孩子了。

我說，是啊，雖然呆在家裡有時嫌她煩人，但憑良心說，Danika 也算是乖了。這一個多月，每天屋裡屋外不到八十平方米的地方，除了寫功課，看電視，吃飯睡覺，一個埋頭寫日記

的媽媽，一個埋頭工作的 A，大部分時間也只剩下她自己跟自己玩了。

這個時候，沒個同齡的兄弟姐妹，真是痛。

Danika 在上個月發燒身體恢復後的第二天，收到了學校開設網課的通知。我當時一聽到網課這兩個字，看了看桌前坐在一旁輔導功課的 A，又看了看對著電腦敲打鍵盤的 Danika，覺得有些不可思議。

這明明中國小朋友每天在做的事，也成了西班牙小朋友要做的事。而時常被功課壓得喘不過氣的中國小朋友應該也不足為奇，而這些成天在操場上，在戶外，在山上放飛慣了的西班牙鄉村學校的小朋友。上網課，對他們來說，該有多枯燥乏味。

隔離，最受罪的應該就是像 Danika 這種年紀的小朋友。

大一點，像芸一樣，至少有自我約束力，也能明白什麼叫病毒；小一點，給一顆糖或是一個玩具就能哄騙不哭的孩子，也好，有的玩有的吃就行，也根本不需要知道什麼叫病毒；或是再小一點，像是 Elisa 的寶寶，Nuria 的寶寶，更是簡單，往胸前一塞，只要有一口奶喝，一有人抱，不哭不鬧，再過一會就乖乖地睡著了。

可 Danika 這個時候一哭，我這個做娘的，心也跟著碎了。

記得小學三四年級那會兒，我們一家四口還住在龍門嶺 7 號的大宅院。

當時，廚房和奶奶的房間位在院子一樓的西北面，臥室在二樓的東南面，沒有衛生間只能在二樓的臥室裡放置痰盂和馬桶。所以，我從小就學會做一件很重要的事，就是每日起床去公廁倒痰盂。

洗臉洗澡，平日都在一樓的廚房進行，廚房裡有一個木質的臉盆架，上面掛滿了一家大小洗臉擦手擦腳的毛巾。天氣好的時候，母親會在院子裡放一個大浴盆，注滿熱水，再架上一頂透明塑料浴罩幫我洗澡。

別說，坐在熱氣騰騰的大浴盆裡，一邊有人幫妳搓背，一邊玩著浴罩上一顆顆蒸汽凝聚的小水珠，可是那會兒最舒服享受的事。

有一次，我發燒得了麻疹，在家裡待了大半個月不能去學校。

也許是我從小就貪玩不愛念書，也或許是我在學校，不討人喜歡總遭到排擠，雖然生病不是件舒服的事，但記得很清楚當時的我，真的就是幸災樂禍地每天躺在床上，慶幸自己終於可以有正當理由不去上課了，還巴不得這場病能夠生得久一點。

學校停課不到一個禮拜，Danika 便暗自躲進房間偷偷哭了一回，隔離一個多月，加起來總共哭了不下三回。每次一見她哭，我一邊心疼地幫她擦去眼角的眼淚，一邊低聲地問她，寶貝，怎麼了。

她無辜地望著我，回答我都是同一句話，我想學校了。

這是要有多喜歡這所學校、老師、同學，才會讓她傷心成這樣，難怪自從買了新家之後，每次提到以後要換學校的事，她都是堅決反對。

望著一邊哭成淚人的 Danika，我也一邊跟著難過，但只能緊緊地抱著她，安慰她疫情很快就會過去。

前兩天 Danika 的班主任在郵件裡發來一份 report，她說 Danika 功課完成得很棒，並說，她很喜歡 Danika 寫的一篇關於一隻會飛的貓的故事。

《一隻會飛的貓》，真是好富有創作力和想像力。此刻的她，應該真的很想做一隻能夠飛的貓吧。

收到老師的表揚信，Danika 很開心，立即拿起 A 的手機要給奶奶打電話，當時我正在廚房忙著炒菜，只見 A 也激動地活蹦亂跳，像個孩子似的。

Danika 很喜歡貓，不論黑的、白的、花的、醜的、可愛的、家貓，或是流浪貓。只要是貓，她統統喜歡。

在來西班牙之前，Danika 也有過一隻貓，名字叫做 Tommy。Tommy 是一隻藍眼睛的暹羅貓，在牠滿三個月時，我從一家寵物店購得。

來西班牙之後，因為父母親一直不喜歡養貓，小老虎便收養了牠，後來又交由麵哥照顧。但有一天，Tommy 離家出走，

從此之後再也沒有下落。

我不敢在 Danika 面前提起 Tommy，因為一說到 Tommy，Danika 就會哭成淚人兒。

按理說，她那會兒還小，一隻貓怎麼可以記得這麼清楚？又或許是因為與這隻貓在外婆家曾經共度過的那段時光，是她生命中重要的一部分。

記得去年去美國，一日我帶著她在市中心閒逛，路過一間寵物店，Danika 看到寵物店櫥窗籠子裡的幾隻幼貓，又想起了 Tommy。

那次，真的是她想 Tommy 哭得最傷心的一次，任憑我怎麼勸說，她還是站在路旁狂哭個不停，以至於一名路過帶著兩個孩子的華人女子，以為發生了什麼事，停下來用英文問她，怎麼了小寶貝。

我不想被人誤會，以為是我打罵了孩子，連忙解釋說，她想她的貓了。

最近，時常看到 Instagram 上 Nuria 發 Condela 跟家裡兩隻小狗玩耍的視頻。Nuria 家有兩隻狗，一隻是巴哥犬，一隻是吉娃娃。其實一個家裡，就算只有一個孩子，若是能有一兩個寵物，孩子也會成長地更快樂些。孩子喜歡動物，是天性。

寶貝，等疫情過了，我們就去收養一隻貓咪，或是買一隻幼崽好嗎？我對著躺在身旁正準備睡覺的 Danika 說。

一聽到貓，Danika 立即從床上爬了起來，媽媽，妳不是說要等搬去新家才可以養貓嗎？她一本正經的表情。

我笑著摸了摸 Danika 的小臉蛋對她說，不等了，再等，妳就長大了。

三十七‧無常

前幾日看《大明風華》，看到胡尚儀臨死前，對孫若微真情流露所吐的一席話，淚水情不自禁流了下來。

她說，我一直以為她需要我，需要我給她弄吃喝，教她做人，養她長大，等她走了之後我才知道，我更需要她。

是啊，當我們成日忽略父母忙碌孩子，自以為我們就是孩子的一片天。而當有一日，孩子們各個羽翼豐滿，展翅高飛時，你才知道，孩子，有他們的天地。孩子，有他們的未來。

而回頭，看看鬢髮如霜、遲暮之年，險些被我們遺忘的父母。他們，沒有未來。他們，只有我們。

親愛的，到美國了嗎，想著每年春節前的這幾天，J一家應該都到洛杉磯了，便給她發了條訊息。

很快收到J的回覆，昨天剛到，妳有感應嗎。

我猜的，看時間差不多了。國內這幾天爆發新冠狀病毒，

爸媽之前訂了春節去北京玩，不放心他們出門，想問問妳店裡有沒有多餘的口罩，我又說。

口罩，有的，妳讓爸媽明天去拿，J說。

跟J聯絡的前一天，跟母親通了視訊電話。老人家雖說也看了新聞，但因為03年SARS浙江感染的人數極少，所以並不知道病毒的嚴重性。

母親說，去北京遊玩的群裡，只有一兩個人說怕不去了，但大部分人還是堅持要去，沒事的，妳別擔心，沒那麼可怕。我說，那去的話必須要戴口罩，特別是在火車車廂裡，一定要戴，家裡有口罩嗎？

母親拿出幾個冬日騎電瓶車禦寒用的布口罩說，有的，妳看，家裡好幾個呢。

我一看，無語。媽，這不是細菌，是病毒。這布口罩根本沒用，趕緊去藥房看看有沒有賣醫用口罩，我記得SARS那年，還要用N95才行，我很嚴肅地對母親說。

母親也算聽話，次日一大早就跑藥房了，跑了好幾間，說賣完了，最後去到府前菜市場的老百姓大藥房，湊巧店裡剛到一批口罩，便搶到了兩包。隨後她又去藥房旁開診所的景寧老鄉嚴醫生那，嚴醫生慷慨，送了母親兩包。

知道母親堅持要去北京，我也立即上淘寶去幫他們搜尋口罩，可一看，口罩一夜之間竟成了天價。詢問了一下，年前也

到不了貨，無奈之下又怕母親一時買不到口罩，才想到問 J。

口罩算是買到了，當天早上，給父親重拍的雪地靴也寄到了，但母親春節去北京的群裡，通知也來了。

因為考慮到出行的風險，組織這次春節北京遊的戶外群，協商後決定取消這次出遊，按照先前每人繳交的費用，扣除已向當地地接社支付的每人一百多元費用之外，其餘全部如數退還。

父母親，心心念念的北京之行，在春節前三天泡湯了。

正預備打電話，讓母親去 J 的店裡拿口罩，母親轉發了北京遊群裡的通知給我。

當得知爆發新冠狀病毒疫情後，雖然也擔憂父母親去北京不安全，但畢竟是老人家期待已久的心願，也不希望他們這次落空，所以看到通知後，我的心裡，也不免有些失落。

父母親倒也還想得開，通視訊電話時，笑笑地對我說，沒事，還是身體重要。北京，以後有機會再去。

我也不知該說些什麼，只能同樣安慰他們，沒事，以後有的是機會。

不過戶外群取消行程也算是有先見之明，第二天，便看到北京故宮等其他景點宣布春節關閉的消息。

父親說，囡啊，鞋子收到了，試過了，大小剛好也很舒服。難得這次妳買的東西，這麼合我心意，只可惜這次穿不到了，

你媽把它收好放去柴火間，也許明年去西班牙的時候，可以帶去穿。

西班牙，西班牙的冬天應該也穿不到這鞋子，我笑笑地對父親說。

一晃，一年的四分之一沒了。不知不覺，又是一年的新年。

隔離這一個多月來，我時常會在深夜，獨自一人站在窗台，回想過去這一年四分之一的日子，仿若一場驚魂未定的噩夢。

2020 年這場人類瘟疫，將載入人類歷史史冊，也將成為全人類的一大記事。而這場瘟疫的背後，又給人類一個什麼警示，又給你一次怎樣的重生。

一個月前和 Judy 聊天，Judy 說，臺灣今日頭條新聞，是藝人劉真過世了。不知妳知不知道她，一個很會跳國標舞的大美女，才 44 歲，嫁給歌手辛龍，結婚六年，女兒四歲，就做一個簡單的心臟手術，沒想到她就是那意外的少數，人生……

劉真，聽名字好熟悉，我說。臺灣的這些藝人，早年在臺灣的時候，倒是每天聽新聞看綜藝節目各個都很熟悉，但畢竟離開這麼多年，又旅居海外，名字也漸漸忘了。

Judy 又說，現在臺灣很多飯店都在促銷，前陣子看到墾丁凱撒飯店有優惠，之前住一晚要七八千臺幣，現在住兩晚才八千五，還是週末的價格，平日一晚才三千，我就訂了四月底，帶爸媽坐高鐵去墾丁玩。

花 / 無常

記得小時候，我爸自己開公司也算有錢，每到假期就開著賓士、BMW 載著全家從臺北到墾丁，住凱撒飯店度假享受，所以長大了換帶他們去也是我想做的事。看著現在全世界的疫情狀況，真會覺得，想做什麼就要趁早做，不然想著想著，不知哪天想做都沒有機會了。妳們這次一家人也要好好平安渡過，我還等著去西班牙呢。

是啊，疫情，讓多少人，想做的事沒能做完；無常，又讓多少人，想了的心願未能了卻。

望著萬籟俱寂的窗外，仰望月影婆娑的星空，我問自己，如果人類能夠戰勝這場病毒，那麼疫情之後，妳最想要做的是什麼？

帶父母親，去北京去西藏；弄好新家，接他們來安度晚年；和芸，再去一次蘇州，再遊一次江南古鎮；帶 Danika 去埃及，看金字塔；去冰島，看北極光。

還有，完成寫一本書的心願。

三十八 · 茶糧

Danika 去奶奶家，A 也背上電腦，跟著去找公公一起工作。難得我有一日清閒，恢復以往家中的寧靜。

用無糖酸奶，加迷迭香蜂蜜、香蕉、藍莓、燕麥還有蔓越莓果乾，拌了一碗什錦酸奶當做午餐。簡單的食物，讓心情也變得簡單。

聽音樂，看書，賞花，一刻都不浪費這春光。

突然想到去年從中國帶的那套冰裂紋蓋碗泡茶杯，還有那包開封只泡過兩回一直捨不得喝的桂花九曲。這樣的日子，怎能辜負這一時興起喝茶的雅興？

第一次遇見吾穀茶糧，是在 2013 年三月的九份。

九份，在臺灣的時候去得很少，反倒是離開臺灣之後，成了每次回去必去的地方。去年，阿姐開著她那台開了進二十年的賓士小白，載著我和 A 一起去了九份。吃肉圓、臭豆腐、烤

香腸、仙草芋圓、喝彈珠汽水、逛童玩店、買手信。在雨後漫步山間小徑，在夜色中探尋老街過往。

我以為芸早就去膩了九份，才想著趕在接她來臺北之前，先去一趟。沒想到事後跟她提起，她卻說，九份倒是她唯獨喜歡去的地方。

九份，從芸還抱在手裡，去到她已長成姑娘。

據說早年九份只有九戶人家，相傳在陸路尚未開通之時，這裡一切物資供給依靠海路，故對外每次採買皆要求九份。久而久之，九份就成了地名。

九份，春櫻花、夏清風、秋芒花、冬雲霧。天氣多變，曲徑通幽，景色雅緻。

吾穀茶糧，是一間秉承傳統客家擂茶文化的食茶館，開在九份老街的盡頭，對面是歐風鄉村咖啡。

芸每次去九份，傳統小吃總是不屑一顧，只喜歡去歐風鄉村咖啡吃義式脆皮披薩。而我每次都會抽空去吾穀茶糧小逛，挑選幾件伴手禮，拍幾張店舖照片。

吾穀茶糧有三款產品，是每次必買的。食錦吾穀飲，融合18種天然珍穀，細細研磨而成，口感濃郁醇綿，有點像前婆婆時常會買的臺灣傳統麵茶；鰹魚昆布，上選鰹魚昆布等食材，研磨於珍穀之中，香鹹中充滿海洋與大地的味道，適合糖尿病不食甜食的母親；健康果仁，選用非基因改造的黃豆與黑豆，

細膩精湛的低溫烘烤工藝，加上產自各國的各類堅果天然乾果，是最佳搭配茶飲既又健康的零嘴。

　　喜歡吾穀茶糧，是第一次進店時，先喜歡上產品清新質樸的包裝，然後喜歡上店鋪的裝修氛圍，最後試吃之後才喜歡上他們的產品。也不見怪，據說吾穀茶糧的包裝設計曾獲過多次獎項。

　　有一次，我帶了一盒健康果仁回麗水送給 J，當時正值她的新店開張，她嘗過之後特別喜歡，後來還費勁周折，在上海找到內地的代理商，不惜血本定期訂購用做招待客戶的免費茶點。

　　後來，這種綜合果仁也越來越受歡迎，淘寶上也出了許多類似產品，但我對吾穀茶糧的健康果仁還是情有獨鍾。

　　前年帶 Danika 回臺灣辦去泰國的簽證，前夫特意開車從桃園到石牌，接我們一起去九份。近幾年每次去九份，都會遇到下雨，那日我們坐在吾穀茶糧三樓面海靠窗的座位，避雨賞海景，食茶品茶點。

　　芸當時在麗水母親家，那是前夫第二次見 Danika，第一次是 13 年 Danika 兩歲的時候。Danika 倒也喜歡芸的爸爸，也許是因為他的臉圓咕隆咚的，肥胖得可愛。前夫也毫不介意這是我同別人生的孩子，還親切地自稱為大伯，特別照顧。

　　隔離前去 Mercadona 採購，在賣芝麻海苔零食的貨櫃，發現整包烘烤的綜合豆，雖然只有黑豆、黃豆、青豆三色豆子，

不像吾穀茶糧的健康果仁一樣，混合了堅果和果乾，但看著還不錯，便順手拿了幾包。

燒了壺熱水，把茶具茶葉一一搬到露台的餐桌上，逐一擺開，正愁著這會該拿什麼來當做茶點的時候，想到了從超市買回的那幾包綜合豆。

打開桂花九曲，桂花的芳香和著九曲紅梅紅茶的清香，還未沖泡，便已沁人心脾。

桂花，在江南文化與美食中，有著舉足輕重的地位。

桂花蜜藕、桂花湯圓、桂花年糕、桂花酒釀……那些從小吃到大的江南中式甜點中，如星星般點綴的桂花，是每一道美食的靈魂所在。而那清可絕塵、濃能溢遠的桂花香，更如每一個江南人心中的濃濃思鄉情懷。

記得 16 年回中國帶 Danika 來西班牙時，正值秋高氣爽。父母親住的老社區白雲小區，種植了許多桂花樹，此時只需輕推開窗，便能聞到桂花陣陣飄香。

臨行前幾日，突然一夜驟雨，桂花灑落了一地。陪伴了我兩年的那輛小白，在離開主人的前一日，被雨水沖刷，被桂花雨裝束，望著停在路旁桂花樹下滿是桂花的小白，彷彿一個即將遠嫁的閨女，心中難掩不捨。

聞一聞茶香，品一品，滿口生香。這家鄉帶的桂花九曲紅梅，一股江南獨有的氣息，彷彿將時空拉回到那年的滿攏桂雨。

那是十月的秋，我與 J 相約在滿覺隴路的江南驛，我們枕著桂花香竊竊私語，我們守著姐妹情相知相惜。朝花暮日，風景依舊。春去秋來，物是人非。似水流年，浮生若夢。

時光，一去不返。

三十九·求婚

16 年的今天，我和 A 午後到防洪堤散步。

美麗如畫的防洪堤，總長八千米，耗時八年建成用於甌江防洪，但如今卻是麗水人民生活息息相關的一部分，也是家鄉的重要標誌。小時候，每到夏天，父親便會帶著我到大水門玩水，父親小時候住在大水門甌江邊，從小就學會游泳。而我怕水，每次都要騎在父親背上，才敢下水。

大水門的老城樓，在建防洪堤時，被修繕保留了下來，如今叫南明門。南明門，拱形城門，鵝卵石道，這兩年回去，都要去一兩次，去年和芸也去了，芸爬上城樓，拍夜幕中掛著紅燈籠的城樓。

芸，喜歡古色古香。

16 年，首屆半程馬拉松在麗水舉辦，防洪堤自然也被規劃進賽事中的一段。那次，也是我第一次參加半馬，在到達防洪

堤 15 公里處時，我停下來自拍留了一張影，並傳給了當時在西班牙的 A。

之後，麗水每一年都舉辦馬拉松，防洪堤這段跑道也成了一道閃耀的綠色風景線。可惜的是，我卻離開了家鄉。

記得去年中國首屆超馬在麗水舉行，當時開跑時間，正值西班牙凌晨，我興奮地守在電腦前，一整晚沒有合眼，就為了目睹這場空前盛事的現場直播。

當看到航拍賽事防洪堤那段壯觀畫面時，身為麗水人感到無比驕傲自豪。而今年麗水的馬拉松，也因疫情被迫取消。

那日，我們一路漫無目的地在甌江邊走著，A 一路說今天是什麼加泰羅尼亞傳統節日。

我當時腦子不知在想些什麼，聽得有點心不在焉。只聽說他媽媽買了一束花送給我們一家，還給我看了那束花的照片。我瞄了一眼，紅彤彤的，眼裡閃過幾朵玫瑰。

那是 A 第三次來中國，在這之前一週，我們在馬來西亞沙巴馬麗風島度假。這次在島上度假的那些天，除了每日出海潛水最無憂無慮之外，其餘時間我顯得有些心事重重，對 A 的態度也是忽冷忽熱。

距離 15 年 7 月我們初次相識，兩人交往相處其實還不到一年的時間，按理說應該正處在熱戀期的我，卻因為年齡懸殊又是遠距離的戀情，而顯得有些身心疲憊。

　　沙巴回來之後，A再停留一個多禮拜也即將結束這次行程返回西班牙。

　　這近一年來，他為了我跑了兩次中國。我為了他，去了一趟西班牙。而這段戀情，倘若還要繼續，那就勢必還要來來回回折騰個不休，先不說這一去一回的花費，還有時間、精力，一想到這些，心力交瘁。

　　什麼節日，鮮花，羅曼蒂克，此刻在我腦子裡全是泡沫浮雲，所以A說什麼很重要的節日，我壓根也聽不進去。

　　傍晚防洪堤散步回來，突然下起了傾盆大雨。那日A有些反常，先是問我，今晚能不能帶我去我們第一次見面時，妳帶我去的那個山頂。

　　觀音岩山頂，開什麼玩笑，什麼時候去不好，偏要挑個下雨天晚上去，我沒好臉色。

　　A立即不吭聲。

　　在家用完晚餐後，雨勢轉小，A又說，我們去普蒂塔喝咖啡吧。普蒂塔，是紐西蘭歸國好朋友芳開的咖啡館，賣紐澳咖啡，還有紐西蘭保健食品。

　　那晚的我，似乎提不起做任何事的興致，又同樣對A搖了搖頭。

　　九點不到，洗漱完上床睡覺，A也洗完澡跟著上床。

　　被窩裡，A突然坐起身來，他搖了搖正有些昏昏欲睡的我，

對我說，bb，今天是加泰羅尼亞傳統節日 Sant Jordi，是我們西班牙的情人節。我原本想讓妳今晚帶我去我們第一次相遇那晚，妳帶我去的那個山頂，因為對我來說，那裡有著特殊的意義。

去年那晚在山頂，我做了人生一個重要的決定，那就是我要忘記過去，忘記與前女友分手的痛苦，重新找回迷失了很久的自己，找回屬於自己的人生。而今晚，我想要在山頂，再做一個人生重要的決定，那就是，我想要娶妳，我想要照顧妳，我想要與妳一輩子一起照顧 Danika。

妳願意嫁給我嗎，當 A 說完這最後這一句時，他的淚水滴在了我的臉上，而我的淚水流向了枕邊。

次日一早，A 帶著我，去普蒂塔取前一晚他私下讓釗釗幫忙訂的鮮花，山頂去不成，他又想改去咖啡館向我求婚，可沒想到，最後竟然是在被窩裡向我求婚。

沒有鮮花，也沒有戒指，但我依然點頭同意了。

今年的 Sant Jordi，沒有花店包裝精美的花束，也沒有包裝紙層層包裹的神祕禮物。A 從合歡暖暖剪回黃、白、紅三色玫瑰，分成兩束，一束送給我，一束送給 Danika。

我把玫瑰插進花瓶，擺在露台的餐桌上，一家人圍坐著，開一瓶白酒，吃一頓簡單的午餐，再來一杯 Haagen Dazs 草莓芝士蛋糕冰淇淋。

隔離，卻依然感受著愛的甜蜜。

四十・孩子

A 一邊瀏覽 Instagram 的朋友圈，一邊喊著，寶貝，快來看，Arantxa 懷孕了。

我一看，真的。照片裡，Arantxa 穿著一件白色螺紋裹胸吊帶，一件黑白民俗風圖案超短熱褲，露出微微隆起的小腹，看起來像是有三個多月的身孕。她靠在陽台的玻璃欄杆旁，低頭撫摸著肚子，臉上洋溢著甜蜜的微笑。Edgar 蹲在一旁含情脈脈，手裡拿著一朵香檳玫瑰，玫瑰花瓣輕柔地貼著 Arantxa 凸出的肚臍。

又是多麼溫情感人的一幕。Sant Jordi，鮮花，愛與生命，還有他們身後映襯的藍天白雲。

上次見 Arantxa 與 Edgar 是在二月的時候，那日是 Danika 手工興趣班課後，我去學校接她。當時我停在路旁站在車外等候，遠遠看見 Danika 同一男一女還有一個小女孩一起，一邊說話一邊步出校門。當時正想這一男一女會是誰，走近一看，原

來是 Arantxa 和 Edgar。

自從近兩年 A 一直在巴塞羅那周邊工作，平日起早貪黑工作繁忙，週末又要帶我和女兒外出遊玩，他身邊這些以往要好的朋友，還真的很久沒有聚在一起了。Arantxa 和 Edgar 一樣，也是兩年前在街上遇見過一次，當時好像正值我懷孕，Arantxa 和 Edgar 則帶著他們的狗狗散步。

一看是好久不見的 Arantxa 和 Edgar，立即上前打招呼與他們親吻擁抱。他們身旁的小女孩，原來是 Arantxa 兼職做保姆看護的孩子，在 Danika 學校讀幼稚園大班，也一同上手工興趣班。

Edgar 說，好久不見，Danika 長大了許多。

是啊，他們自從婚禮上見過 Danika 之後，就再也沒見過了，幸虧 A 時常會在 Instagram 發布一些女兒的照片或是視頻，不然這些朋友應該都認不得 Danika 了。

Edgar 是一名生產自動販賣機工廠的工人，曾在夜店做過 DJ，以往時常和 A 一起玩音樂，愛好攀岩。記得我剛來西班牙的時候，他怕我一個人在家無聊，還一度邀請我去他去的攀岩聚樂部學習攀岩。

但攀岩，還是算了。我有點恐高，之前試過一次，爬到一半嚇到腿軟，上也不行，下也不是。

Arantxa 是 Edgar 的女友，兩人還未正式結婚，是一間沙龍的美髮師，時常會做我們共同好朋友設計品牌 Killing Weekend

的平面模特，照片裡她每次身著 Killing Weekend 的時裝都顯得特別狂野奔放，這與品牌理念也十分相符。

Arantxa 嘴角下方有一顆豆大的黑痣，這讓她每次笑起來，五官輪廓清晰的臉蛋，顯得更加生動，性感迷人。

Arantxa 和 Edgar 有一台德國 Volkswagen 箱型車改裝的露營車，還有一條黑色拉布拉多犬名叫 Ipa。

他們時常開著那台藍色箱型露營車，帶著 Ipa 四處遊玩，所到之處景色迷人，不是空曠的山野，就是廣闊的海洋。每次看他們外出所拍的照片，總讓人心生嚮往。照片裡 Arantxa 和 Edgar，時刻散發著對生活的熱情，對另一半的執著，對動物的憐愛，就連臉上所展露的笑容，都如孩子般純真無邪。

人一輩子，若能夠有一個這樣情投意合的伴侶，談一次長久且深厚的戀情，也不枉此生。

看完 Arantxa 分享的照片，我笑笑地對 A 說，又一個好朋友要做爸爸了。

A 立即雙手抱頭，哭笑著說，oh no，又一個 baby。去年，Txuma 做了爸爸，隨後 Mon 也做了爸爸，今年 Edgar 又要做爸爸了，這些昔日跟他稱兄道弟成日吃喝玩樂的好朋友，各個突來的身分轉變，對 A 來說，太不可思議。

可 A 自己不何嘗也是呢，結了婚，有了 Danika，也名正言順地做起了爸爸。

　　見 A 的模樣，我立即補上一句，放心，我們絕不會再有
Baby。A 說，是的，不過我們馬上會多一個貓 baby。

　　嘻嘻，貓 baby，是的，就如 Arantxa 在照片 po 文裡所說的
一樣，我們將迎來家庭的第四位成員。

　　只不過，他們迎來的是孩子。我們，迎來的是貓咪。

四十一 · 活著

Judy 在去墾丁的高鐵上，給我發來訊息。

親愛的，我們在高鐵上出發去墾丁了，昨日新聞說西班牙封城要延長至 5 月 9 日，看確診人數還是在持續上升。

Judy 又附上一張雅虎搜索各國確診數字的截圖給我，第一個顯示的是臺灣，第二個是美國，第三個是西班牙。

她也真會挑姐妹，一個在美國，一個在西班牙，全世界感染人數最多的兩個國家，夠讓她操心的。

墾丁，已闊別七年。最後一次去，帶著父母親、芸、Dani-ka 還有 Mark。

為了節省一晚墾丁旺季昂貴的住宿費用，我們凌晨 12 點從北投出發，開著前夫借給我那台老本田，和 Mark 兩人輪流著一路從臺北開到墾丁，再沿臺 26 號公路到鵝鑾鼻臺灣最南的海灘，正巧趕上了日出。

　　那是 Danika 出生後第一次看到大海，望著無邊無際的汪洋，聽著海浪拍打的聲音，她並沒有特別興奮，而是嚇得直哆嗦，一直喊著要外婆外公抱。

　　而 Mark，從冬季嚴寒的紐西蘭來到正值仲夏的臺灣，則是迫不及待地衝向波瀾壯闊的大海。

　　西班牙前幾日，疫情稍微有所緩減，但昨日又突然猛增近七千病例。

　　官方說，這疫情的關鍵時刻，即將面臨前所未有高度且複雜的降級進程。這時政府的一舉一動，任一決策，做為一名普通民眾，想想都非常艱難。

　　口罩，終於有賣了。藥房賣 0.95 歐元一片，家樂福賣一盒 8.9 歐元，10 片裝。

　　二月底，父母親收到我從西班牙 UPS 快遞給他們的五盒醫用口罩和一盒醫用手套，當他們收到口罩時，中國已有力地遏制住了疫情的擴散，而歐洲的疫情正在蔓延。

　　母親說，口罩收到了，但是不是又該返回，寄還給妳。

　　直到二月中，我才想到上藥房給父母親買一些口罩，也給自己儲備一兩盒以防萬一，但等我想到時，已為時過晚。

　　市中心的大藥房，口罩早已售罄。我跑遍了大大小小臨近二十多間藥房，只有一間藥房一盒 50 片賣 25 歐，我嫌太貴沒買。另外一間 25 片 3M 的口罩，賣 50 歐，更是貴也沒買。

最後在住家附近的一間小藥房，買到了店裡僅有的兩盒口罩，一盒 50 片五歐，是原本正常一盒的價格。

A 又幫我上 Badalona 各大藥房找，很幸運地又在一間藥房找到了最後三盒口罩，一盒 50 片七歐，我二話不說，再買了一盒醫用手套，花了近八十歐的快遞費，全部打包寄給了母親，自己沒留下半盒。

現在那五盒口罩，母親依然放著捨不得拆開來用。聽母親說，現在除了上超市和公車規定要戴以外，路上戴口罩的人已寥寥無幾。

後來被迫，想再回去買 25 歐元一盒和 50 歐元一盒口罩的我，自然是雙手空空而回。

前兩天突然想起公公的好朋友 Joan，便問 A，Joan 怎麼樣了。

A 說，不知道，明天要和爸爸開會，我問問他。

Joan 住在 El Pont de Vilomara，和我們新家同一個村莊。他在村裡的 Placa Major 開一間麵包店和超市。前兩年，一次我們去艾森家經過時，A 帶我去他的麵包店買麵包，當時 Joan 也在店裡，個頭高大，挺一個大肚腩。

上個月，婆婆來電，說公公的好朋友 Joan 夫婦感染了新冠狀病毒，妻子病情較輕，留在家中隔離，而 Joan 則因為病情嚴重，住進了 ICU 重症加護病房。

第二天，A 與公公 Badalona 開會回來，一到家，A 立即跟我說關於 Joan 的消息。

A 說，早上和爸爸一起和 Joan 通了一通電話，今天是 Joan 在醫院的最後一天，經過三次核酸檢測呈陰性之後，醫院通知他終於可以出院了，他的妻子也在不久前完全康復。

聽到 Joan 夫婦病癒的好消息，真為他們感到高興。

A 說，Joan 對他父親說，這是他一輩子度過最艱難的 35 天。35 天沒有家人的陪伴，獨自一人住在加護病房，當他幾度呼吸困難戴上呼吸機的時候，幾度以為自己生命就此結束，再也見不到他的家人與朋友。

他說，Gabriel，雖然很多人不相信這病毒真的有那麼可怕，但請相信我，這絕對是你無法想像的痛苦。你出門一定要非常小心，記得戴上口罩和手套，照顧好自己也照顧好家人，希望你們一家能夠平平安安。

西班牙最年長女性 Maria Branyas，成功戰勝了新冠狀病毒。她於 1907 年出生在舊金山，目前居住在奧洛特（Olot）市的養老院。今年 3 月 4 日，她剛過完自己 113 歲生日。

這是一條多麼讓人值得歡呼雀躍的新聞，也無疑讓許多不幸感染的病患，更有了對抗病毒堅定不移的信心與勇氣。新聞裡說，去年，Branyas 在接受西班牙《先鋒報》採訪時說，我除了活著，什麼都沒做。

多麼直白，卻又真切的一句回答。人生，不就是為了活著
這兩個字。

四十二‧友情

　　兩天後才想起，甌玲姐打的電話沒有回覆，便在微信發了一條訊息給她。甌玲姐，不好意思，忘記回妳的電話，找我有事嗎？

　　甌玲姐回覆說，沒事，就是問問你們好不好。

　　也許是因為 Ramen House 的拉麵做得好吃，店鋪也清新明亮，我對眼前這位老闆娘心生了幾分敬畏。

　　那日在牙醫診所初次相見，和甌玲姐相談甚歡，彷彿是久未曾見面的老友，天南地北地聊了起來。A 在一旁聽得一頭霧水，也插不上嘴。他見我來西班牙，第一次遇到可以說這麼久中文的人，也為我高興，耐心等候在一旁，不催促也沒嫌我們婦人長舌。

　　甌玲姐來自浙江青田，先生浩哥來自上海。十多歲時去法

國巴黎念書生活了多年，後跟隨父母來西班牙，在我們這座城市開了第一間名為上海樂園的中餐館，她也便在此扎根，成家立業生子。

上海樂園在歐玲姐父母親退休後，交由哥哥嫂子打理，而她和原本身為中餐廚師的浩哥，則做起了日本料理。

上海樂園，我和 A 跟隨甌玲姐一家去吃過一次，就在我們第一次約去巴塞羅那吃火鍋回來的當晚。A 說，這間店跟他的年紀差不多，他從小便時常跟隨外婆外公來這裡吃中餐。

甌玲姐與我都出生在上世紀七十年代，因比我年長兩歲，性情更加沉穩，談吐舉止大方得體，故更喜歡以姐相稱。

如果說一個女人的圓滿人生，就是父母健全，夫妻恩愛，有兒有女，事業有成的話，那在我看來，甌玲姐的人生已無可挑剔。

甌玲姐有三個孩子，老大立讀高中，和芸同齡，也喜歡畫漫畫，一頭披肩髮是一個文藝味十足的青年，很疼愛照顧妹妹，因時常會在店裡幫工，顧見人時禮貌熱情；老二正讀國中，比較含蓄內斂，身形高大強壯，喜歡運動，酷愛籃球。今年一月正因打籃球身受意外，腿骨受傷不能行走，原本每年三兄弟姐妹都會參加的滑雪度假，也不能同去；老三，這個集萬千寵愛與一身的小妹妹，是爸爸的心肝寶貝，比 Danika 大兩歲，兩人生日差七天都出生在七月，一個叫夕，另一個叫熙，因此她倆

也成了小閨密。熙就讀小學五年級，是個游泳健將，得過不少游泳賽事的獎項，還彈得一手好鋼琴。

雖說第一次見面就聊得不可開交，互加了微信，但真正與甌玲姐相約單獨見面則是在兩年之後。

那是 18 年十月，甌玲姐開車載我一起去巴塞羅那吃火鍋。在這之前的一個禮拜，我與她聊起我在巴塞羅那看到一間新開的火鍋店，她問我是哪間，我說是國內重慶劉一手火鍋店連鎖品牌，甌玲姐一聽立即說，這是我朋友開的。

那下週我們約一起去吃火鍋，都約了快兩年了，還沒約成，我一本正經地說。好啊，下週四，我帶你去吃火鍋，甌玲姐聽了笑呵呵，這次總算兩人一拍即合。

能在遙遠的西班牙，吃上熱火朝天道地的中式火鍋，就如同在一萬公里外，能吃上一碗滿具匠心的日式叉燒拉麵一樣，讓人倍感幸福。

那日重慶劉一手火鍋店，生意也是紅紅火火，一波接著一波的客人猶如鍋中不停翻滾的火鍋湯底。我和甌玲姐一邊津津樂道，一邊吃得津津有味。

甌玲姐說，今年八月她朋友夫婦正愁這個季節火鍋店開業會不會沒有生意，沒想到店鋪一開張，便日日爆滿。而今，巴塞羅那重慶劉一手火鍋店早就聞名遐邇。

去年小強哥和南施姐來巴塞羅那，我們聊起巴塞的中式美

食，他們說南燕姐帶他們去吃過一家不錯的火鍋店，但忘了名字，我當時還在納悶，難不成巴塞羅那又新開一家好吃的火鍋店，便讓他們回頭詢問南燕姐。後來小強哥問過之後，說是重慶劉一手，我笑笑地說，那我們說的就是同一間，下次來巴塞羅那的時候，一起去吃。

前陣子還沒隔離之前，還真想著要去巴塞羅那吃重慶劉一手火鍋，自從去年九月中國回來之後，就再也沒去吃過。

婆婆也時常想著要去吃火鍋，聖誕前問過我一次，什麼時候一起去吃火鍋。

前年我生日，請了一家人去劉一手吃火鍋，雖然平日他們吃東西怕燙，但還是抵不過火鍋誘人的滋味，第一次嘗試全部愛上。公公是家裡除了我和 A 之外唯一能吃辣的，那日他點了麻辣口味的湯底，吃過後更是讚不絕口。後來 A 生日，乾脆又邀請身邊的好友，一起去巴塞羅那吃火鍋。

甌玲姐的 Ramen House 前年也在巴塞羅那開起了分店，一年之間陸陸續續開了三間，也不見怪，他們的拉麵的確做得好吃，兩夫妻對菜品對店舖從裝修到運營到管理，也是費盡了心思。

平日裡，又要忙餐館，又要照顧三個孩子的甌玲姐，就算家裡請了家政也是時常忙得不可開交，但凡是一得空她也不忘打電話或是傳訊息關心我，偶爾我們也會約著一起去吃頓飯。

每次見甌玲姐的先生浩哥，他總要羨慕下我成日無所事事的生活。他說，yaya，只有妳，會享受生活。的確，我也知道，餐飲人終日忙碌真的十分辛苦，想像下，一個家的柴米油鹽醬醋茶就夠讓我一個家庭主婦操心了，更何況是那麼多家餐廳的老闆。

甌玲姐的 Sakura 日料店，也算是 Manresa 的一間老店，開了十多年，主打生魚片。

我們一家也會時常光顧 Sakura，但沒有 Ramen House 去的多，去年年底 Sakura 重新整修，浩哥熱情地邀請我改日去 Sakura 請我吃飯。

Ramen House 拉麵店離家特別近，步行不出三分鐘即到。平常不想做飯想吃點簡單的，就去吃碗拉麵，熱騰騰的麵條，吃進胃裡也暖暖的特別舒服。不像西餐，一盤肉越切越冷，越吃越無味。

中國人的胃，真的就好湯湯水水這一口，連服務生也都知道，每次給我上的那碗拉麵，定會把高湯加得滿滿一大碗。

Ramen House 不僅拉麵好吃，壽司也做得相當不錯，Danika 和我最喜歡吃叉燒三角飯糰，還有飯後甜點芝士麻糬。我偶爾也會換著點一盤海鮮炒烏龍、咖哩雞排飯、或是鰻魚飯，這些都是以往在臺灣吃慣了的。

雖然這次隔離，所有餐廳一下子全部都要停業，一定損失

不少，但心想甌玲姐和浩哥也算因禍得福，總算可以趁這回安安心心在家好好休息一陣子，陪陪孩子。

這不，剛想著，甌玲姐便悶著做起了久久才做一次的豆腐，前兩天還試著炸油條。事後，我問她油條成功了嗎，她笑了笑說，沒有。

油條雖說不成功，但甌玲姐做的豆腐，在老家不敢說，但在西班牙，至少無人能敵。貨行裡雖然也賣老豆腐，但吃過一回甌玲姐做的豆腐之後，心裡就有了對比。

前年暑期我回中國的時候，甌玲姐隨後也帶女兒回了中國，但因為時間沒對上，當時我和 Danika 正在臺灣玩，等我們回到麗水，她又帶著家人去了蘇州。她在朋友圈看到我做滷肉飯，告訴我她女兒也很喜歡吃滷肉飯，在青田的時候，時常去徐記吃滷肉飯。

徐記，那是走走的連鎖魚丸店，在青田無人不知曉。

回西班牙後不久，一次做滷肉飯時我想到了甌玲姐的女兒，雖然我也把滷肉飯的配方給了甌玲姐，但一想她那麼忙，應該也沒什麼時間做給孩子吃，滷好之後便裝了一保鮮盒，另外還裝了蘿蔔排骨湯，一併送到 Ramen House。

交待店員之後，我給甌玲姐傳了訊息，請她去店裡拿滷肉、滷蛋還有蘿蔔湯，晚上再煮點米飯給孩子們當晚餐吃。一個禮拜之後，甌玲姐拿著那兩個吃完清洗乾淨的保險盒還我，盒子

裡還多了一塊她忙乎半天做的還留有餘溫的豆腐。

當天晚上，我把豆腐放進蒸鍋裡稍微加熱，隨後切開加了一點點醬油做為調料，吃了一口，瞬間明白為何甌玲姐說，她的女兒只吃她做的豆腐。

豆腐，我也好想吃啊，一聽說甌玲姐要做豆腐，嘴饞得不行，更何況這隔離之後，已經一個月沒吃上豆製品。

甌玲姐說，疫情過後，算上妳一份。我又半開玩笑地說，可以以後每個月訂購一份嗎，或是我拿滷肉飯來換。

歐玲姐聽完哈哈大笑，她說，我很少做的，真的沒時間，上次送給妳吃做了之後就再也沒做過了。

天哪，這要等吃一回豆腐太不容易了，比 Danika 等吃我做一回滷肉飯還難。我正心裡暗自想著，甌玲姐隨即又補上一句，不過我可以教妳做，不難的。

四十三・紅薯

紅薯刨絲，加大米、泰國糯米、泰國香米一起慢火熬製的紅薯粥，濃稠香甜、順滑爽口。切一顆紅心鹹鴨蛋，夾一小碟醬醃菜，一小碟糖醋薑片。

久違的清粥小菜，光看，就已滿足。

往年西班牙超市、蔬果店，紅薯和玉米通常都會在十月分上市。聖誕節過後，基本上就買不到新鮮的玉米，紅薯也頂多賣到來年一二月。

除了紅薯、玉米，西班牙大部分蔬果也都遵循著大自然的規律。春季的豌豆；夏季的西瓜；秋季的柿子；冬季的洋薊。

司歲備物，食時令蔬果，得天地之精氣。

每年萬聖節，也是加泰羅尼亞的 Festa de la Castanyada 板栗節，每到這個時候，廣場上、公園裡，都會擺起現烤板栗和紅薯的攤販。

萬聖節這天晚上，我們一家人都會到婆婆家聚餐。

這頓晚餐我們會在一樓的 Dining room 用餐，公公在壁爐裡生火，姨媽在餐桌上擺上送給大家的節日小禮物。一家人圍著暖暖的壁爐，吃 Aina 烤製的椒鹽紅薯條，婆婆煮的蘋果南瓜湯，還有一包包用報紙捲成錐形，從攤販那買回的烤板栗。

記得第一年來西班牙的十月，在 Placa Sant Domenec 第一次吃到路邊烤製熱乎乎的香甜紅薯，太出乎意料，興奮地讓 A 給我拍了張照片，傳給母親。

在中國，這再普通不過的街邊平民小吃，別說，在歐洲也顯得同樣接地氣。坐在廣場長凳上，手捧著廢舊報紙包著的烤紅薯，一邊吃一邊望著來往穿梭行人。十月的西班牙，微有涼意，手心卻很溫暖。

SPA 超市也在冬季賣烤紅薯，我有時偷懶會買。烤好的紅薯一個個被擺在方形白色托盤裡，旁邊備有不鏽鋼食物夾和牛皮紙袋，挑選好了到櫃台直接稱重結帳。

Ametller 蔬果店賣的紅薯，個大皮薄，通常洗乾淨切開，用蒸的或是切成小塊加薑片煮紅薯湯。如果自己烤紅薯的話，我就會到 Mercadona 超市，買冰櫃裡整包清洗乾淨的小蜜薯，個小的紅薯特別香甜軟糯，一烤就流蜜。

去年去洛杉磯，一次和 J 逛超市看到紅薯，一時興起想嘗嘗美國紅薯的味道，便買了幾個回來烤，但一烤，和西班牙的

紅薯還是相差甚遠。我跟 J 說，以後來西班牙一定要吃紅薯。J
一聽笑了，紅薯中國那麼多，還要去西班牙吃。

我說，西班牙的紅薯還真特別好吃。

紅薯，飢荒年代的救命糧，繁衍了我們祖祖輩輩多少代生
命，這個父母親那輩人從小吃到怕的紅薯，如今，又成了新世
紀都市人們崇尚的健康食物。各色蒸熟的紅薯擺成拼盤，被隆
重地端上了各大小餐廳的餐桌。在臺灣，燙地瓜葉、清炒地瓜
葉，更是一道家常的蔬菜料理。

而我們生活中最常見最普遍的紅薯，在中國人心中有著濃
厚情感的紅薯，植物起源卻並不在中國，恰恰就在西班牙。這
是在西班牙第一次吃到烤紅薯後，回家上網查找資料时才恍然
大悟的。

據說明朝萬曆年間，福建長樂縣一名名叫陳振龍的華僑，
在西班牙殖民地菲律賓呂宋島經商，發現紅薯這個植物耐旱極
易種植，又能充當糧食，心想若是能帶回中國，一定能拯救不
少飢餓困苦的百姓，造福子孫後代。

可當時西班牙人，知道紅薯非凡的價值，便在海關設層層
盤查，以免被人盜走。陳振龍費盡心機賄賂了當地吐蕃得到了
紅薯藤，三番兩次嘗試帶回國都失敗，最後嘗試將紅薯藤絞入
汲水繩才矇騙過關，冒著生命危險最終將紅薯帶回到福建。從
此，紅薯在中國大地扎根，傳遍了大江南北。

難怪，紅薯祖宗在此，西班牙的紅薯怎能不甜。

不知是因為去年紅薯產量多，銷量小，今年都四月了，各大超市裡蔬果店都還有賣紅薯。隔離前，提了一大袋紅薯回來，早餐有時候煮顆水煮蛋，蒸點紅薯，搭配一杯豆漿，吃得既又健康又有飽足感。

前幾日《大明風華》裡，孫若微做皇太后時，在一幫朝廷大臣面前一邊喝粥一邊談國事，桌上擺著一疊疊小菜，大臣們坐在一旁，手捧小點各個吃得戰戰兢兢，她卻一副泰然自若，吃得有滋有味。

清粥小菜，瞬間勾起人的食慾。一看籃子裡，還剩下幾顆紅薯，又想到之前貨行買的那盒鹹鴨蛋，還有一罐醬醃菜。正好，隔離最思鄉，喝粥解鄉愁。

四十四 · 寵物

寶貝，妳又多了一個妹妹，我附上一張奶油的照片傳給芸。無毛貓，好可愛哦，芸發了一個喜歡的表情。

我說，是啊，等明年妳來西班牙玩的時候，估計還會有更多的弟弟妹妹。

芸第一次見 Tommy 是 16 年的七月，那年芸 13 歲，Tommy 滿一週歲。那次，我們一家人開車去溫州機場接她，在接她之前我們順道去了外洋公社朱下村老家，看望年事已高的姑姥姥。

當時，姑姥姥因為身體不便，已離開長期獨居的住所，被家人安排住進了村裡的養老院。因小時候，我不在溫州長大，記憶中對姑姥姥沒有印象。那是我第二次去看望姑姥姥，第一次是兩年前，我買了生平第一台車，載著父母親和 Danika 在清明時節，踏上了外祖父祖母生前的那片故土，去看望外公唯獨一個在世的妹妹 。

當時，姑姥姥手腳還能動，做了幾道溫州當地的家常菜等候我們一家人到了共用午餐。

姑奶奶面容親和，和外公一樣一口濃濃的溫州方言，一頭蒼白短髮，鬢角上夾著兩枚鐵絲髮夾，一件淺灰色卡其布小翻領開衫，一雙黑色方口布鞋。那張我摟著她，並排坐在家門口長條板凳上的合影，是我與她唯一一張合影。照片中姑姥姥的神情，每看總覺得與外公有那麼幾分相像。

但那次養老院與姑姥姥一別，竟成了最後一別。前年，她在春節期間離世，外公的所有兄弟姐妹終於齊聚在天堂。

那日臨走時，姑奶奶站在養老院三樓的陽台，依依不捨地朝我們揮手告別。午後驕陽似火，養老院外那片向日葵也開得如烈火熊熊，Danika 歡喜地採了兩朵，一朵送給自己，另一朵捧在手上帶去機場迎接遠道而來的姐姐。

那年一別成了永別的除了姑姥姥，還有 Tommy。十一月帶 Danika 回西班牙那日，父親母親帶著 Danika 在家樓下等候計程車，我最後一個提行李下樓，Tommy 靜靜地蹲坐在門旁，雙眼目不轉睛地盯著我看，彷彿在向我道別。我對牠說，再見，Tommy，下次回來去小老虎家看你。

人也好，動物也好。生命苦短，終需一別。

芸在沒來之前，早就在視頻裡、照片裡認識了 Tommy。芸喜歡貓，但從未養過貓，前婆婆家務太多忙不過來。

　　我剛嫁去臺灣的時候，家裡有一隻十多年的老狗叫吉利，吉利出過車禍，一條腿走路時一跛一跛的。前婆婆每週給牠洗一次澡，洗完後吉利總會乖乖地趴在門口的腳踏墊上，婆婆一邊拿吹風機幫牠吹乾，一邊幫牠梳理毛髮。也許當時吉利已經年老，所以印象中牠非常安靜，很少叫，只會在一家人用餐時，在桌底下圍著大夥轉來轉去。

　　我離開前婆婆家一兩年後，吉利也去世了。後來親家母送了一隻八哥給芸，名字叫做皮皮，因為養鳥還算比較不費工夫，前婆婆也就答應了。

　　我每次回前婆婆家，都會去後院看下皮皮。牠見到陌生人，就會開始在籠子裡上跳下竄，清脆宏亮地叫個不停。

　　一提到皮皮，想想牠也差不多快有十歲了吧。十年，被關在籠子裡，不知是什麼感覺。人僅僅兩個月被關在房子裡，大部分人都快要受不了了，寧可冒著被罰款的危險，想盡一切理由出門。就連借鄰居家狗遛狗、借親戚朋友家孩子遛娃，這辦法都想得出來。

　　相比之下，人類雖然智商超高，但忍耐力卻遠不及動物。

　　13 年去新加坡開放式動物園時，看到動物園裡獅子老虎能夠逃離牢籠，自由自在地生活，猴子隨處亂竄，鳥兒自在飛翔。當時心裡就想，動物被關進籠子，是多麼殘忍的一件事。

　　芸小時候不懂，養了那隻皮皮，十年前我也無知在麗江的

坡上咖啡養了一對相思鳥。去年 Danika 生日，吵著外婆外公要買鳥，前年生日買了只灰白相間的荷蘭兔，養沒幾天就死了。去年同樣是去夜市賣寵物的那個攤販，連籠帶回了兩隻綠色虎皮鸚鵡。

老人家一年才見一次 Danika，我也不好多說什麼，他們倒是寵愛外孫女們，想要什麼小動物都依著，除了貓狗之外。記得我小時候一次從哪弄了兩隻剛孵出的黃色小鴨回來，被父親連同裝牠們的紙盒一併從家裡丟出去。

當時，我哭得傷心極了。

之前有一年暑假因為芸來大陸，母親買了一隻白色倉鼠給兩個孩子，芸除了貓也喜歡倉鼠，她在學校的綽號就是倉鼠，所有跟倉鼠有關的玩偶芸都喜歡，就連 Line 用的表情都是倉鼠的。

那隻倉鼠，算是養過最久的籠中寵物，養了一年多，但有一天突然莫名就死了。母親在下樓去柴火間準備餵食時，發現牠僵硬地躺在籠子裡。後來我們把牠送到白雲山森林公園，埋在了一顆杉樹底下。

虎皮鸚鵡倒是能吃會叫，看起來還算健康，應該能活一陣子。芸也許是長大懂事了，每次看到籠子裡那兩隻鳥，總是一邊對妹妹搖搖頭，一邊嚴厲地對她說，以後別買關在籠子裡的小動物了，很多商販為了謀利不擇手段，這些小動物們大部分

出生時就有問題。

　　姐姐說話快，噼哩啪啦地像是教訓了妹妹一頓。妹妹瞪大眼睛聽得懵懵懂懂，聽完轉身又自顧自玩去了。

　　果然，那兩隻長相俊俏的虎皮鸚鵡也難逃死神，在我們去老撾十天被送到樓下父母親工友那寄養接回來之後，便變得沒之前那麼機靈歡快。一日一早，突然發現死了一隻，另外一隻蹲守在死了那隻虎皮鸚鵡旁邊，眼裡彷彿充滿了哀傷。

　　剩下那隻，也日益憔悴精神不振，慢慢地變得不吃也不叫了，成日蜷縮成一團蹲在那，撐了不到一個禮拜，也閉上了雙眼。

　　經歷了倉鼠、兔子、虎皮鸚鵡之後，Danika 還想著新家是不是可以養鳥，我一聽立即說 no。我說，新家可以養貓、養魚，但唯獨不養關在籠子裡的動物，更何況新家飛來飛去到處都是鳥，根本無須再養，倒是可以在樹上給牠們安一些鳥窩。

　　去年合歡暖暖交屋之後，我傳訊息給芸，還給她看了我為她畫的她房間的設計稿。我說，等新家弄好，我們還要養一群貓，等妳來西班牙的時候，可以每天懶懶地躺在妳的公主床上逗貓。

　　有貓，兩個孩子可開心了。

四十五・降級

　　距離上次出門，已過了整整一個月。這一個月裡，如往常一樣每日早睡早起，做飯、打掃、寫日記、照看孩子，生活作息並沒有因隔離而變得異常混亂。唯獨就是外出活動少了，腸胃蠕動變慢，三餐間隔時間也拉長了。

　　華人公眾號裡每日發布的實時更新新聞，依舊會及時關注。但對於疫情，從剛爆發時的恐懼恐慌，無知無助，也漸漸有了更科學地認知，更深層地理解，也學會更加理性地去對待。我想，此時除了生理免疫系統需要強化之外，心理免疫力也同樣需要提高。

　　前陣子和 J 聊天，她依舊停留在美國。我對她說，漸漸變得不那麼懼怕病毒了。她說，有了心理免疫力。

　　當然不懼怕，不代表輕視，畢竟這次抗疫是一場持久之戰。

　　一早列好需要採買物品的清單，用完早餐，開始梳妝準備

出門。今日，並沒有花時間在鏡子前反覆檢查，沒有刻意戴板材眼鏡，沒有穿防曬衣，只穿了一件輕便長袖衛衣和牛仔褲，戴上必要的防護口罩和橡膠手套，便背上購物袋出門了。

也許是因為今天國家警戒狀態降級第一天，又恰逢週六，步出家門一看，果真如 A 所說，街上行人多了很多，跟一個月前跨出門時的感覺，截然不同。本週二 4 月 28 日，首相 Pedro Sanchez 正式宣布降級計畫，計畫剛一宣布又是引來一陣冷嘲熱諷。

一樣途徑 SPA 超市，到 Ametller 蔬果店再到 Mercadona 超市，一路上，蔬果店、超市、肉鋪、魚鋪外排起了等候的長隊，人與人之間默契地保持著一到兩米的距離。路上遛狗的人們、外出採買的人們、運動的人們、散步的人們，唯有極少數不戴口罩。雖然看似世界變了個模樣，但人們隔著口罩露出的神情，邁著的腳步，顯然比一個月前輕鬆愉快了許多。

這個國家，日漸復甦。這座城市，又有了生機。此刻，我覺得政府這一降級決策，對於當地民眾而言，的確是很有必要的。

站在 Parc de les Homilies d'Organya 斜坡上，望著遠處久違的 Montserrat 巍然屹立，山頂雲霧繚繞，心中不免開始與神山竊竊私語。公園裡時不時有停下腳步打招呼閒聊的老人，一對對牽手而過的中老年夫婦，三五隻狗在草坪中嬉戲追逐，眼前

一片美好和諧的畫面。

這才是人間，本該有的模樣。

西班牙的虞美人，加泰蘭語有一個很好聽且很長的名字叫做 Pipiripips。每年四到六月，田間山野正是虞美人豔麗的季節。記得來西班牙的第一個春天，看到處處盛開的虞美人特別驚訝，我對 A 說，這不是用來做毒品的罌粟花，西班牙可以隨便種嗎？

A 聽完笑了，從路邊採了一朵遞給我。他說，妳仔細看，這不是罌粟花，是虞美人。

Danika 很喜歡 Pipiripips，只要春天一到郊外，都會隨手採上幾朵。A 教她採還未開放的花苞，然後小心剝開毛茸茸的外殼。這時，花苞就像施了魔法一般，在手中靜靜綻放。

今年倒是錯過了很多花季，新家的鬱金香，前年在網絡中介平台上看到房子出售的照片，一眼便被房前映襯著朵朵嬌豔、亭亭玉立的鬱金香深深吸引。而院子裡我最期待的鬱金香已經開過了，短短兩到三個禮拜的花期。而隔離，已整整過了六週。

Parc de les Homilies d'Organya 旁的坡地，一片盛開的虞美人，原本正準備走去超市的我，忍不住停下了腳步。鮮紅的花朵夾在一片雜草叢中顯得特別耀眼奪目，風兒一陣拂過，一朵朵左右輕輕搖擺身姿，顯得婀娜妖豔。

Parc de les Homilies d'Organya 對面的 Placa de la Democracia，我時常會帶 Danika 來這裡騎滑板車，這裡有兒童遊樂區，

但設施不多，一個溜滑梯、兩個鞦韆、幾個搖搖馬、還有一個小小的玩沙池。經常會有成群的伊斯蘭婦人推著幼童來這裡，把寶寶們丟進沙池玩沙，她們則在一旁的圍欄坐成一排歡聲笑語。

Placa de la Democracia 時常會舉辦週末集市，賣一些農副產品和價格低廉的衣服飾品，但絕大多數光顧的都是老年人，更像是老人集市。正巧廣場一旁是養老院，時常看到行動不便的老人坐輪椅上在陽台曬太陽，而腿腳利落的老人，會結伴到廣場上走動或是坐著閒聊。

賞完虞美人，準備過馬路去 Mercadona，遠遠看見 Placa de la Democracia 兒童遊樂區的設施被繫上了藍白相間的警戒帶，走近一看，上面寫著 policia local，是加泰羅尼亞自治區當地警察。

自從 4 月 26 日起，未滿 14 週歲的孩子允許由一位成人陪同上街散步，孩子們的聲音，打破了這一個多月的靜寂。滑滑板，騎自行車，孩子們各個像籠中放飛出去的小鳥，雖然散步運動不得超過住家一公里，且不能到公園使用公共遊樂設施，但多少讓大人小孩喘了一口氣。

望著這個昔日 Danika 在此度過不少快樂時光的遊戲區，那一個個被捆綁住的遊樂設施，彷彿一個個被捆綁住的孩子，一臉無辜。

　　從超市採購了兩購物袋差不多夠一個禮拜的食物，背著一路慢步回家。

　　經過一個月，不再像上次出門購物一樣盲目失去理智。這一個月裡，A 每次外出的時候，也會順便去超市帶一些東西回來。超市裡如今防疫做得有條不紊，進出人流都嚴格管控，民眾不再恐慌，疫情剛爆發時瘋狂搶購的畫面，早已不復存在。

　　一個多月氣候的轉變，路上行人已從隔離剛開始的外套長褲，換成了短袖短褲，不少民眾還穿起了涼鞋拖鞋。但不變的是超市裡，各家店舖裡那一張張熟悉的面孔，他們戴著口罩手套，但依舊熱情未減地服務著每一位顧客。

　　看著他們各個安好無恙，回想起上次出門買菜時，Ametller 蔬果店外與我一起排隊等候，用頭巾蒙著臉卻禮貌友好的年輕情侶；Clarel 生活用品店熱心提醒我要拿小票以免受罰的售貨小姐；今早公園戴口罩對我微笑問候早安的陌生老人，內心充滿著感動。

　　回家的路上，又在想 A 最近時常和我聊到的話題。

　　這一個多月來，A 親身經歷了這次疫情，顯然思維也有了很大轉變。他說，也許這次病毒會給我們帶來不一樣的生活，全民居家隔離，畢竟不是長久之計，我們也無法因躲避病毒，而長期待在家裡。如何外出做好個人防護，與病毒共存，建立新的日常生活習慣和工作方式，也許是當前我們需要深思的。

是的，病毒的確給我們全人類帶來不一樣的生活及新的思考。但它即是災難，我想，也同樣會是契機。

開

—

合歡暖暖，願它成為一棵象
徵夫妻好合、永遠恩愛的合
歡樹。願它成為暖暖站台
前，那趟永不停息的藍皮舊
火車。願它成為，那年合歡
山上，前婆婆給我遞上的那
杯暖入心田的黑糖薑母茶。
也願它成為，夢想中一家人
的幸福天堂。

四十六‧海芋

一整個四月，隔三差五地下雨，只要一早開窗，看是個陽光明媚的好天氣，便會開始清洗露台，喝個咖啡，用個午餐，或是下午打個小盹也好，總要把這近二十平方米的露台，在像是與世隔絕的日子裡，用得淋漓盡致。

別小看這二十平方米，它占了這間公寓四分之一的面積。

Carrer Major61 號二樓，前後各有一個小陽台，一樓臨街這面是窗戶和大門，後面有個寬敞的後院，原本姨媽那棟也有，但後來一半用來改建車庫，一半讓給 Antonia 肉鋪拓建為廚房，因為姨媽家從三樓又多搭建了一層閣樓，所以他們的露台在四樓。

租住在一樓的，是已經在此住了五十多年的老太太 Dolores，因為她腿腳有病不怎麼便利，加上常年獨自一人居住，後院就成了一塊荒地。從三樓窗戶望下去，院子光禿禿的一片，除了些雜草和爬滿圍牆的爬藤，就只剩一棵孤零零的杉樹。但

杉樹卻是一年長得比一年茂密旺盛，成了附近這帶鴿子和麻雀的棲息地。

記得第一次來西班牙，次日一早起床，第一件事也是去清洗露台。之前 A 一個人住的時候，露台上只有一株婆婆送給他的蘆薈、兩把躺椅，還有一張戶外用的餐桌和四把椅子，是之前公公婆婆位在靠近安道爾 Bellver de Cerdanya 的度假別墅搬來的。

雖然當時正值寒冬，戶外氣溫不高，但還是和 A 在露台用了我來西班牙的第一頓早午餐，那也是我第一次品嘗到 A 的廚藝。因為我的到來，A 想藉此機會讓我幫他裝扮布置下露台，隨後幾天我們一起去了 Uniplant Garden 挑選了一些綠植，又到 AKI 買了一些花盆，再到隔壁華人開的 ZONA 8 買了幾件戶外裝飾物。

那二十平方米的露台，從那時起才漸漸有了模樣與生機。四年過去了，原本小小的仙人球已大到快要爆盆，婆婆給 A 的那株小蘆薈，也分株移植換了大盆。

四年時間，一晃消失得無影無蹤，但卻在某些事物上又留下了痕跡。

也幸虧上個月連綿不斷雨水的滋潤，新家的花花草草才得以生長。五月，天氣日漸晴朗，A 那日約了朋友去新家載之前遺留下的施工垃圾，長時間無人打理，回來說院子裡到處雜草

叢生。

　　今日，讓 A 帶 Danika 去新家一起幫忙拔草澆水，孩子日日待在家裡，缺少運動量，隔離以來不知不覺，見 Danika 又胖了一圈，剛好趁這機會，讓她出出力。

　　陽明山，有一個眾人皆知的地方，叫竹子湖。前年回臺灣時，X 哥說可以抽一天時間帶我和 Danika 去玩，他問我想去哪，我說，不如開車帶我們去陽明山吧。

　　上陽明山那日，風和日麗，X 哥從石牌民宿接到我和 Danika 後，一路從石牌路行至行義路上陽明山。七月的竹子湖，是沒有海芋的，但經過竹子湖岔路口，看到路牌上寫著的竹子湖三個字時，我立即請 X 哥左拐，往竹子湖方向開。

　　沒有海芋，去看一看竹子湖也好。

　　聽到 A 和 Danika 上樓梯的聲音，走去開門。門一打開，第一眼映入眼簾的是 Danika 手中握著的兩支海芋。

　　是新家的海芋開了嗎，我望著那兩朵潔白純淨的海芋，驚奇地問 Danika。是啊，媽媽，我看很漂亮，便採回來送給妳，Danika 一邊回答一邊將海芋遞給了我。雖錯過了今年的鬱金香，又迎來了海芋，心中無限歡喜。

　　海芋，又勾起竹子湖不少回憶。

　　第一次去陽明山竹子湖，是 03 年那年從大陸回臺灣之後，

和前夫的好朋友正浩還有淑華一起去的。那時芸還未滿一週歲，抱在手裡，我們一起在文化大學附近一間叫祕密花園的餐廳用午餐，隨後又到竹子湖閒逛喝下午茶。當時竹子海芋還未開，但有售溫室培育的各色馬蹄蓮。

陽明山每年海芋花季的時候，一到週末，竹子湖便會湧進不少賞花採花的遊客。除了竹子湖的海芋，陽明山賞櫻賞杜鵑，也是會將週末陽明山的各條道路堵得水洩不通。這也難怪，忙忙碌碌了一週的臺北人，自然週末都想去自家的後花園踏青閒遊。

和 Robert 戀愛時，在海芋盛開的季節，一起去過一次竹子湖。

記得當時去時是傍晚，我們漫步在夕陽下的海芋花田，採田間一朵朵含苞欲放的白色精靈。那晚，Robert 帶我去竹子湖的一間中式餐廳用餐，第一次吃豆豉小魚乾炒山蘇，便是在那次。山蘇，名為臺灣山蘇花，是臺灣原生種的蕨類植物，清炒後不僅清脆爽口，還極富營養價值。去年 Judy 帶我們去宜蘭吃甕仔雞，一看菜單上有豆豉山蘇，迫不及待地點了一盤。

北投光明路 226 號雲仙大廈三樓之一的那間公寓，留下的照片不多，但卻好幾張竹子湖採回那把海芋，擺在沙發旁綻放時的照片。這間住了不到兩年的公寓，每次回北投經過時，都會深情地朝著陽台望一眼。

海芋花語，純潔與幸福，象徵著清純的愛。

一晃，再見海芋已過了十五年，記憶中那把熱戀中盛開的海芋，早已在心中凋零枯萎。這十五年裡，經歷了一次又一次挫敗的愛情，已難以置信這世間男女會有天荒地老、永久清純的愛。但我相信，在某一個地方，在某一個當下，會有那份聖潔得如海芋般的愛情。

正如那日傍晚夕陽下竹子湖的海芋花田，那緊握住我的手，對我含情脈脈的 Robert。那一刻，他對我的愛，一定是純潔的，但也如花開花謝般，不能長久永恆。

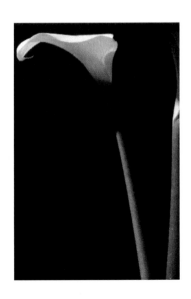

四十七・心願

Danika 在玩學校線上一款數學益智遊戲，好像是一個 monster 需要帶多少錢去各國遊玩，前些天，玩到去柬埔寨，今天是尼泊爾。

Nepal 是哪裡，Danika 問 A，A 用手指了指正在廚房準備做蘿蔔絲餅的我，對 Danika 說，去問媽媽。媽媽，Nepal 在哪，Danika 用手指著 ipad 顯示的一張尼泊爾圖片，走過來問我。

我說，尼泊爾在中國的旁邊，Everest 這面是尼泊爾，另外一面是中國西藏。Nepal 是草原嗎，媽媽，Danika 又問。尼泊爾是高原，跟西藏一樣海拔很高，它們都是佛教聖地，媽媽一直很想去都沒去成，妳要和我一起去嗎？我問 Danika。

好啊，這裡看起來很漂亮，Danika 一邊說，一邊拿著 ipad 走回沙發繼續玩她的益智遊戲。

那天，Danika 問我柬埔寨在哪的時候，我也問她想不想去

柬埔寨，她同樣回答想去，她說想去看看吳哥窟。

去年計劃去老撾的時候，其實也糾結了很久是要去柬埔寨好還是去老撾好，思前想後，覺得帶小朋友去看吳哥窟，而且一看要看好幾天，孩子應該會覺得無趣，就選擇了去比較悠閒的琅勃拉邦。

沒想到孩子居然會想去看吳哥窟，還想要去尼泊爾更是出乎意料。以前想著芸大了，可以像個姐妹一樣到處結伴去玩，而芸除了江南古鎮，對東南亞或其他國家一概沒有興趣。唯獨跟我去了一次沙巴，那還是在她念小學不太懂事的時候。

Danika 倒是從小跟著去這裡去那裡，到哪玩都好，比姐姐國際化。尼泊爾，Danika 還真是提醒了我，還有一個當年畢業留言冊上就寫下想去尼泊爾的心願還未完成。

二十多年過去了，那年去珠峰之後一行人一路到樟木口岸，當時又後悔沒有先前做好計畫，不然就可以跨過樟木口岸順道去尼泊爾。望著口岸旁一堆背著超大容量登山包的各國背包客在等候出關，我只能默默地面向 100 公里外加德滿都的方向，許下心願。

然而 2015 年 4 月突來的那場舉世矚目 8 級大地震，不僅夢想的尼泊爾重創，加德滿都古蹟被毀，就連邊境小鎮樟木也難倖免，百分之九十的房屋倒塌，居民被迫永久遷徙，口岸被關閉，昔日的繁華一去不復返。直到去年 5 月，經歷地震四年後，

樟木口岸才重新恢復運行，但只允許貨運往來，暫不面向遊客
開放。

再走一次 318 國道終點，從美麗的樟木鎮進尼泊爾的夢，
看來很難再實現了。那段從聶拉木一路到樟木口岸，一路從喜
馬拉雅山山脊下到南麓，從冰天雪地到群山翠綠，一路的風景，
一路對大自然神奇變化的感嘆，還有一路艱險的遭遇，可能要
如冰雪般永遠封存在記憶裡了。

但尼泊爾的夢，如若可以，真的要趁早實現。

冬在微信裡傳來訊息，他說，妳爸媽真瀟灑，經常戶外爬
山旅遊，活出了老年生活該有的模樣，為他們點讚。

我回覆冬，是啊，難得他們想得開，真是做兒女最大的福
氣，你爸現在也到處跑玩攝影嗎？冬說，是的，我最喜歡爸媽
出去玩，多走走，多運動，其他都不重要，只要玩得開心就好。

我說，的確是，最怕老人家就只會成天在家帶孫子外孫，
操心兒女媳婦女婿，弄得滿肚子怨氣。冬聽了偷笑，發了一個
對字。

年初時，十多年未見的冬，加了我的微信。母親說，前幾
天戶外活動，遇到了冬，就把我的微信給了他。母親倒是時常
會遇到一些我失聯的舊友，她熱心眼喜歡牽線。

冬是我兒時的玩伴，是正兒八經兒時的玩伴。前些時間，
我發布一條朋友圈，冬在下面留言，有一個朋友看到留言問冬

怎麼會認識我，冬回了一句，她是我親戚。

我一看親戚這兩個字，覺得好笑，但又那麼貼切。兒時，我和冬同住在一個屋檐下，兩人的床只隔著一道木牆板，睡覺起床只要互敲下木板，便可以貼著牆偷偷說話。那道牆記得有兩塊木板縫隙間有個食指那麼大小的洞，冬時不時會從小洞裡給我遞字條，這樣兩小無猜的情感，稱之為親戚，也不為過。

冬的外公外婆和我的外公外婆是鄰居，同住在葉府前 15 號的大宅院裡。兩戶人家廚房貼著廚房，臥房貼著臥房，我和冬後來也同命相連，都因為父母親工作關係被迫遠離童年的故鄉，一同到麗水念書。初中時，我們恰巧到了同一所學校，冬比我年長一歲所以大一屆，但到了初中之後，也許各自成長環境漸漸變了，也各自有了同學和朋友圈，反而漸漸生分了許多。

冬的父親是位業餘攝影師，第一次結婚便是邀請他來幫忙攝影。小時候過年，他會幫孩子們拍照，那時除了冬，我還和惠綠、毅玉特別要好，她倆都是左鄰右舍，都是那種好到可以吃飯端著飯碗串門子的那種。

記得冬的父親有一年大年初一，幫我們三個兒時閨密，在鶴溪老堤壩上拍過一張合影。那年過年新衣是母親親手編織蘋果綠娃娃式毛衣外套，三個女孩臉上塗抹著腮紅，不約而同地綁著高高的馬尾，頭頂著一朵綢緞大紅花。

照片裡三個人肩並肩親密的模樣，特別清晰。而那張照片，

如今卻已不知去向。

冬傳來他與父親一起進藏的照片，318 國道、西藏界、唐古拉山口還有然烏湖。照片中，雖然同是步入中年的冬，笑起來眼角也多了許多皺紋，但笑容中隱約透著兒時那股天真的稚氣。他的父親，也一頭白髮，但一副不改老頑童的模樣，一身不改攝影師的裝束。

我突然想起那年春節，冬的父親開著三輪摩托車載著我和冬去外舍鄉朋友家吃晚飯。那時從景寧縣城去外舍鄉需要開盤山公路翻過一座山頭，當晚回家的時候，冬的父親已被朋友灌得七分醉，帶著酒意三輪摩托車開得飛快。山路一路漆黑，又加上冬日夜裡寒風凜冽，我又是冷得直打哆嗦，又嚇得毛骨悚然。冬打開他的外套，讓我躲進他懷裡，一路緊緊地摟著我直到家門口。

而今，從麗水到景寧，高速幾個山洞出來就直達景寧收費站，再也不用經過外舍鄉。那個昔日只要中巴一到外舍鄉便會興奮著翻過山就可以見到外公外婆的地方，也移民新建，大變了模樣。

冬說，父親十二年前自己騎摩托車去過一次西藏，前年 18 年他決定開車再帶父親去一次西藏，從麗水出發，兩天到達成都，休整一天後再從 318 進藏，往返總共耗時 18 天。

我說，我也特別想自駕帶爸媽去一次西藏，可眼下這疫情，

看來今明兩年都很困難。最近也總時常懷念起西藏，彷彿聽到她在向我召喚。

好好保護好自己，等疫情好了，再回來，冬說。

父母親這幾日五一假期，溫州的表舅洪國邀請他們去玩。洪國夫婦倆倒是逢年過節都會邀請爸媽去他們家做客，兒女成家的成家，遠在國外的遠在國外，他們這些老人，也需要有伴。

昨晚給父母親打視訊電話，他們正在表舅家洗漱完剛躺上床。母親突然說，囡啊，我和你爸決定報名去西藏玩，不等妳了，等妳不知要到何時。

前些日子，母親又說起六月有組團火車西藏遊，事後她發了行程給我，看了一下，除了日期更改了之外，其餘的行程跟上次看到的一模一樣。我還是覺得林芝的時間安排太多，拉薩停留兩晚太少，心想著還是讓爸媽再等等，等著一起自駕去，但一時忘了提這事，他們便自己做了決定。

也好，想去趕緊去，這樣若是來日有機會再去，走不一樣的線路，看不一樣的風景。倘若真的沒機會，至少不會因為我而後悔西藏沒去成。我聽完母親的決定，也表示贊成，讓他們趕緊報名。

經過這次疫情，看來父母親也想得更開了。是啊，人世無常，想做什麼就趁早去做，千萬別等。

284

四十八・種植

　　西班牙來四年了，只在前年二月下過一場雪，而仿若雪花朵朵般的楊樹白絮，總在每年五月如期而至，除此之外，還有松樹的花粉。

　　我雖皮膚敏感，對花粉倒不過敏，往年松樹白絮，我的過敏性鼻炎也無大礙。A 的好朋友 Mon，每到這時就很痛苦難熬，會一直打噴嚏，流鼻涕流眼淚，需要依賴過敏藥物。

　　這幾日午後風大，坐在屋裡，能看到窗外漫天飛舞的楊樹種子，時不時一朵朵從窗戶飄進屋裡，像一個個不速之客，隨性地落在家裡的桌上，沙發上，地板上。

　　今年鼻子突然變得比較敏感，只要屋裡有一兩朵白絮，便開始發癢打噴嚏。家裡窗戶沒有紗窗，又不能門窗緊閉，無奈之下，我便在屋裡也戴起了口罩。

　　口罩，雖然現在在老外眼裡早就見怪不怪。但當他們各個

戴上口罩時，我卻看得不大習慣，總覺得他們的臉被蒙上那層口罩之後，就變成了一個個行走在路上的外星人，就連同周遭的世界也顯得不太真實。

母親說，國內早就沒什麼人戴口罩了。而西班牙，此時正好相反，是看不到什麼人不戴口罩了。你看，要麼不戴，一戴起來，連對面二樓在家打掃衛生的婦人，都戴著醫用口罩。

首相 Pedro Sanchez 提請國會審議，再延長 15 天國家緊急狀態的提案，在內閣會議上被 178 票贊成，75 票反對和 97 票棄權獲得通過，這是自西班牙 3 月 13 日第一次宣布國家緊急狀態後第四次被延長。我一看到消息，立即對 A 說，bb，又多十五天。

A 說，很好，剛好讓妳寫完這本書。

FUB-Manersa 大學旁有一塊坡地上閒置的空地，不少華人在此種植蔬菜。剛來西班牙第一次經過這裡，當時正值盛夏的傍晚，兩名華人中年夫婦頂著兩頂遮陽帽，正在菜地裡澆水，當時看到第一反應就是，中國人真是勤勞刻苦。

前年冬天一日，甌玲姐一早打來電話，yaya，要不要和我一起去菜地拔菜。拔菜，妳也會種菜？我好奇地問甌玲姐。不，是我父母親種的，他們近期回中國了，交代我幫忙照看菜地，最近菜地裡很多蔬菜成熟了，甌玲姐說。

去菜地拔菜，生平還真沒幹過這活，覺得新奇，二話不說便答應了。

　　那日甌玲姐開了一台餐廳專用送貨的小貨車來接我，原來菜地就在大學旁那塊華人聚集種菜的坡地上。甌玲姐說，這塊菜地是當地西班牙人的土地，因為一直荒廢著，便暫時讓給他父母親用來種菜。

　　甌玲姐一進菜地，手腳俐落的很，像是農家出生，一會這邊割韭菜，一會那邊拔大白菜。我傻傻地站在一旁，不知從何入手，只好拿著籮筐幫忙接菜。這拔菜的功夫都還沒看個明白，一會功夫兩大籮筐已裝得滿滿。

　　這時，來了兩名甌玲姐熟悉的青田老鄉婦人，也是來菜地打理，甌玲姐用青田方言對她們說，大白菜好多，拔幾顆回去吃，隨手又將拔好的蔬菜分出一部分給我。有大白菜、青江菜、萵筍、韭菜、蘿蔔，還有香菜，雖然跟著沒幫上什麼忙，但收穫卻是滿滿。我拿出手機拍了張照片傳給母親，分享此刻的喜悅。

　　去年九月，一次帶甌玲姐女兒熙到婆婆家和 Danika 一起玩，完了之後 A 送熙回家，甌玲姐拿了一盒她母親種的小番茄讓 A 帶回來。

　　前年阿姨種的菜，嘗過知道味道，那一個個色澤豔麗的小番茄，雖然比外面賣的更袖珍，但一口咬下去，果真汁多味濃，平日裡不怎麼愛吃小番茄的婆婆嘗了一口，也大誇好吃。

　　合歡暖暖也給父母親留了一塊菜地，因此還大費周張地請

了好幾名園藝工，移植了兩株果樹。菜地面積不是很大，但種點瓜，種點豆，純粹玩玩打發時間足夠了，一旁還留了一小塊區域種植各種香料，一口用來接雨水的井也在菜地旁。

我是一個連養護花草都沒有經驗的人，更別提這些農活了。前十幾年生活的環境，也沒什麼條件種植花花草草，在臺北一個人的居所，因為空間和時間有限，也只能簡單地種幾盆多肉植物，有時連多肉植物都會養死。

母親雖不是農戶出生，倒是喜歡種東種西，窗台上狹小的空間也要擺滿大大小小的花盆。之前舅媽家有一塊空地種菜，母親拉上父親，也是成天往舅媽家菜地跑，幫忙耕地播種，澆水收成，忙得不亦樂乎。

麗水家裡的柴火間是後來單獨建的，有兩層，樓頂是平台，有一個外牆搭的鐵梯可以爬上去，母親早年就開始在平台上種一些東西，那裡還有一盆養了二十多年的玉簪。

去年玉簪盛開的時候，母親傳來照片。她說，女兒，妳看妳的這盆玉簪，開完了粉色的花，今天又開出了白色的花，美不美。這盆玉簪是初中畢業時從學校搬回來的，原本是同學們各自從家中搬去教室布置綠化中的一盆，樓同學見我喜歡，便贈與了我。

學生時代，一晃二十多年。二十多年，容顏已早不如從前，但這盆飽經了二十多年風霜雨雪的玉簪，卻開得更加嬌豔。雖

然它並不是什麼名貴的花種，在心裡卻如同窗情誼般，尤為珍貴。

看完照片，我回覆母親，好美，感謝妳替我照顧了這麼多年。但柴火間的平台上下太危險，妳年紀大了，還是別再冒險上去種東西了。

前幾年，母親從景寧帶了一枝凌霄花的老枝回來，扦插在柴火間一樓臨街的花壇裡。凌霄花生長速度極快，加上母親時常細心養護，一兩年便爬滿了整面牆。每到夏季花開時節，破舊的柴火間外牆頓時間成了一片橘紅色的花海，美得讓人每次回家時，都要停下腳步，細賞一番。

有一日，母親從外面回來，一開門，便大聲嚷嚷著，是哪個該死的，砍了我的凌霄花。父親正好靠在陽台悠閒地抽著煙，一聽母親大聲，不緊不慢地回答說，是我砍的。

母親一聽是父親砍的，氣急敗壞，差點就想上前幹架。我在房裡一聽父親砍了樓下的那株凌霄花，也跳了起來。

後來父親解釋說，是怕這花長得太旺盛，會壓垮柴火間的破牆。真是杞人憂天，沒事找事，我聽完心想。可憐這花，也可憐母親，被父親氣到只能坐在那裡一邊哭泣一邊抹眼淚。

前年，白雲小區舊區改造，將原本狹窄道路兩旁的花壇全部拆除，拓寬了道路。這樣一來，兩車交會沒有問題，一側還能多停不少車輛。

那株被父親砍了的凌霄花，雖然砍斷了枝葉，但根卻依然留在那裡，並深深地扎進了土壤裡。今日想到那株凌霄花，跟母親提起，母親立即下樓拍了照片給我。

照片裡，青翠碧綠的枝葉從水泥地和柴火間牆面的縫隙間冒了出來，已長成一尺多高。母親說，女兒，妳看，這地都重新做了，它還能長出來。

這凌霄花的頑強執著，跟母親真像，我開玩笑地對母親說，父親不會又閒著沒事做砍了它吧。母親聽了哈哈笑起來，不會了，妳爸現在當新健步走隊伍的隊長，可忙了。

露台上的蔥一日日老了，全部翻倒在一旁。母親說，再等幾日，等蔥頭老黃了就可以從土裡把它取出來，放在陰涼處，等到九月再拿出來種。

用蔥頭種的蔥和一般市面上賣的小蔥就是不一樣，蔥頭種的蔥葉更加細長，香氣也更足，小時候外公會在溪邊種植一些絲瓜和蔥，每次煮絲瓜蛋花湯時撒上用蔥頭種的蔥，絲瓜的甜加上蔥的香飯都能多吃一碗。

去年，母親跟朋友要了一些蔥頭，臨行回西班牙前，包好塞進我的行李箱。她說，家鄉的蔥比較香，我知道你喜歡蔥，做什麼都要加。

回西班牙半個月後，想到母親給我的那包蔥頭，打開一部分已萌出近一公分的蔥芽，看著歡喜，一瓣瓣小心剝開，輕輕

地埋入土裡，澆透水靜待收成。

以往，每次中國貨行去進貨，我都會讓他們給我留一把小蔥，蔬菜可以少一兩樣，但蔥絕對不能少。Ametller 去年開始也賣小蔥，有時貨行沒蔥，我也會到 Ametller 買，但自從去年十月母親給我帶的那些蔥頭長成蔥之後，我就再沒有買過外面的蔥。

這露台上半木板箱的蔥，整整用了大半年，煮個餛飩或是餃子，有了這蔥，更有了家鄉的味道。

去年一次在貨行和小趙聊到蔥，他好奇問為何我現在都不買蔥了。我說自己種了，從家鄉帶出來的蔥頭種的蔥，特別香。小趙好奇，說都是蔥還有區別，正好當時有一位華人老鄉也在，是青田人，那位老鄉說，我也從家鄉帶蔥頭來種，的確跟這裡的不一樣。

小趙一聽，連忙說，那下次也分一些給我種種。

前幾日，華人群裡又一股濃濃的火藥味。自從疫情之後，這群也總不如以往太平，彷彿一點點雞毛蒜皮的小事，都可以成為一根挑釁的導火線。

記得那次同甌玲姐去菜地拔菜，聽聞她父母親種的菜時常會被偷。偷菜這事好像就跟種菜一樣，到哪只要有中國人，就有人種菜。只要哪裡有人種菜，就一定有人偷菜。早幾年父母親幫舅媽種菜的時候，也時常會聽說地裡的菜被偷。

　　這平日偷菜也就罷了，病毒肆虐，還有人有這閒情去偷菜，這動機也著實讓人想不明白。不過種菜的人也不得不氣憤，辛苦耕耘的成果，被偷也就罷，還連根拔起毀之一旦，連種子都不留，這得是要結下多大的怨恨啊。

　　群裡一個菜被偷，立刻引來了罵聲連連，看來大傢伙的氣也是憋很久了，就像爆發的疫情，一個傳著一個。有人不怕死，這時回應說沒憑沒據不能破口就罵是中國人幹的，也許是部分排華人世或是他國移民，但馬上被群轟了回去，老外吃韭菜嗎？老外認識芋頭嗎？

　　一來一去，不相干的人又差點吵了起來。最後，不得不又由會長出面協調，查清了此事，還果真是華人所為。會長在群裡發布公告，譴責了偷菜行為，並以此為戒。

　　這種菜，到底圖個啥呢？思鄉情結也好，打發時間也罷，無非不就是圖個喜樂嗎，可要是種點菜，還要弄出這麼多事端，換做我寧可不種了。

　　這也是為何當初剛來西班牙，A 的華人好朋友 Lin 說租了一塊菜地，問要不要分點給我種種時，我就婉言謝絕了。當時心想，種菜不急，等日後有了自家院子時再種。

　　一看接下去一個禮拜都是陰雨天氣，趁著傍晚氣候宜人，提起收音機，戴上手套，去露台取土裡的蔥頭。

　　那些原本翻倒在一旁的蔥，日日日曬雨淋部分開始發黃，

把它們全部剪下，挑好的洗淨切成蔥花，直接放進冷凍櫃。這方法是母親教我的，她說，這樣蔥能新鮮保存很久。

原本被掰成單獨一瓣種進土裡的蔥頭，取出時，各個都長出了兄弟姐妹，像是一個個大蒜，去年帶來時只有一小把的蔥頭，修剪好根鬚，拍了拍蔥頭上多餘的泥土，裝進紙盒一看，足足比原本多了三倍，高興地又立即拍照，傳給了母親。

母親說，種得真好，妳看這蔥頭各個圓潤飽滿，今年種的時候記得再分開一瓣瓣種，明年還能旺出更多。我說好，今年拿一半種去新家的地裡。

母親聽完又說，種地裡更好，更旺。

四十九・母親

　　據說西班牙母親節，原本是 12 月 8 日聖母瑪利亞日，後來為了歐盟統一才改為五月第一個禮拜日。上週日，Danika 和 A 去新家時，也順道採了一些鮮花，送去給婆婆。今年這些個節日，雖不能如以往一樣饋贈禮物、聚餐同樂，倒也虧了新家的那些花，簡單捆紮一下，送上也能略表心意。

　　來西班牙這些年的母親節，峰哥都會邀請我父母親與他家人一同聚餐。也許是因為今年疫情，並沒有特別請客吃飯。

　　昨天給母親打視訊電話，母親說，明天登山協會要登青田最高峰八面湖頂，一聽母親節母親又行程滿滿，自己倒是心安了許多。不然往年的母親節，身邊親友的兒女都在身旁陪伴，唯獨她的女兒總身在遠方，即便是送鮮花買禮物，也比不了能在身旁，靠一靠她的肩膀。

　　一早打開手機，Line 裡有芸傳來母親節快樂的訊息，還附

上愛心的表情，這是我第一次在母親節收到她的祝福，內心無比激動感概。芸，真的漸漸長大了，也漸漸學會表露心聲了。

我給她回了一條訊息，謝謝寶貝，永遠愛妳。

父親母親應該是爬山回來，看到我在微信的留言，母親回覆說，女兒同樂。隨後又傳來一些今日登山照片和視頻，最後還附上了一個紅包。

自從母親學會使用微信錢包支付，這下好，逢年過節都要給我發紅包，我每次都拒收並勸說她，媽，別再給我發紅包了，我不需要，就算領了在西班牙也用不了。母親不聽，還是大小紅包照發不誤，就連芸在臺灣，過年生日也要發紅包給我前夫，讓他包臺幣給她。

母親節，母親給女兒發紅包，真是反了。母親卻頑皮地回了我一句，反了才好玩。

秀母親去世之後，每年的母親節，她都會發一條懷念母親的朋友圈。

今天發了一張她小時候與母親的合影，是一張白色花邊的黑白小照片。秀的母親，飽滿圓潤的臉蛋對著鏡頭露齒一笑，微微燙卷的短髮，一件針織小開衫，一條喇叭褲，左手拿著一台小收音機，右手捧著幾朵玫瑰花。秀蹲坐在母親身旁，一隻小手搭在母親的小腿上，一雙明眸的小眼睛正凝視著遠方。

我在照片下給秀留言，好美的照片，並給她一個擁抱。

　　秀是我初中時的學姐，一起編排過學校文藝晚會的舞蹈，相互認識。後來出社會後，又因為同樣喜歡去迪斯科蹦迪，成了朋友又再成了閨密。

　　秀是一名小學語文老師，父母親家以前在慶靈村的住家開私人診所。父親不僅醫術高明，還打一手好太極。母親是村裡的一名幹部，積極活躍，能言善道，經常組織村裡各大小活動。

　　秀母親去世快三年，前年我回中國的時候，我們在現今的拿鐵敲，曾經的普蒂塔咖啡館相約見面。

　　人生一步步的轉變，也同樣顯現在好朋友一次次見面時的對談中。

　　年輕時，成日貪玩，談的不是今晚去哪個舞廳，就是去哪宵夜。然後開始談異性，談哪個小伙子帥，談新交的男友，談戀愛談分手，談的全是兒女情長。漸漸地，感情談的少了，開始談工作，談婚論嫁。一旦結婚生小孩後，嘴裡談得全是相夫教子。等到開始會談論起父母親的時候，基本上父母親不是老的老，病的病，就是去世的去世。也許到最後，才會想談一談一直被忽略的自己，就怕那會，人生也差不多快要走到了盡頭。

　　秀說，母親去得太突然，我到現在都還接受不了。

　　秀母親去世那天，還在村子裡準備國慶的表演節目，當天夜裡起床去洗手間，因為心臟病突發跌倒在地上，幸虧當時秀一家子與父母親同住，聽到動靜後立即起床開車送母親去醫院。

去醫院的一路上，秀不停地喊著媽媽媽媽，雙手顫抖個不停，卻還要堅強地握著手中的方向盤。

我能想像，那晚從慶靈村開往醫院的一路，一定是她一輩子開得最漫長最艱難的一程。而儘管秀再怎麼撕心裂肺地呼喊母親，母親也沒能再醒過來，躺在後座她父親的懷裡，永遠長眠在那條黑暗幽靜的夜路之中。

這樣的場景，彷彿是電影電視劇裡才會有的催淚情節。別說秀，換做我，也接受不了。

去年暑期在母親家，一日幾位驢友打電話來邀請父母親，去其中一位驢友的戶外用品店聚餐。

自從我和孩子們回去，父親和母親倆就少了很多自己的時間，每日忙著弄吃的帶外孫。雖說母親不擔心我和孩子們的吃食，但還是堅持要給我們做好午餐，才和父親騎電瓶車出門。

下午快三點，還不見父母親回來，Danika 一直吵著問，媽媽，外公外婆什麼時候回來，我便讓她打電話去問。電話一接通，是母親。外婆，妳回來了嗎，Danika 問。因為電話開擴音，我聽到父親騎電瓶車的聲音，母親在電話裡說，寶貝，外婆回來啦。

一聽母親嘻嘻哈哈的語氣，心裡暗自在想，完了，又喝醉了。

果真，父親扶著搖搖晃晃的母親進了家門。我一看，對父

親來氣了，怎麼喝成這樣。父親無奈地搖搖頭，沒辦法，拉不住。我也知道母親這性子，只要是一喝起酒來，十頭牛都拉不回來，更別說父親，也就不好多責怪他，趕緊先扶母親上床休息。

母親醉酒，這也不是第一回了。她這輩子，倒不好什麼，一個女人，吃穿從不講究，唯獨就好酒。年輕的時候，一般男人都不是她的對手，和我交往過的男友，只要去過我家，都和母親拼過酒。那年在成都的時候，母親和 Mark 每日晚上都要對飲白酒，時常兩人喝到丟酒瓶子。

自從母親高血壓又糖尿病之後，我非常反對她喝酒。雖然得了這些慢性疾病，她自己也稍微收斂了些，但有時興頭上來的時候，還是很懵懂。特別是飯桌上有人勸酒的時候，她這直性子最吃虧。

喝酒這點我倒是沒遺傳到母親，跟父親一樣，酒量不行更別提貪酒。年輕時，飯局應酬難免拼酒，也會猛喝喝到吐，但就算喝再多，頭腦始終是清醒的，也從未因醉酒而胡言亂語，借酒發瘋。

但母親，要麼不醉，要醉我們都得跟著遭殃。母親快醉前，會開始廢話連篇，之後會又唱又跳，一旦全醉了，那就是連走路都不會了，跌進洋溝是常有的事。

父親說，沒事，讓妳媽睡會兒，一會酒氣出了就好了。沒事，父親一說沒事，我又來氣，你怎麼能讓她喝這麼多呢？你這個

做老公的，怎麼做的。

妳又不是不知道妳媽的脾氣，我都勸她別喝好幾次了，她就是不聽，父親又說。那你不會拉她走嗎，她是被誰灌成這樣，我要打電話去罵人了，我邊說邊拿起母親的手機。父親立刻過來奪手機，他說，女兒，別打，大家都是高興才多喝了，你如果打去罵人，這樣以後我和妳媽都難做人。那你不會說，她有病不能喝太多嗎，我開始對父親嘶吼。

看著母親癱倒在床上，父親又束手無策，我快氣炸。這都六七十的人了，還跟年輕人逞強喝酒，真是要不要命了，我丟下母親的手機，甩手走回自己的房間。

撲通一聲，從母親房間傳來。父親大喊，女兒，妳媽摔倒了。

我、芸還有Danika三人瞬間從床上跳了起來，跑去一看，母親躺在地上一動不動。父親說，我開了冷氣，妳媽喊太冷，自己爬起來要去關冷氣，我正準備去拉，她就摔在了地上。望著眼前的一幕，我傻了眼，一想到母親高血壓，又想到外公高血壓飲酒引發腦溢血身亡，還有秀母親半夜摔倒在地上的畫面，頓時驚慌失措慌了手腳。

不行，打急救，失神了幾秒鐘後我回過神來，立即去取手機撥打112急救電話。

妳媽說話了，父親一邊扶起支支吾吾開口說話的母親一邊對我說，而我正掛完112急救電話，救護車正準備要出發。父

親說，應該沒事，沒有昏迷。那怎麼辦，再打 112 叫他們別來了，我又立即回撥 112 電話。Danika 在一旁受了驚嚇，不停叫著，外婆，妳怎麼了，還哭了起來。芸抱住妹妹，安撫著沒事沒事。

112 急救取消了，人驚魂未定，走去幫父親一起抬地上的母親回床，這時發現母親滿口是血，再仔細一看，那幾顆烤瓷門牙不見了。

地上，零零散散著那幾顆烤瓷牙摔成的碎片。

和父親費勁九牛二虎之力，把母親抬回到床上，雙雙步出房間，正準備坐下喘口氣，門噗通一聲被關上，還反鎖了。

看來這次母親是真的要發酒瘋，我很清楚，她是會做糊塗事的人。我一時急了，大喊，開門，開門，可母親就是不開。無奈之下，我只能用腳踹門，一邊踹一邊繼續喊開門，原以為這門可以輕而易舉地被我踹開，可沒想到我卯足了勁，門還是絲毫不動。

母親聽到我急了，總算起來開了門。這下，我噼哩啪啦不管三七二十一，追著躺回床上的母親開始大聲訓斥起來，父親見我這樣，立即過來拉我。他說，算了算了，別氣了，妳媽喝醉了。

被父親硬拉回房間的我，躺在床上，氣自然是沒消。我嚴厲地對父親說，要是下次再讓母親跟別人喝成這樣，我絕不饒過你。父親聽完直點頭，他說，好，今天是我錯了，不該放任

妳媽，下次再也不會了，我保證。

第二天早上，母親總算酒醒了。她倒好，像是一覺醒來什麼都沒發生過，我望著她那排被摔得稀哩嘩啦的門牙，哭笑不得。我警告母親，以後不許再這麼沒分寸地喝酒，不然連媽都不認。

母親聽完嬉皮笑臉地回答，好，女兒大人，以後不亂喝了。說完，讓父親載她出門去看牙醫。

謝天謝地，幸好去年那次母親喝酒沒釀成大禍。不然，今年的母親節，跟秀一樣，想說聲母親節快樂，都沒地。

一個月後，母親的新烤瓷牙做好了，還拍了照片傳給我。經過那次，母親倒也乖了許多，沒再聽父親說她多喝酒，也許是因此烤瓷牙貴，為此付出了代價，才得了教訓。

母親說，今日爬山，採回一株野蘭花。我一看照片，是紫藤花那種淡淡的紫，花瓣輕盈，如蝶飛舞，給人一種幽靜清雅之美。

今年的母親節沒有給母親送花，在與非咖啡訂了一包火烈鳥義式拼豆給她。母親喜歡喝咖啡，但從不捨得自己花錢去買咖啡。對她而言，寧可省下這些錢來給女兒外孫發紅包。

我笑笑地母親說，這是老天爺送給妳母親節的禮物。母親說，是啊，每次去爬山總有收穫。

母親節，見母親開心，自己也便開心了。以前母親常說，

從小我就沒了媽媽，知道沒有媽媽的苦，所以不能讓妳受苦。那時聽母親說這些話，總是很不屑，覺得媽媽疼女兒是理所當然。

現在自己做了母親，有了女兒，從女兒身上，從自己為人母的身上，看到了曾經的母親與我，才體會到那些唾手可得的幸福，是一位母親無怨無悔的付出。而做為兒女，孝順他們，照顧他們，才是理所當然，天經地義。

母親，母親節的時候，妳是否也會想念妳的母親，也許會，或也許不會。因為母親在妳的腦海裡，沒有任何印記，有的只有墳碑上刻著的她的名字。

妳自幼沒有人可以稱呼為媽媽，被四處寄養後才由外公帶回身旁撫養，雖然後來有了繼母，但那時妳已長成姑娘。對你而言，外公身兼父又為母，在妳心裡，父親便是妳的天，也是妳的地。

母親，妳可知道，去年妳喝醉酒那次。妳躺在床上，一整個下午都用溫州方言哭喊著，阿大，阿大，女兒好想你。阿大，阿大，女兒沒有你好苦。

阿大，就是阿爸，父親的意思。

我望著床上一邊喝得爛醉，一邊又哭成淚人的妳，又氣妳不好好愛惜身體，又可憐妳思念父親。妳一聲又一聲的阿大阿大，叫得我撕心裂肺，心如刀絞。

　　母親，今年的母親節，雖然女兒依舊沒能陪在妳身旁，也沒有什麼能好好孝敬妳老人家，但女兒想對妳說，我知道妳從小沒有媽媽，知道沒有媽媽的苦，所以女兒不能讓妳再受苦。

　　母親，餘生，請讓女兒好好疼妳，好好對妳，來彌補妳這一生沒有媽媽的苦。

五十 · 養貓

記得 Tommy 接回來的時候，三個月大，已接種完疫苗，一回家，便先給牠洗了個澡。

Tommy 來的前幾晚，總喜歡爬到床上鑽進被窩裡睡，我每次把牠抱下床，不出兩秒鐘，又跳了上來，非要鑽進被窩才肯罷休。

奶油這點倒好，只有第一天起得早，來房間找過我們一次，後來很少走進我們的臥房，包括 Danika 的。偶爾在早上太陽照進房間時，牠會去床邊有陽光的地方，抓一抓掛在床尾的被角，蹲在那曬一會兒太陽。大部分時間，牠都乖乖地待在沙發上。

第一次知道世界上有無毛貓，是一兩年前。那次和寵物店小張聊起歐洲的流浪貓，小張說，歐洲街上隨便一隻流浪貓都很漂亮，要是到了國內，都成了大家的寵物貓。

小張是麗水花園路上一家寵物店的老闆，那年突然決定要

養暹羅貓的時候，一一開著她的電瓶車帶我挨家挨戶地問寵物店有沒有暹羅貓。後來來到花園路愛樂堡這家寵物店，詢問小張並互加了微信，沒出兩天，小張便在衢州一家貓舍幫我找到了想要的暹羅貓。

那天和小張聊流浪貓聊著聊著又聊到貓毛困擾的問題，我說，一直想再養一隻貓，但這一兩年皮膚敏感，對動物毛髮有輕度過敏。小張一聽，立即傳來一張照片，他說，那這種無毛貓適合妳。

這是貓嗎，當我看到無毛貓時第一反應，跟所有人第一眼看到無毛貓時是一樣的。這全身無毛、長相迥異的貓，更像是國外科幻片裡的外星物種。

但奇怪的是，我反而因為牠的獨特，而漸漸產生了濃厚興趣及好感。我把無毛貓的照片轉發給 A，一向不喜歡貓的 A，看完照片之後，也一樣被牠的奇異所吸引。

從那之後，我便時不時給 A 看各種無毛貓的照片。因為 A 一直反對家裡養貓，而 Danika 又因為之前養過 Tommy，總吵著想要一隻貓，我夾在他們兩個中間，一邊時不時要安撫，一邊時不時地洗腦。

自從 A 漸漸對貓不那麼排斥，開始慢慢接受可以養貓，對無毛貓更是多了分喜愛之後，我便日日盼著新家快點弄好，除了可以實現家人團圓，還可以圓我和 Danika 養貓的夢。

曾多次想過，在現在住的公寓養貓，但總覺得空間太小，平常孩子跑來跑去都顯得狹隘，更別說動物。但也許因為疫情改變了生活現狀，也同樣影響了正常的邏輯思維，那日原本想著，等疫情過了就養隻貓，沒想到連解封都不想等了，第二天便吵著 A 上各大網站看貓。

P 有一隻母的暹羅貓，名字叫做 Tonic，我是因為看了 Tonic 之後喜歡，上一次才決定要養暹羅貓。

大部人養貓都會挑選長得又萌又可愛的，而我，這兩次養貓偏偏選的都是冷門品種。我也給 Danika 看過無毛貓的照片，她沒有像看到英短布偶那麼喜愛，但也不排斥。

雖然皮膚過敏好了也快一年，但保險起見，還是想先從無毛貓入手，那些短毛或長毛的貓，還是等到新家空間寬敞些會比較合適。

關於無毛貓，之前上網查找過一些資料，它的名字斯芬克斯，是因為像古埃及神話中的怪物獅身人面斯芬克斯而得名。又因 1966 年加拿大多倫多一戶養貓愛好者近交選育而來，也稱為加拿大無毛貓。

我和 A 在一個寵物網站上，看到 Manresa 一戶人家出售自家無毛貓剛產的幼貓，迫不及待地立即讓 A 給對方留言。雖然也有不少人出售無毛貓，但都在巴塞羅那周邊或是其他城市，這疫情期間，能夠就近自然是更好。

很快，收到對方致電。貓的主人 Maria 在來電中說，網站上圖片中其他幾隻黑色幼貓都已經被預訂，唯獨剩下一隻白色的母貓，但這隻他們之前有意要自己留著。A 說，因為疫情隔離，女兒不能上課，想給她找一隻貓作伴，女兒一直很喜歡貓。

對方一聽，是給孩子買的，便說，那容我們考慮一下。

當天下午，又收到 Maria 的致電，Maria 說，她和先生討論過後，決定將那隻白色幼貓讓給我們。她說，你們的女兒擁有這隻貓咪，一定會比我們更加快樂。

A 聽完萬分感激，連忙謝過對方。Maria 說，目前幼貓尚且還小，需等兩週後再通知我們何時去取。

上網找貓的那兩天，恰巧 Danika 在奶奶家，我和 A 決定先不告訴她，等把貓接回來時給她一個驚喜。

為了給孩子和動物騰出更多嬉戲空間，我絞盡腦汁地想怎麼把家裡目前的格局做一下變動，最後決定從客廳中移走 A 的超大辦公桌還有電視櫃。沒有電視櫃，電視機也不曉得安裝在哪好，乾脆也一併拿掉，反正新家也不準備安裝電視，只放一台投影看電影，正好趁這次機會，讓 Danika 先適應下家中沒有電視機的生活。

花了三天時間，家裡做了大掃除。

丟棄了一些 Danika 不常玩的玩具，一些太小不穿的衣物，家裡一些不常用的器具，也通通整理一併丟掉。該丟的丟一丟，

該移除的家具移除，原本雜亂擁擠的客廳，一下變得整潔寬敞，明亮了許多。

雖然貓咪還沒接回來，但卻因為養貓這事又給生活帶來一次巨大改變。這次，A 非常給力，不僅沒有因為暫停工作兩個月沒有收入而反對買貓，就連我要丟他的辦公桌他也二話不說，幫著我一起整理打掃，完了之後，還大誇我，這次做得很棒。

坐在僅剩下一張餐桌、一個餐邊櫃和一張沙發頓時顯得空曠的客廳，原本對著電視機牆面的沙發，現在靠牆面對著窗外。雖然沒有合歡暖暖坐在客廳就可以享受到窗外 Montserrat 山美景，但至少眼中有藍天白雲，有對面人家陽台上種的各種花花草草，而不是那堵枯燥乏味的白牆。難怪這四年來，我寧可坐在餐桌旁的硬板凳，也很少去坐舒適柔軟的沙發。

但從現在開始，生活也許又會變得有所不一樣。我也許會在早晨，坐在沙發上讀一會書，對著窗外喝一杯咖啡。或是下午，在沙發上偷懶睡一會午覺，身旁還會多一隻呼嚕呼嚕愛打瞌睡的貓。

那，這隻白色無毛的母貓，該叫牠什麼好呢？飯糰、吞拿、芒果、櫻桃，還是奶油、餅乾？

五十一 · 家人

姨父 Amadeu 生日，往常只要姨父姨媽生日或是一些節日，都會邀請我們到餐廳用餐。他們會精心挑選餐廳，每次去的環境氛圍都很不錯，且菜品也獨具特色。

姨父性情敦厚，面容和善，平日裡話少且喜歡低聲細語，這和潑辣耿直、能說會道的姨媽形成鮮明對比。他們結婚較晚，錯過了生育年齡，終生無兒無女，因此從小就特別疼愛 A 兄妹倆，現在又換做來疼 Danika。

姨父今天七十歲生日，父親比姨父大一歲，相比之下父親比姨父顯得年輕多了。也許是因為歐洲人比亞洲人顯老，也或許是因為父親長年戶外運動鍛鍊，一直保有較好的身形。

午餐後，我們給姨父打視訊電話，祝他生日快樂。

記得去年姨父生日，請我們到 Cal Spagetti 餐廳吃飯。因為 A 工作忙忘了事先告訴我，向來我又不記他們一家人的生日，在餐廳用餐婆婆他們紛紛遞上生日禮物時，我才知道是姨父的

生日，十分尷尬。

　　本想著今年生日要給姨父補上一份大禮物，卻沒想到只能在視訊中送上祝福。雖然一家人無法一起為他慶生熱鬧，但姨父也不忘切一大塊蛋糕，悄悄送來放在門口的長凳上。

　　Salelles 姑媽 Carme 打視訊電話來，一早才和 A 聊起姑媽的鄰居 Teresa。

　　Teresa 在我們這裡，算是比較富有的人家，有一棟我和 A 超級嚮往的老石頭房子，房前有一片空曠的草坪，還坐擁正前方 Montserrat 山無敵美景。

　　自從去年在姑媽家過完奶奶九十六歲生日之後，再也沒去過 Sallelles。去年暑期從中國回來，原本想去拜訪姑媽，送老嫗帶回來的禮物給她，但得知姑媽要趕出兩本加泰蘭語教科書很忙不方便打擾，便直到聖誕平安夜才在奶奶家再見到她。

　　二月初，姑媽傳訊息來，提醒我們不要忘了週六晚上去 Kursaal 歌劇院看《小王子》的歌劇，聖誕節前她打電話詢問我今年買什麼聖誕節禮物給 Danika 好。我說，給 Danika 買幾本書吧，最近她喜歡上看學校圖書館借的一些書。

　　平安夜，姑媽給 Danika 帶來了禮物。打開一看，是一本《小王子》的故事書，還有三張《小王子》歌劇的入場券。

　　我回覆訊息給姑媽，並感謝她的提醒。我說，Danika 很喜歡《小王子》，早期待已久，不會忘。姑媽也許聽聞中國爆發

新冠狀病毒，又問候了我家人的情況。

那年父母親來西班牙回中國前，姑媽邀請我們一家去她家做客，她為我們準備了一頓豐盛的海鮮大餐。還帶著父母親遊玩了 Salelles 古村落，走之前還送上一瓶當地產的葡萄酒給父母親帶回中國。

視訊中，奶奶在鏡頭前向我們揮手，近兩個月在姑媽家由他們照顧，氣色顯得比以前更好了。姑媽拉住奶奶的手，刻意停在鏡頭前，讓我看了看她無名指上那枚紅瑪瑙戒指。

是的，那枚紅瑪瑙戒指是去年中國回來之後，去看奶奶時送給她的。臨行回西班牙前，我們一家人和秀在紫荊路的一家餐廳吃飯，秀帶了一些之前她 part time 微商賣的瑪瑙戒指和鐲子送給我。她說，帶回去送給西班牙的家人當做小禮物。

那枚紅瑪瑙戒指第一眼看到時，就認定是要送給奶奶的。

但因為不知道戒圍合不合適，去奶奶家前又從抽屜取出兩枚大小不一的戒指備用。可沒想到，當我將那枚紅瑪瑙戒指從盒子裡取出，套進奶奶唯一能動左手的無名指時，不大不小剛好合適。

奶奶很喜歡那枚紅瑪瑙戒指，給她戴上的那一刻，她不停把手舉起來親吻那枚戒指。後來聽說，她的看護 Maria 在幫奶奶洗澡時想要取出來，奶奶不樂意。從此那枚紅瑪瑙戒指就成了奶奶一刻不離的心愛物。

望著視訊中坐在輪椅上，臉色紅潤，神清氣爽的奶奶。此刻真想能在她的身旁，抱一抱她，親一親她。

婆婆打電話來，跟我們要這次家裡清理出去的電視機櫃。

為了方便搬動，那日 A 把電視機櫃拆卸成拼裝時的一塊塊木板，連同拆完的辦公桌，一起搬到車庫，等著哪日再載去舊家具回收處。

我問 A，那電視機櫃破破舊舊的，你媽要拿去做什麼？A 說，她要放在車庫當鞋櫃。鞋櫃，為何要鞋櫃？我又問。A 回答，他們想在車庫上樓梯處，擺放鞋櫃更換鞋子。

換鞋子，我沒聽錯吧，西班牙人也會想要進門換鞋子。

記得剛來西班牙那年，為了家裡換室內拖鞋這事，還和 A 吵了無數遍。

西班牙人進屋是不脫鞋的，脫了鞋子也喜歡穿著襪子到處走。冬天冷的時候偶爾會穿一雙居家的保暖拖鞋，但很隨性不是規定要換的。

先不說我有強迫症與嚴重潔癖，在中國換室內拖鞋已經是當代生活在公寓大部分人的居家生活習慣，除了農村。但農村現在很多新蓋的樓房也都鋪了地板，也一改了以前不脫鞋的習慣。

以前沒來歐洲時，看電視電影裡，人們進家不換拖鞋，穿著外出的鞋子就直接躺上床，以為他們的街道一定乾淨得一塵

不染。

後來，來了歐洲之後才恍然大悟，他們不脫鞋純粹只是生活習慣。就像日本，他們的街道真的潔淨到可以進屋都不用換鞋，但他們依舊保有進家門以及進一些公共場所脫鞋的習慣。

據說日本連進學校和健身房都要換專門的鞋子，換做歐洲人一定無法理解。

西班牙的街道其實很不乾淨，因為養狗的太多，隨地大小便的處處都有。

一些沒有公德心的人，還讓他們的狗在人家的家門口大小便，小便也勉強算了，大便很多拉了也沒有人撿。我只有那年去塞維利亞時，看過很多遛狗的民眾，會攜帶一瓶瓶口挖了一個小洞的礦泉水瓶，裡面裝滿水，隨時隨地清洗狗狗的小便。

除了狗狗，西班牙的鴿子和鳥，也是拉的街上隨處都是鳥大便，一想到踩完這些，又踩進家門。家裡要是沒孩子也就罷了，一想到孩子喜歡拖著棉被毯子，在地上玩啊、爬啊，然後又爬上床和沙發，想想都覺得髒。

其他可以協商磨合，但家裡脫鞋這事我必須堅持，沒有半點妥協餘地。

因為 A 說西班牙人不穿別人穿過的鞋子，這點我能理解，所以特意給公公、婆婆還有小姑子每人各準備了一雙室內拖鞋。剛開始，公公、婆婆和小姑子還來過家裡幾次，一次公公來時

進門忘了脫鞋，大張旗鼓地穿著皮鞋踩進了門，被婆婆念了幾句。後來，他們便因為換鞋這事很少來；再到後來，乾脆就不來了。

至於 A 朋友什麼的，就更因為脫鞋這事，再也沒邀請過來家裡。

記得上次看臺灣一個關於如何避免將新冠狀病毒帶回住家的視頻，裡面除了脫去外套、摘去口罩等之外，還有一個很重要的，就是要將外出的鞋子留在門外。

果然，婆婆也正因為避免將病毒帶到家裡，才要在一樓放置鞋櫃更換室內拖鞋。我聽 A 說完後對他說，你看，當初你還為脫鞋這事和我吵到天翻地覆，現在連你媽家都要脫鞋了。

A 聽完一副哭笑不得的表情。這下，看來也要準備三雙拖鞋放去婆婆家了。

五十二・珍奶

去年回臺灣去宜蘭那日，和 Judy 一家晚上在羅東夜市覓食，A 吵著要喝珍奶。Judy 推薦我們去買老虎堂的黑糖珍奶。她說，老虎堂是黑糖珍奶的創始。

黑糖珍奶，是近幾年才流行的時尚飲品，它用黑糖取代了傳統珍奶中的果糖、以鮮奶代替奶精，主打健康、養生飲品，我也是前年回臺灣時喝過一次。

羅東夜市老虎堂門前，一邊排著長長的隊伍，一邊擠滿等候叫號取飲品的客人。為了嘗一嘗這風靡當今、顛覆傳統珍奶的飲品創始，我和 A 兩人毫不猶豫地加入了等候的人群。

排隊之餘，我不自主地打探起這家人氣爆棚的店鋪。黑金、水泥風裝修風格，就連服務生的棒球帽 polo 衫也是黑金色。顯然，這是一家非常正規且系統管理的連鎖品牌，店內每一位服務生動作嫻熟，熱情禮貌，還一致佩戴了黑色口罩。

　　自從那晚喝了老虎堂的黑糖珍奶，又品嘗了羅東夜市五花八門的小吃之後，A 終於相信了我之前一直所說，臺灣是美食和手搖飲品的王國。

　　回西班牙這一年來，A 時常會翻出那張他很喜歡的照片。那是在羅東夜市人山人海霓虹閃爍之中，他手拿黑糖珍奶喝得津津有味時，我給他拍下的照片。他十分懷念臺灣的美食、臺灣的美景、臺灣的珍奶，還有那些他在臺灣遇到的人們。

　　以前，我常會說，等 Danika 成年之後，我們要回臺灣住上幾年。現在，是他時常會說，我們什麼時候回臺灣住上幾年，特別是這次疫情之後，他更是屢屢提起臺灣。

　　為了一解 A 的相思之苦，我想嘗試做珍奶，便上網查找珍奶的做法。網絡上珍奶做法不計其數，但都大同小異，唯一疑惑的是主材料，有些人用木薯粉，有些人又用木薯澱粉，不知有沒有什麼區別，心想小強哥樣樣精通一定會懂，便發訊息詢問他。

　　每次有問必答的小強哥，這次可真把他問倒了，小強哥回覆說，對不起 yaya，木薯粉和木薯澱粉製作珍珠的區別我還真不知道。臺灣的珍珠奶茶是 80 年代後期才流行，我出國已近四十年，也是這幾年才嘗過珍奶。我家裡所做的珍奶都是買成品的乾珍珠，然後泡煮而成。

　　自隔離後，一些中國貨行可以送貨上門，這次從 vic 一家貨

行叫貨時，便詢問貨行老闆有沒有木薯粉，我說，是做珍珠奶茶用的。貨行老闆說有木薯澱粉，拍了一張照片給我，一看包裝上有芋圓、粉圓的圖片，心想應該沒錯，就要了兩包。

一聽今天要做珍奶，A興奮極了，平常做飯做甜點可從沒見他這麼積極主動要來幫忙。

第一次做，按照網上配方中黑糖水和木薯澱粉的比例，剛攪拌的時候，以為太濕，擅自添加了一些木薯澱粉進去，結果揉成團後太乾，再煮了些黑糖水加進去，這下又變得太濕，結果倒騰來倒騰去，因為糊化不成功，成了流體。

原來看似簡單的珍珠，還真不簡單，一看廚房料理台上一攤褐色非牛頓流體，不知如何是好準備放棄。A和Danika因為對珍奶充滿了期待，不甘心，兩人開始撒粉，一包木薯澱粉用完了，又開了一包繼續往上撒，沒想到過不久真慢慢成團了。

捏了幾粒珍珠，試煮了一下，因為A和Danika堅持不懈成功了，三個人高興極了，立即把剩下的麵團，一口氣全部搓成小圓。

黑糖珍奶做出來了，A嘗了一口，大喊，對，就是這個味道，然後迫不及待地拍視頻在Instagram分享。

在原味基礎上，我又試做了黑糖奶油芝士海鹽、抹茶奶油芝士海鹽兩種口味的珍奶，Danika還動手烤了香蕉核桃蛋糕，加上巧克力可可冰淇淋、藍莓、薄荷葉，擺盤之後來搭配飲品。

三個人在廚房忙碌了一下午，大功告成後圍著餐桌，聽著收音機的音樂，吃著現烤的蛋糕，喝著調製的飲品。隔離的閒暇時光，讓一家人更拉近距離，凝聚在了一起。

也讓思念臺灣的情愫，得以慰藉。

第一次吃藍莓馬芬蛋糕，是在星巴克。

前夫好友淑華，是我剛到臺灣時的第一位女性友人，她和正浩當時是戀人，三個人同是高職的同班同學。後來淑華和正浩幾經分分合合，最終分手，兩人至今未婚，但都有固定的男女朋友。

淑華在 Ikea 工作了十多年，從當時剛進公司的小職員成了現在的高官。她溫文爾雅，身材纖細，為人善良，認識我的時候，開一台白色舊款尼桑 March，時常會帶她母親滷製的雞爪給我吃。

受她影響，我在人生買第一台車時也選擇了尼桑 March，但可惜的是，麗水尼桑 4S 店的銷售員告訴我，我想要的舊款已經停產，無奈之下才買了新款珍珠白 March。

受淑華影響的不只是車、外文電台 ICRT、泰國，還有全球最大咖啡連鎖店星巴克。

第一次去星巴克，便是淑華帶我去的。淑華是星巴克的忠實粉絲，每日外出都會帶著星巴克隨行杯。她喜歡香草拿鐵，還有烤法式三明治。

烤法式三明治，我也喜歡。喜歡麵包添加香料烤製過的風味，口感上比傳統三明治的白吐司更富有嚼勁。

藍莓馬芬是在臺北 TutorABC 工作時，因為時常會去對面星巴克買咖啡，漸漸成了我下午茶必備甜點。雖然星巴克有多種口味的馬芬蛋糕，但對藍莓口味，我是情有獨鍾，咖啡則鍾情於焦糖拿鐵，夏日偶爾會點焦糖可可碎片星冰樂。

離開臺灣之後，每次遇到星巴克，我也不免想要點一杯焦糖拿鐵和藍莓馬芬蛋糕。但不論是成都寬窄巷的星巴克，還是上海新天地的星巴克，或是後來家鄉萬地廣場開出的星巴克，即便是到了巴塞羅那的星巴克，同樣是焦糖拿鐵咖啡和藍莓馬芬蛋糕，味道總跟臺灣的不太一樣。

那年來西班牙前回臺灣，芋秀送了兩本剛從信義誠品書局買回的書給我，一本是《一口吃甜點》，一本是《飯糰日和》。她在《飯糰日和》最後一頁粉色頁面的留白處留言：祝福 yaya，在快樂的國度，永保喜樂，2016 年 6 月 13 日芋秀於北投。

這兩本芋秀送的書帶來西班牙，還真實用。因為平常使用太頻繁，我一直放在餐邊櫃最易取到的位置。

四年西班牙的生活，除了睡覺，花最多時間應該就在廚房了。因為《一口吃甜點》這本書，人生第一次嘗試做甜點；因為《飯糰日和》這本書，人生第一次嘗試做飯糰。四年過去了，

別的沒啥長進，西語和加泰蘭語還是只會那兩三句，但甜點和日式料理倒是學會很多，西式中式廚藝也見長不少。

如果哪日，真如所願，在西班牙開了一間咖啡館。那最要感謝的人，便是送我這兩本書的芊秀。

最近 Mercadona 的藍莓特別大特別甜，也許因為盛產，還從原本 225 克包裝換成了 500 克一盒的大包裝，價格也不貴，一盒差不多 5 歐。看著冰箱裡滿滿兩大盒新鮮藍莓，心想，何不做一些藍莓馬芬蛋糕來吃。

《一口吃甜點》這本書裡，不少馬芬蛋糕的做法，也有藍莓口味的，但表面裝飾用的是杏仁角。我用檸檬酥粒馬芬表面的酥粒替換了藍莓馬芬的杏仁角，然後把濕性材料裡的葵花油換成了無鹽奶油，結果一烤出來，天哪，這不是我最熟悉不過、臺灣星巴克藍莓馬芬的味道嗎？

那年的臺北，午後工作疲倦時，時常是一杯星巴克焦糖拿鐵，一塊藍莓馬芬蛋糕，還有一兩根煙。

那年的臺北，每日清晨熟睡時，R 下夜班後，總會帶著一杯星巴克焦糖拿鐵，和一塊藍莓馬芬蛋糕來我公寓。我們在床上一陣激情過後，我起床喝他給我帶的拿鐵咖啡，吃馬芬蛋糕，之後穿衣打扮，出門搭捷運去公司。

而 R 則留在公寓睡到自然醒後才會回他天母的住所，次日一早當我還在睡夢中時，依舊會帶著那杯星巴克焦糖拿鐵，藍

莓馬芬蛋糕，再次打開那間位在北投杏林一路 5 號三樓公寓的門。

五十三‧早餐

隔離，雖打破了以往一個人在家的清閒自在，倒是有人學會分擔家務，為妳做早餐。

記得隔離剛開始時，A 日日蒙頭睡到自然醒，如平常早出晚歸工作了五日好不容易逮到週末一樣。若是工作時，我也能體諒他的辛苦，但這都隔離大半個月了，還日日貪睡，等著睜開眼有人端上熱騰騰的早餐，我心裡自然不爽。

那日，我起床打掃衛生，吵醒了 A。

知道他醒了，但就是不開口與他說話，我倒想看看，他是要在沙發上賴多久。A 故意用毯子蒙住頭，趴在沙發靠背上，露出兩隻黑咕隆咚的大眼睛，假裝偷看。

我面無表情，依舊做著手中的活，不搭理他。後來，他一個人玩著無趣，便開始喊，寶貝，寶貝。

前陣子，小強哥在群裡發了一張他自製 BBQ 披薩的照片。

　　小強哥真是模範好男人，時時變著花樣給南施姐弄好吃的。難怪南施姐在小強哥身旁，就像一個天天有糖吃的小女孩，甜蜜幸福，臉上散發著被愛滋養的光澤。

　　恰巧那天我們也吃披薩，不過是買現成的。一看小強哥不久前才做完草莓大福，又做披薩，忍不住 jealous 地說，難怪南施姐那麼愛你，誰都想有個天天能在廚房苦幹蠻幹的老公。

　　小強哥聽完連忙謙虛地說，過獎了，以一個居家男人來說，自己估算大概是 60 至 70 分左右，也就是及格過一點點。

　　連小強哥都只能算及格過一點點，那世界上應該沒有高分的男人，滿分更是扯淡。

　　A 被我訓斥一番後，終於起床為我做了一頓早餐。這可是我嫁給他後，第一次早起為我做早餐。

　　我對小強哥說，足足等了四年，才等到一頓 A 為我做的早餐。

　　人家不是廚師專業，妳不能為難她。妳那麼會烹飪，做給心愛的老公吃是應該的，能給自己所愛之人做飯，是一件幸福的事，小強哥說。

　　A 雖然不會做中餐，連做米飯都是最近才學會，但西餐他是會做的。之前與他前女友同居五年，據說前女友不會做飯，每日上班所帶的便當，都是 A 幫她準備。

　　自從我來了之後，剛開始 A 還會偶爾動手，為我做做西餐，

後來久而久之乾脆連廚房也撒手了。父母親那年來西班牙，我時常嘮叨著，讓他做一頓西餐給爸媽嘗嘗他的手藝，他嘴裡說著好，回頭又忘得一乾二淨。

看來不是我把他慣壞了，就是他的嘴被我養叼了。

不過自從 A 昨日做了一頓美式早餐之後，開始奮發向上了，今日又做了法式早餐。

一顆在沸水中煮三分鐘的水煮蛋，取出後立即過冷水，剝開頂部的蛋殼，切去一小部分蛋白，撒上一點海鹽和黑胡椒，用橄欖油煎製過的麵包條，直接沾著蛋黃吃。這種吃法我還是第一次，法國人叫它為 Oeuf a la coque。我好奇地問 A，那明天做什麼，他回答 Africa。

我在群裡對大家說，明天 A 要做 Africa 早餐。南施姐說，Africa 早餐，很好奇。

小強哥聽完哈哈大笑，非洲餐，妳叫他別逗了。非洲人不吃早餐的，他們一天能吃一頓飽餐就很滿足了。

第二天，A 果然做了非洲早餐，不過就是烤吐司切成條，加上苜蓿芽牛油果沙拉，我把早餐的照片發到群裡，讓大家看看這就是 Africa 早餐。

南施姐一看，說，看來很清淡，解釋一下。小強哥倒是拍手叫好，說，有沒有被忽悠的幸福感。

A 看到我在群裡發的早餐照片，立即解釋道，我擺的吐司

條形狀，像是非洲大陸。這倒是很好的解釋，是有些像非洲大陸地圖的模樣，也能想像成埃及金字塔。

我緊接著又問，那明天還能做什麼。

Russian，A 不緊不慢地回答。

Russian 早餐，難不成要一大早喝伏特加。

西班牙剛宣布進入國家緊急狀態時，允許販賣食物的店鋪、超市、藥房及沙龍正常營業，後來政府又馬上決定關閉所有沙龍，說寧可民眾蓬頭散髮，也總比感染病毒得好。

也的確是，這個時候命比髮型重要。

和 A 認識至今，已有五個年頭，這期間他變化過一次髮型。

15 年剛認識 A 時，他留的是波浪形背梳、加側面漸變式髮型。每次洗完頭時，都要用電吹風吹出蓬鬆隆起的造型。這款髮型，讓他顯得朝氣充滿活力。

17 年我們舉辦婚禮，這次，A 想變化下髮型，他的髮型師 Marcel，給他理了一個寸頭。結婚那日，A 穿上那身棉麻印著竹子圖案的白色襯衣加西式中褲，配上他的新髮型，頓時更加年輕，乾淨帥氣。

婚禮至今快過了三年，A 早就厭倦了寸頭，總吵著要換髮型，但每次去完沙龍回來，理的還是一樣寸頭。也許是他的髮際線後移成 M 型，估計連髮型師也很是苦惱。

好幾次 A 也會跑來問我換什麼髮型好，就像他總喜歡問我，

今天穿什麼衣服好。每次他問我這樣的問題，我都會很厭煩，因為我給出意見他又總不採納，所以懶得搭理。後來問多了，我直接丟一句，乾脆去理個光頭不是最省事。

A一聽，光頭，妳別開玩笑了。

西班牙隔離已整整兩個多月過去了，昨日眾議院投票又決定將國家緊急狀態延長15天。再一個15天，真的是從春天被關到了夏天。

雖然沙龍至今未開放，但外出時還真沒有見哪位男士的頭髮又長又亂的，聽說可以請理髮師上門服務，穿著專業的防護服，戴著防護鏡口罩和手套，不知這樣坐在家裡理髮又是一種什麼體驗。

A平日頭髮和鬍子長得飛快，鬍子平常都要隔三差五地理一理修一修。可這頭髮，若是三個月不理，不知會長成怎樣。

這次隔離，A倒是頓時開悟了，還真給自己理了個大光頭。他在浴室弄了大半天，理光頭髮後，照著鏡子摸了摸頭，自言自語地說，不錯，還蠻帥的。這下又可以省下去沙龍的錢，連買洗髮乳的錢都省了。

我原本一句玩笑話，竟然成真了。不過光頭的他，還真挺好看，但就是嚇到了他的母親。

自從家裡大掃除接回奶油後，A也睡回了自己的床。因為沙發，又成了奶油的領地。

　　睡了一個多月沙發的 A 躺回床上，突然間覺得全身不自在。而我，習慣了身旁睡醒時一張 Danika 白皙的小臉蛋，A 睡回房間第一晚的夜裡，我醒來上洗手間，突然被枕邊那張烏漆墨黑的大臉給嚇了一跳。

　　年輕的時候，對於一些夫婦分床睡，完全不能理解，覺得分床睡，一定是婚姻不和諧。但隨著這幾年年齡漸漸增長，加上前兩年濕疹晚上奇癢無比，睡眠品質漸漸開始下降，有時還真希望能有多餘的空間分房睡。

　　A 算是年輕人，睡眠習慣自然不一樣，我像他那個年紀，也是不超過 12 點是絕不會上床的。而現在，一到晚上十點，瞌睡蟲就爬上來了。

　　隔離起，A 又多了些空餘時間做音樂，平常工作要早起，他也睡得較早。他喜歡在深夜安靜的時候一個人在客廳做音樂，所以這也成了他睡沙發的理由，因為怕做完音樂上床時，又吵醒睡眠很淺的我。

　　我沒辦法在夜裡寫東西，因為會犯睏，更喜歡早起頭腦清醒的時候寫。

　　中國疫情剛爆發時，一次給父母親打視訊電話，他們正在埋頭剝大蒜。母親說，大蒜殺菌，我和你爸準備多做點蒜泥，每天都吃。

　　兩個月後，換我和 A 埋頭剝大蒜做蒜泥。雖然蒜泥能殺菌，

但一定是殺不了 COVID-19，我和 A 做蒜泥是因為 A 好上了那一口。

那日剁了點蒜泥，放了點味極鮮醬油，一時興起還加了點涼拌用的初榨橄欖油，橄欖油的清香伴著蒜泥的辛辣，再多了一點調味，拌進米飯裡，好吃得根本連菜都省了。

從那之後，每次做中餐開飯時，A 一定會問，蒜泥呢。對他而言現在沒有蒜泥拌飯，已食之無味。望著餐桌對面，那個捧著飯碗，呼嚕呼嚕一碗蒜泥拌飯下肚的 A，覺得可笑。他除了那張長滿落腮鬍、鼻子高得像珠峰的臉還看得出是個老外之外，骨子裡早已沒了半點老外的模樣。

四年的夫妻生活，A 完全被我同化，就連他的胃也成了中國胃。

五十四·取名

久違的合歡暖暖。再見時，石榴開花，杏已結果。

給新家取的名字合歡暖暖，拆開來，一個是合歡，一個是暖暖，都是臺灣的地名。但取這個名字，並不是說這裡很像南投的合歡，或是基隆的暖暖，雖然有夾帶著一些對臺灣的情愫在裡面，但更多是想表達這兩個詞語內在的蘊意。

合歡山，對於一年四季氣候溫暖宜人的臺灣來說，是冬日絕佳賞雪聖地之一。

02 年，我去過一次合歡山，是懷著芸的時候。前公公開著他那台銀灰色賓士，載著前婆婆、前夫、還有我三個人，去合歡山跨年。當時，我已有六個多月身孕，雖早已沒了孕早期嘔吐的反應，但前公公那台賓士車皮革座椅的氣味，讓我一路作嘔。

後來，芸也是對阿公那台賓士車獨有的皮革味特別感冒，

除非萬不得已，不然絕不會坐阿公的車。

去年回臺灣，聽前夫說，前公公終於要換新車了，那台開了二十多年的老賓士，曾遭偷竊過一次，被人漆成黑色，開了一年後因交通違規被警察攔截，才物歸原主。

前夫那台墨綠色老本田，也開了近二十年，同樣遭過偷竊。當時我和芸正在大陸母親家，車子失竊兩日後被人遺棄在大溪郊外的荒地上，竊賊竊取了車上一些不怎麼值錢的東西，並拿走了車上所有證件。

我對前夫說，這下芸總不會再嫌棄阿公的車了。前夫笑了笑回答說，爸買的還是賓士。

而對暖暖的記憶非常模糊，忘了是前夫還是 Robert 帶我去的。只有暖暖車站的站牌，還有那鏽跡斑斕的鐵軌和緩緩而過的藍皮火車，腦海中隱約有些畫面。

但梁靜茹那首《暖暖》，歌詞唱出的幸福與甜蜜，卻讓我對暖暖這兩個字印象深刻。我一直很想知道，暖暖這個地名的由來，是不是在這個小鎮居住著的人們，生活也格外恬靜美好。

合歡，是的，就是臺灣合歡山的合歡。因為心中始終有一個未完成的心願，那就是合家團圓，歡樂美滿，希望能在新家得償所願。

暖暖，是的，就是臺灣暖暖小鎮的暖暖。因為心中始終有家人給予的溫暖，也希望生活時刻充滿著暖意。

時光緩緩，生活暖暖。

打開合歡暖暖側門的小鐵門，頓時驚呆了，後院的花壇裡，開滿了一種看似鬼靈精怪紫色的花。因為從未見過此花，不知何名，便拍了照片發到朋友圈看有沒有人認得。

很快，jojo 留言，是黑種草。黑種草，連名字也如此詭異。

jojo 說，這花源自地中海，現在國內也有種植，不僅可以觀賞，還可以做為香料，具有食用和藥用價值。

好險，A 差點誤認為是雜草野花，要全部鏟除。

一聽這花是個好東西，我開始細細觀賞起黑種草來。

原來乍一看很是奇葩的花，還真有它獨特的美。就像是無毛貓，乍一看，也會被這稀奇的物種嚇一跳，但漸漸你發現它又有許多可人之處。

細柔飄逸的枝條，精巧靈動的線狀葉子，淡雅迷霧般的花瓣，難怪被稱為夢幻愛情。Danika 也忍不住喜愛採了一束，用枝葉捆紮好，說送晚些要送去給奶奶。

第一次看到橄欖樹開花時的模樣，小巧玲瓏的白色花朵，跟家鄉的桂花還真有幾分相像。湊近一聞，也帶著一股淡淡的清香。

家裡一共有三棵橄欖樹，後院的橄欖樹比前院兩棵大，之前 Uniplant Garden 的幾名園藝工來移植果樹時，看到後院這顆橄欖樹，大誇它長得真好。

我更喜歡前院屋前的這棵橄欖樹，因為樹下是平地，可以擺上桌椅，我們時常在此用餐或是下午茶。今日，坐在橄欖樹下吃披薩，喝雪碧，樹蔭下涼風徐徐，吹落的一朵朵花兒，輕盈地落在髮間，餐盤中，地面上。

我，又懷念起那年離開家鄉時的那場桂花雨。

蹲在杏樹下除草，雖然前幾日，A 和 Danika 已來新家拔過一次，但短短幾日，又雜草叢生。這院子的活，看來真是全年 365 日，怪不得每次朋友來看新家，都要長嘆著對我們說，這院子的活有得你們忙。

合歡暖暖的圍牆外是一塊閒置荒廢的空地，據說地主去世後，因為遺產稅什麼的問題，後人沒有處理妥當，便一直空著，不能賣也沒有人蓋。

再隔壁，住著一位 Senor，孤身一人住一大棟房子，也沒見有老伴。記得聖誕平安夜交屋後，我和 A 來看房子，Senor 在他家二樓的陽台對我們揮手打招呼，他問，Mercedes 去哪了，我很久沒有看到她。

A 回答，她將房子賣給了我們，現在暫時住在她女兒那。

Senor 時常會待在陽台上，每次見到我們一家，都會熱情地揮手打招呼，他喜歡跟 Danika 聊天說話，還拿出家裡的舊玩偶，高舉著問 Danika 要不要。

人家的東西 Danika 不敢隨便拿，便來問我。我說，你若是

喜歡就去拿，不喜歡就謝謝爺爺。

Danika 聽完，一蹦一跳地跑去 Senor 家，拿回一隻無尾熊和維尼小熊的玩偶。我帶回家清洗乾淨後，無尾熊 Danika 帶去英文補習班，讓同學們輪流帶回家玩，因為她班級名稱叫做 ko-ala。另外那隻維尼小熊，我則掛在她的床邊。

Hola，我起身看到 Senor 在陽台上對我揮手。Hola，我也笑笑地對他揮了揮手。

雖然我不能完全聽懂加泰蘭語，但能聽出大概的意思，Senor 說，好久不見，你們都好嗎，女兒也好嗎？

我回答，我們都好，你呢，你和家人都好嗎？都好，都好，Senor 一邊點著頭一邊還在不停地揮著手，像是一位久別重逢的朋友。

給父母親預留的那片菜地，因為一直沒有播種，長滿了雛菊。之前 Uniplant Garden 留下一個裝土的大蛇皮袋，旁邊長出一株超大蘆筍，我便把蛇皮袋提起，往一旁挪，誰知，蛇皮袋底下藏著一隻大蛤蟆。

兩個月，新家不僅養了許多蚊子，多了許多蜥蜴，魚池布滿密密麻麻的蟲子，居然還有蛤蟆。就連院子也成了流浪貓的天下，多了許多貓咪的糞便。

合歡暖暖的魚池，隔離前不久才算弄出一個雛形，還未來得及添置一些綠植、石頭，也還未放置魚苗。

隔離前最後一次去新家，我和 Danika 上後山尋得一塊大石頭，石頭表面光滑平整，正好可以放在魚池旁當做石凳。那日家裡只有 A 一名男丁，A 用推滾的方式把石頭推下山，但因為家裡有台階，A 說改日請他父親來幫忙一起抬回家，便留在鄰居家旁邊的草叢裡。

一個多月後，A 同他父親出門開會，才想起去取那塊石頭。沒想到那塊石頭不翼而飛，A 回家說，當他和父親走去原本放置石頭的地方發現空空時，他回頭看到有一雙眼睛，在廚房的窗口正盯著他們，那是鄰居吉普賽婦人 Petri，再往她門前一看，那塊我和 Danika 發現的石頭，正躺在她家門前一塊木板下。

除完草，澆完水，雖被蚊子咬得滿身是包，人也累癱，但坐在屋前的大露台，望著夕陽下的 Montserrat 山，金光燦燦，天邊雲霞被渲染成七彩。

頓時間，疲勞煙消雲散。

從 02 年的臺灣，到 16 年的西班牙，回想起這期間近十五年漂泊不定的生活。桃園、臺北、青海、青島、麗江、成都、麗水，有過無數處住所，直到到西班牙，才有一個安身之處。直到有了合歡暖暖，才算有了人生第一個真正屬於自己的家。

合歡暖暖，願它成為一棵象徵夫妻好合、永遠恩愛的合歡樹。願它成為暖暖站台前，那趟永不停息的藍皮舊火車。願它成為，那年合歡山上，前婆婆給我遞上的那杯暖入心田的黑糖

薑母茶。

　　也願它成為，夢想中一家人的幸福天堂。

五十五 · 隔 離

　　學校發來郵件通知 6 月 1 日開學，但一個班只允許去十三名學生，進校門時必須測量體溫，消毒液消毒。同學課桌之間，人與人之間必須保持兩米距離，跨越安全距離必須佩戴口罩。

　　A 問我，要不要讓 Danika 去。我說，問 Danika 的意思。

　　Danika 知道後，先問我她好朋友 Aina 會不會去。A 只好發訊息詢問 Aina 的媽媽，Aina 媽媽回覆說，Aina 和姐姐兩個都不去學校。

　　Danika 得知 Aina 不去學校，想了想也說不去了。

　　父親母親聽聞學校開課，也勸說不要讓孩子去學校。想想也都停了快三個月了，也不差多上一個月的課。不如等到九月下學期開學，疫情究竟會有什麼變化，屆時應該也會更加明瞭。

　　學校停課前一個週末，一家人去了新家。A 在院子裡幹活，我帶 Danika 練習跑步。

　　因為下週六 Sant Joan de Vilatorrada 要舉行 Cros Escolar 兒童 5000 米跑步比賽，去年因為參加一位同學的生日聚會所以沒能參加。今年 Danika 看到比賽報名通知，早早就報了名說一定要參加。

　　Danika 雖然在體育、文藝方面等都沒什麼特長，但卻樂於積極參與。村子裡去年聖誕節大合唱，她也主動報名參加。做為媽媽，我從不強迫她一定要在哪方面有多出眾，多有才華，一切全憑她自己喜好。相比之下，參與遠比結果更加重要。

　　那日午後，我和 Danika 度過了一段非常愉快的時光。

　　我們一起在新家附近練習長跑，之後又一路散步到村子裡的公園，我繞公園一周快走，Danika 則一個人玩類似轉轉杯一樣的遊樂設施。一開始我陪她轉了幾圈，頭暈得下來時差點跌倒。而她轉了一圈又一圈，玩得不亦樂乎根本停不下來。

　　公園裡，散步遛狗的人們，擦身而過，相互問好。回家路上，看到花車遊行，也許是什麼節日，村口的綠地，還搭起了遊樂場，有旋轉木馬、小火車、小海盜船等，還有販賣食物的餐車。孩子們，大人們，手牽手一起慢慢向遊樂場聚集。

　　這就是 El Pont de Vilomara，未來我們要長期生活的地方。

　　週三，Danika 看到學校張貼因疫情取消跑步比賽的布告，去學校接她時，看她臉上不免有些許失落，我只好安慰她，寶貝，沒事，明年我們再參加。

　　其實週末陪她練習跑步時，我也預料到比賽可能會取消，但又不忍心說。週四，學校宣布停課十五天，而這一停便停到了五月。就連五月一年一度，孩子們最期待的度假，也在四月通知取消。而今年三天兩夜的度假，去的是美麗的海邊。

　　八點，沒有聽到準時響起的音樂聲和群眾的掌聲，已經漸漸養成習慣會走去窗戶拍手的 Danika，立即打開百葉窗探出頭去看，媽媽，真的沒有人拍手。

　　我問 A，今天怎麼不拍手了。

　　A 說，停止了。不是之前還說，要永遠地鼓掌下去嗎，我又說。

　　自從西班牙疫情爆發以來，每晚八點的鼓掌聲，已成為民眾生活的一部分。

　　隔離了人，卻隔離不了心。每當掌聲響起，民眾的心也緊緊地繫在了一起。每日三分鐘，熱烈不間斷的掌聲，它不僅是對抗疫一線人員的敬畏與感激，更是疫情下人們相互扶持，人類命運共同體精神的一種傳遞。

　　雖然每晚八點，民眾自發鼓掌停止了，西班牙也逐步解禁中，這一切都代表著我們在防疫上取得了初步的勝利。但這兩個多月隔離的特殊日子，將會是人生中最珍貴的一段記憶。

　　而每晚民眾自發肺腑地走到窗台，走到陽台，為醫護人員加油鼓勁的那感人一幕，更會是永生難忘。

　　小時候，只要一吵著養寵物，父母親就會丟給妳一句，說養簡單，誰來打理，到時候每天清理大小便的還是我們。

　　雖然每次聽到這句話，都會傲慢無禮地哼地一聲頂撞他們，有什麼大不了，我來清理。但最後，替你照顧寵物，善始善終的還是他們。

　　自從 Danika 一直吵著要養一隻貓，我就從未想過她會幫妳打理寵物日常。奶油接回來時，我只交代她定時給奶油添加貓糧和水，這活她倒是很樂意，一口就答應了。

　　剛開始，我會半開玩笑地試探她，要不要幫奶油清理便便。

　　她一聽直搖頭，一個勁 say no。

　　前陣子一晚睡前，我正準備去清理奶油的糞便，Danika 走過來說，媽媽，可以讓我幫忙嗎。當時，還以為自己耳朵聽錯了，又問她，幫忙什麼。

　　幫妳清理奶油的便便啊，Danika 說。

　　從那晚之後，每天晚上睡覺刷牙前， Danika 都會去廚房拿一個垃圾袋，然後坐在貓砂盆旁，小心地鏟出貓咪大小便裝進垃圾袋，然後再加入貓砂，用鏟子仔細鏟平。

　　每當我看到她坐在地板上那認真鏟屎的模樣，總覺得不可思議，彷彿在那任勞任怨鏟屎的人就應該是大人才對。

　　我想，哪天一定要好好地把這個畫面拍下來，等她長大的時候給她看，並告訴她，妳是媽咪見過唯一一個會幫貓咪鏟屎

的小女孩。

自從今年新冠狀病毒爆發後，線上教學成了主流。

而 03 年當 SARS 在臺灣爆發蔓延時，臺中一家名叫哥倫比亞的英文補習班，因學員們不敢外出上課，實體教學面臨著巨大衝擊。但這次危機也同樣給他們帶來了新的契機，他們開始思考研發如何不用出門也可以在家輕鬆上課的軟體，也就是現今的線上教學模式。

TutorABC 因此在 SARS 那年誕生了，成為全球在線教育行業的開創者。麥奇數位公司，成了全球在線教育獨角獸企業。

這一段，曾是當年做了兩年 TutorABC 專業顧問的我，時常在電話中對客戶所說的一段話。而當時公司，不僅顛覆了傳統教學模式，也顛覆了傳統行銷模式，讓電話行銷成為了主流。

時隔十年，當我望著因疫情無法去學校，坐在電腦前上網課的 Danika，不僅又想起了 TutorABC，想起我在公司曾經輝煌燦爛的兩年職業生涯。

西班牙也強制民眾戴口罩了，自 5 月 21 日起，除 6 歲以下兒童和部分特殊情況外，所有西班牙居民在出門時都需要佩戴口罩。西班牙內政部宣布，違者將被處以 600 歐元至 3 萬歐元不等的罰款，同時根據《公民安全法》可以被列為嚴重罪行。

從不戴口罩到強制戴口罩，西班牙對口罩的態度終於有了轉變，雖然很多人認為為時過晚，但也算讓人欣慰。而今出門，

再也不用擔心別人恥笑，也不用擔心他人不戴口罩。

正在用晚餐，西班牙正常晚餐時間十點，公公打來電話，一看 A 接通電話後臉拉長了，知道一定是出了什麼事。

第一年來西班牙時，A 的爺爺奶奶，外婆都還在世，除了外公早幾年因下肢靜脈血栓導致身體其他器官衰竭去世。來西班牙不久後，A 帶著我先見了住在隔壁的外婆，後來又去見了住在 Oms i de Prat 街的爺爺奶奶。

記得第一次見爺爺奶奶，是公公婆婆帶我們一起去的。那日到時，姑父 Joan 正準備帶爺爺奶奶去公園散步。當時爺爺還能拄著拐杖自己行走，奶奶則坐在輪椅，由 Joan 一路推到公園，我們跟隨其後一路散步。

爺爺去世兩年多了，他的模樣有些模糊，只記得他是一位表情非常嚴肅的老人，還有他戴著禮帽，穿著乾淨平整的襯衫和西褲，坐在公園安靜地讀著報紙的模樣，當時他已 96 歲高齡，他在第二年我和 A 婚禮那晚去世。

奶奶是家裡僅剩的老人，也是我最喜愛的人。每年聖誕節平安夜，全家老老少少都會齊聚在她家。雖然老房子不大，家裡兄弟姊妹五個加上我們這些子孫後代，坐在一起客廳都會被擠得水洩不通，但卻是一家人一年最開心的時刻。

公公說，原本今晚要去奶奶家量天花板尺寸，因為需要修繕，到時卻看到奶奶家大門敞開，裡面亮著燈，進去一看才發

現是被竊賊破門而入，屋裡損壞得非常嚴重。

因為疫情對西班牙經濟造成很大影響，不少人被迫失業，也引發許多人偷竊，但怎麼也沒想這樣的不幸發生在家人身上，但好在奶奶在 Salelles 姑媽家平安無事。

公公報了警，次日待警察取證完之後，請人修理了房子並打掃乾淨，又把原本在休假中奶奶的看護 Maria 接回奶奶家中住，以防家裡長期無人再遭偷竊破壞。

兩個禮拜前，奶奶剛過完 97 歲生日，大家無法前去慶生，只能又傳視訊祝福。Joan 親手給奶奶做了一個生日蛋糕，看著照片裡奶奶吹蠟燭時開心的樣子，真想自己也能親手為她做一個蛋糕。奶奶，如果可以，來年的生日，好嗎。

眼下，只希望疫情早日過去，經濟恢復正常，人們生活如舊，這樣的不幸不要再發生在更多的家庭。

而今年的聖誕節，依舊可以一家人齊聚一堂，陪伴年事近百的奶奶，再快快樂樂地度過一個平安之夜。

五十六・真愛

在廚房做飯，A 走過來貼在我耳邊對我說，寶貝，我想和妳再結婚一次。

好了，別鬧了。每次聽到 A 說這玩笑話，根本不想搭理他，一把把他推開，快去快去，我正在忙呢。

結婚四年來，已經不記得這是 A 第幾次對我說這樣的話。每次參加完朋友的婚禮，或是被邀請去做婚禮的 DJ，他回來時，都會說，寶貝，我想和妳再結婚一次。

有時我心情好，會回答說，好啊，五週年的時候，十週年的時候。有時心情不好，就會像今日一樣一把推開他。

不過今日，他心血來潮，倒不是因為又參加了誰的婚禮。這疫情，哪還有婚禮，就連前幾年紛紛辭職改行做婚禮，且做得相當不錯的 Jordi 夫婦，今年都面臨著失業的悲慘命運。

不過，倒是有一個人，在這非常時期，因為長距離，又加

上疫情，還真下了要結婚的決心。

他就是 A 的好兄弟，我們的好朋友艾森。

前幾日才和多多在微信上聊天，多多是艾森的女友。中國出生，從小在加拿大長大，雖算不上 ABC，但也等同於 ABC，說一口非常正統流利的英文。

多多的繼父是加拿大人，母親離異後帶著她去了加拿大，後來遇到她的繼父，願意一輩子照顧她們母女，就這樣娶了她的母親。這段說起來有點像是 A 和我，只不過當時我是在中國遇到 A，但與她母親一樣，遇到了一個真心愛妳、愛屋及烏的男人。

自然，也因為多多繼父的真愛，她與繼父的關係一直很好非常親密，完全勝過親生父親。這不又像是 A 與 Danika 他們兩個，雖不是親生父女關係，但比親生還親。

18 年，多多與家人從加拿大返回中國深圳定居。在那年平安夜外籍朋友的狂歡派對上，她與艾森相識。

去年，我們一家人回中國，原計劃我們兩對人各一半的路程，去福建廈門相見。但後來因為某些原因，加上艾森曾經在麗水工作過一段時間，有當地的好朋友以及同事，所以便想藉著我們在麗水的機會順帶看看他們。於是，他帶著多多從深圳搭乘八小時的高鐵，來麗水與我們會面。

在沒見多多之前，艾森給我們看過她的照片。小麥膚色，

烏黑亮麗的長髮，醉人的桃花眼，豐潤的紅唇，健美性感的身材，穿著打扮歐美風，一看便是西方人喜歡東方女性的典型模樣。

除了西方男性，我也喜歡這一類型的東方女性，所以即便只在照片上看過一眼，也知道自己一定會和多多成為非常要好的朋友。

雖然艾森和多多在麗水只停留了短短一個週末的時間，但我們四人與朋友們還有家人們度過了今生難忘的美好時光。

圍桌吃紅紅火火的川味火鍋，唱一整晚的 KTV，逛古堰畫鄉老街，買青瓷喝咖啡，泡腳按摩，艾森和多多回深圳那日一大清早，還冒雨與我家人去爬了白雲山，我因為膝蓋問題，便未能奉陪。

和艾森多多分別的那頓午餐，真是一次大團圓的午餐，我提前在白雲山麗陽小院訂了一張十二人座的大包廂。

那日齊聚一堂的有，西班牙回國的閨密紫，西班牙回國帶著表姨和表外甥，從溫州趕來麗水看望我們的表妹麗約，西班牙回國的好友 Lin 和他的兩個兒子，還有艾森、多多、A、我、父母親和 Danika。

這是繼 17 年婚禮後，一群人再度重逢。難得湊上大家都在同一時間回國，更值得高興的是，艾森終於找到了心愛之人。

看到英國疫情日益嚴峻，想到了多多。

多多去年九月來到英國，因為從加拿大回國後，以教英文為主業，為了更好的發展，決定來英國深造留學一年，考取 CELTA 英文教學執照。

去年我們在麗水見面時，她和我聊起要來英國唸書的事。說起來，當時她和艾森也正處在熱戀期，對於她突然要留學，一開始艾森也無法理解，雖然不捨但最終還是支持多多的決定。

多多也想藉此考驗下兩個人的情感，也給彼此更多的空間與思考。我聽完也非常贊成她的想法，固然要以自己前途發展為重。我說，真愛一定經得起考驗。

A 和艾森通了近一小時的視訊電話，這個當年 A 與我相戀第二次來中國找我時，跟隨他第一次來中國的艾森。一年後，我嫁來西班牙。而他，反倒留在了中國。

今年一月中國疫情爆發後，艾森的公司也被迫停工，女朋友多多又在英國，一個人孤單地在深圳過完春節。二月初，他想方設法地弄到了一張回西班牙的機票，飛回了闊別一年多之久的歐洲。

雖然和艾森的關係已經親密到如一家人，但當時心想畢竟是從疫情區飛回西班牙，長途飛行又有感染病毒的風險，原本 A 打算去機場接他，還是被我制止了。我這麼做，也是考量到畢竟家裡還有小孩。

艾森也能理解我們，到西班牙後也沒有隨處走動，在家自

主隔離了十多天，之後又飛去英國看望多多。

二月底，義大利疫情爆發。三月初，西班牙疫情逐漸惡化。這時我突然想到這次回西班牙還沒見到的艾森，我對 A 說，艾森還在英國嗎，什麼時候回西班牙和我們見面，也真是的，好不容易從中國逃回歐洲，現在又換歐洲淪陷。

A 說，艾森前幾天已回深圳，中國的公司通知復工，他回到西班牙當晚，收拾好行李第二天一早就飛去中國了，臨走前在機場給我打了電話。原本幫多多訂好來西班牙的機票，還有預備要帶多多去西班牙各地遊玩的酒店，也統統都取消了。

什麼，我都還沒來得及見他一面呢，得知艾森已回中國，頓時心中悔恨萬分。早知現在我們也成為疫情重災區，還有什麼好怕來怕去的，當初真不該阻止 A 去機場接他，也不該在艾森回來的時候，連看都不去看望他。

艾森母親的家，和我們新家在同一個村子，離得不遠，開車僅需三分鐘。自從他得知我們經過一年多的努力，終於買到了 Marquet Paradis 的房子，他很為我們高興，一直期待著能去看看我們的新家。

而當他回到西班牙，與合歡暖暖近在咫尺時，卻又因為疫情，而未能親眼目睹。

視訊中，我讓 A 問艾森，什麼時候再回西班牙。艾森說，也許聖誕節的時候，帶多多一起回西班牙過聖誕節。

　他又說，我想和多多結婚，等她英國回來，我就跟她求婚。

　是距離產生美，還是疫情讓人覺得無常。和多多聊天時，多多也說很想艾森，雖然她英國停留的簽證到明年一月，但她想八月底交完畢業論文，就立即回深圳。

　多多說，這一年的遠距離反而拉近了我和艾森的距離。

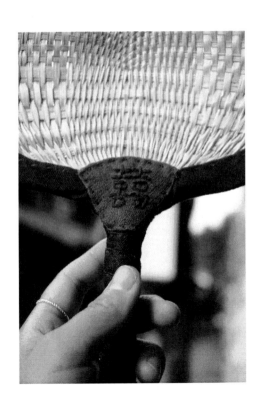

五十七‧閨密

去年五月，去了一趟里斯本。

原本這趟旅行目的地應該是義大利威尼斯，但正因為它太過赫赫有名，反而讓我有些望而卻步。後來不知怎的，又想到了里斯本，也許是因為葡式蛋塔，上網稍做了些攻略，立即對這個地方產生了濃厚的興趣。

事實證明，它的確是我喜歡的一座城市。而且，是一個我會再度前往的城市。

10 年五月，我與小魚在麗江，她張羅著開一間川味餐館，而我忙碌著開一間咖啡館。

紫正巧那時從西班牙回國探望家人，那是她出國五年後第一次回國。在她出國的那些年，我在臺北，她在巴塞羅那，彼此幾乎斷了所有聯絡。

當紫從父母親那得知我已離開臺灣，去了麗江，便要了我

的聯絡方式，給在麗江的我打了電話。

接到紫的電話，激動無比，恨不得立即見到她。

然而雖然同在國內，地名都帶一個麗字。但一個是在東邊浙江麗水，一個在西邊雲南麗江，相隔近三千公里。

但姐妹情深，又多年未見，距離還是沒能阻擋住我們想見彼此的決心。紫不顧家人的反對，硬是在回國短短不到二十多天的時間裡，抽出五天時間，飛來麗江看我。

當小魚和我在三義機場接機大廳，見到那個突如其來闊別多年的紫時，我們相擁而泣。

16 年十一月，接女兒來西班牙前幾日，我買了些水果，帶著父母親還有 Danika，一起去看望了紫的家人。

臨走時，紫的母親握住我的手說，妳和紫啊，是同命相連的兩個人。一個走到哪，另一個總要跟到哪。

我笑笑地回答阿姨，是啊，不然怎麼可以做這麼多年的朋友。

紫，是我初中時的同班同學。她是一個成熟內斂、生性沉穩的女孩子。而當時的我，大大咧咧恰恰相反，但不知為何，我們卻能走在一起。

雖然一晃幾十年，身邊的朋友也漸漸無數，但我依然很感激生命中有紫。因為當時，她是我在學校的唯一朋友，在豆蔻年華，不離不棄陪伴我，經歷了多少年少無知。後來，又在花

樣年華，一起經歷了多少風風雨雨。

25 歲那一年，我結婚，紫也結婚；我懷孕後，紫也懷孕；後來我生女兒，次月紫生了兒子。再後來，我離婚，紫也離婚。離婚後，我留在臺灣，紫卻離開麗水，跟隨親人去了西班牙。

而這一去，便留在了那裡。

和紫在巴塞羅那機場 T1 航站樓會面，她從 Alacant 飛來巴塞羅那，與我搭乘同班機一起飛往里斯本。那日，我們不約而同地穿了一雙黑白相間的球鞋。

一路上，久別重逢的兩人，滔滔不絕說個沒完，絲毫沒有搭乘早班機的倦意。

里斯本的第一餐，與紫酒足飯飽後手牽著手，在午後陽光明媚的阿爾法瑪區散步。午餐時，喝了當地一種酸櫻桃釀製的利口酒，兩人嘴裡還留存著一股 Ginja 的香甜。一路走，不知不覺臉上也微微泛起了紅暈。

蜿蜒起伏的鵝卵石步道，隨處彈唱的街頭藝人，古老破敗的中世紀建築。走著走著，仿若走回了九年前的麗江。一樣是春天，一樣是五月，一樣是藍天白雲。

那年的束河，小橋流水；路旁的花兒，開得正豔。我、紫、還有小魚三人手牽著手，歡笑聲如陽光般燦爛，一路徘徊在悠悠古鎮。

里斯本之行，一年過去了。麗江，轉眼又十年。與紫整整

近三十年的友情，早已漸漸成了親情，如同血緣一般，緊緊相繫緊緊相連。

去年里斯本之行結束那日，我和紫在 Santa Apolonia 火車站擁抱分別，她搭乘下午的班機飛巴塞羅那轉機回 Alacant，而我的班機則在深夜。這次，我們沒有像在麗江分別那日一樣，抱成一團，哭成淚人。

我們說好，以後每一年的五月，都要來一趟歐洲閨密二人遊。我說，這才不枉我追隨妳的腳步來西班牙。

而今年，原本計劃要去的，就是去年沒去的義大利威尼斯。

五十八・奶油

奶油，西語叫做 Nata。

和 A 兩人躺在沙發，討論了一整晚要給貓咪取什麼名字好。想來想去，決定用奶油。奶油這個名字不僅西文好聽，中文也可愛。A 說，這隻叫奶油，以後我們再添一隻黑色公的，叫 Xoco。Xoco，是巧克力的意思，加泰蘭語 xocolata 的縮寫。

原本想等貓接回來後，讓 Danika 來取名字，但一想若是孩子又要取個什麼小白、小花之類的名字，豈不是尷尬。不如 Danika 一見到貓咪時，我們就介紹牠的名字叫做奶油。

小白、小花。之前養過的那隻只倉鼠就叫小白；前兩年我們養的那隻陸龜，叫小花，都是 Danika 取的名字。

每日七點起床，奶油一聽到我起床的腳步聲，便會從沙發的毯子裡鑽出來，喵喵開始叫。

剛來前三天，睡覺前我都會把它抱回牠的小窩，每次抱回

去，牠都要鑽出來，但有兩三回，也就會乖乖地留在窩裡睡覺。

奶油來之前，我們在 Amazon 訂購了一個深灰色羊毛氈蛋形貓窩，但也許牠怕冷，更喜歡躲進沙發的大毛毯里睡。原本很矜持，希望能從小培養牠睡貓窩的好習慣，但第四晚，我比 A 先睡，交代他睡前把貓抱回窩裡，可當 A 去抱奶油時看牠睡得香甜，不忍心便把牠留在了毛毯裡。

從那晚之後，奶油再也沒睡回過自己的貓窩。

奶油是四月最後一天接回來的。

前一天，Maria 打電話來，通知我們可以去取貓，正巧這兩天 Danika 又在奶奶家，接回來時剛好可以給她一個 surprise。

但我和 A 也是神經大條，養貓心切，之前都沒仔細詢問清楚貓咪的月齡，以為 Maria 說可以接，一定是滿兩個月以上了。接回來後，Danika 問起奶油的生日，我們才問了 Maria，沒想到一算日期，奶油出生六週都還不到。

後來 A 猜想，是不是對方因為這次疫情缺錢，所以急著早早就把貓崽全部賣了。聽 A 說，他去 Maria 家時，其他幾隻黑的也都不在了，只看到公貓和母貓，還有蹲在沙發上的奶油。

Maria 笑笑地對 A 說，你看，你的貓正等著你來接牠。

那日，A 戴上口罩和橡膠手套，帶著從工作室取的黑色紙板儲物盒開車去 Maria 家接奶油。紙板盒有蓋子避免貓咪途中受驚嚇在車上四處亂竄，旁邊又有兩個用來提拿的洞，可以讓

牠透氣。

聽到車庫有動靜，激動地立即去跑去開門迎接。很快，一樓的門被打開，傳來了奶油一聲聲輕柔的喵喵叫聲。當 A 抱著黑色儲物盒從二樓上樓梯時，我看到奶油正從盒子的洞中露出半個頭來，兩隻炯炯有神的眼睛，很快看到了站在門口喊著奶油名字的我。

當 A 在門口長凳上把紙板盒放穩妥後，我掀開了蓋子。奶油伸出前爪搭在紙板盒上，探出身子，牠驚慌地四處張望，喵喵地叫個不停。A 說，poor baby，一路上牠都在叫，讓人好心疼。

我摸了摸奶油的小腦袋，對牠說，別怕，回家了。一邊從盒子裡將牠抱起。

接回奶油後，A 又開車去婆婆家接 Danika。

Danika 是在回到家洗完澡後，才看到從貓窩裡睡醒走出來的奶油。當時 Danika 光溜溜著身子，只披了一條浴巾，一看到客廳地板上多了一隻搖著尾巴四腳走路的動物，頓時停住了腳步，驚訝地瞪大了雙眼，張開了嘴巴。

A 躲在 Danika 身後，早就拿好了手機，預備拍下這期待已久、激動人心的一幕。我坐在地上，跟 Danika 介紹，它叫 Nata。Nata，Nata，牠好可愛啊，Danika 走近伸手摸了摸奶油。看著 Danika 又開心又激動的模樣，自己也忍不住笑開了懷。

妳好，歡迎妳，奶油。

從這一刻起，奶油正式成為了 Martin Ni 家族的成員。我又一次做了媽媽，A 又一次當上了爸爸，而 Danika 終於又有了一隻貓咪，並再次成為姐姐。

Judy 在 Line 傳來訊息，親愛的，養貓還順利嗎。

Judy 之前有一隻養了 17 年的博美叫妞妞，去年九月因年老去世。在妞妞去世之前，Judy 領養了兩只流浪貓，一隻叫巴豆，一隻叫波比。

奶油接回的第一天，在給芸發完奶油照片之後，我又將照片發了給 Judy，Judy 一看回了一句，真的是沒有毛。

幸好之前我多次跟 Judy 提到過想要養無毛貓，所以她才沒有特別意外的反應，不然一定嚇壞了她。

養過 Tommy，在麗江時養過一陣子貓咪，讀書的時候也養過一隻別人送的家貓，覺得養貓是一件極其簡單的事。只要給一碗貓糧，一盤貓砂，貓咪都能乖乖地吃東西，乖乖地去貓砂盆裡拉屎撒尿，連教都不用教。讀書時養的那隻家貓，更是神奇，牠只蹲在浴室下水道的窨井蓋上大小便，連鏟屎的活都替我們省了。

但養奶油，我們這次，是真的太粗心大意了。

我回覆 Judy，之前以為自己養過貓，這次就沒做過任何功課。沒想到養貓就跟生孩子似的，雖然做過一次媽媽，但不代表下一次做媽媽時就一定胸有成竹，處事不驚。

奶油出了什麼問題了嗎？ Judy 問。

我繼續對 Judy 說，因為我們給奶油突然換了從超市隨便買的貓糧和罐頭，導致牠接回來沒幾天，就開始上吐下瀉，腸胃出了問題。後來帶去寵物醫院看，第一天體外驅蟲，後面又連續打了兩天針，再慢慢添加更換寵物醫院推薦給奶油食用的貓糧，停止食用罐頭，折騰了一個多禮拜，這才漸漸好轉起來。

妳這功課也實在做得太少，連養寵物的基本常識都不知道，飼料本來就不能直接換，更何況這麼小的貓咪，腸胃非常脆弱，Judy 聽完說。

我說，原來飼養幼貓，就跟給嬰兒添加輔食，換奶粉一樣，需要循序漸進，非常小心。這次，總算又長了一次教訓。

這下可要仔細小心地養，然後 Judy 又補了一句，妳的貓可是花錢買的。

Judy 說的沒錯，的確，我們養的不是一隻貓咪，是一個嬰兒。

自從病了幾天，瘦骨嶙峋的奶油開始漸漸吃東西後，就變得特別黏人。每次吃飯時，一定要妳陪在身旁，吃兩口會轉身回頭看看妳在不在。然後再吃幾口，就要妳抱在身上，讓妳拿牠裝貓糧的小碗餵牠。

除了吃飯，睡覺時也是一樣。只要白天看到妳坐在椅子上，或是沙發上，都會喵喵地爬到妳身上，要妳抱著牠睡覺。

　　奶油的爸爸是一隻黃眼睛白色無毛貓，媽媽是一隻綠眼睛黑色無毛貓。奶油遺傳了爸爸，本來還有一隻白色的姐姐，但出生後不久就夭折了，剩下三隻黑色都是公貓。

　　奶油，是那窩中的老么。Maria 說，其他四隻生出之後，奶油還在媽媽的肚子裡不肯出來，過了一天，奶油才有動靜，可沒想到腳先出來遇到了難產。當時正值清晨四五點，情急之下，Maria 和先生立即開車將母貓送去寵物醫院急診，才保住了母貓和奶油的性命。

　　聽 Maria 說，奶油雖是老么，但體格卻不輸給其他，每次搶奶總是喝得飽飽的，哥哥們總搶不過牠。也不難看出，前兩週奶油還沒接回來時，Maria 每天都會給我們發奶油喝奶時的照片。照片中，哥哥們時常被牠擠去一旁，而牠總是一副得意的模樣，趴在媽媽身上，津津有味地吮吸著甘甜的乳汁。

　　奶油接回來那日，趴在我的胸口睡著。

　　雖說是無毛貓，但心裡還是會擔心會不會有過敏的問題。一小時後，我手上原本長過結節性癢疹的地方，果真起了一個大包。每次我過敏，都會是這樣的反應，去年回中國在飛機上哮喘發作那次，也是手上起了一個大包。

　　我立即把奶油放回窩裡，神奇地是，這次並沒有引發哮喘。半小時後，手上的包自動漸漸消退，之後再也沒有復發，看來我的身體很快就適應了奶油。

隔離兩個月後，那日第一次回新家，也是第一次把奶油一個人留在家裡。我沒有很擔心，出門前在奶油的杯子裡加滿了水，碗裡添滿了貓糧。倒是第一次養貓的 A，很是擔心。

下午出門到新家幹活，之後又去婆婆家包餃子，直到一家人吃完，已經是晚上 11 點。

記得之前聊起養貓的事，除了 A 極力反對之外，婆婆也表示她不喜歡貓，她還半開玩笑地說，要是妳家裡養貓的話，我可不去。

人看來都是會轉變的，自從婆婆知道我們開始養貓，後來又每天看 Danika 傳給她奶油的視頻和照片，之後每次打電話來都會關心奶油，顯得十分喜愛。今天，她知道我們第一次把奶油留在家裡，吃完飯也不讓我們幫忙清理，立即催著我們趕快回家陪貓咪。

她說，可憐的孩子，回去要好好抱抱牠。

除了婆婆，Danika 也是。其實，一開始我給 Danika 看無毛貓照片的時候，她也表現地並沒有很喜歡。那日 Judy 問我，Danika 喜歡奶油嗎？

我回答，之前不喜歡，但看到奶油之後，一眼就喜歡上了。

從婆婆家返回家中，打開門，奶油正躲在沙發的毛毯中睡覺，聽到我們的動靜，立即鑽出來喵喵親熱地叫。

我說，我們養的不是一隻貓，是一個嬰兒，的確是。因為

嬰兒總在不經意，就會有日新月異巨大的變化。譬如一天就學會了坐，一天學會了爬，一天又起身學會了走路。

　　而我們的奶油，自從那天把牠一個人單獨留在家中之後，彷彿一日之間長大，第二天，馬上從一隻楚楚可人的貓崽，變成了一頭凶猛威武的獅子。

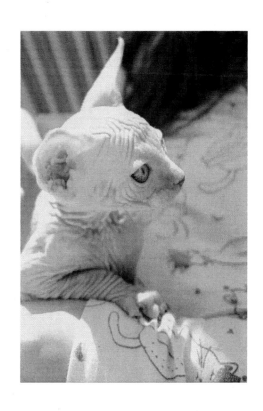

五十九‧強迫

強迫症，這三個字第一次出現在我生命中，是 06 年。

那年三月，當時身為家族企業、在一間生化科技公司當總經理的 Robert，去成都參加一個短期心理培訓課程。當他學成歸來，我滿心歡喜地正想要投入他的懷抱，他卻給了我當頭一棒。

yaya，妳得了強迫症，Robert 嚴肅地望著我。

什麼強迫症，你是說我愛乾淨嗎？我滿臉疑惑。

那不是單純愛乾淨，也不是普通潔癖，它是一種心理疾病，有一個醫學名字，叫做強迫症，Robert 解釋道。

和 Robert 前一年九月，在淡水大屯高爾夫球場初次相識。當時他與另外三位朋友一起來球場打球，正打完球坐在休息區休息閒聊，我看到後便走過去拉他們幾個辦公司的高球聯盟卡。

也許都是年輕人，所以辦完卡之後，又與他們多聊了幾句。

因為每次辦卡，都會給客人分發名片，第二天接到 Robert 給我來電。他說今日傍晚要去大屯球場附近一個馬場練習騎馬，問我願不願意同行。

頭一日辦卡時，見 Robert 言行舉止溫文爾雅，心中直覺他應該不是一個壞男生，加上當時初到臺北也沒什麼朋友，便答應了他。

可，誰也沒有想到，那日騎馬後，我們又一起上了陽明山看夜景。夜景看著看著，兩人也擦出了愛的火花。

一直認為我只是愛乾淨，就連前夫之前也是這麼認為的。

愛乾淨，彷彿與生俱來。聽母親說，從小我就特別愛乾淨，坐板凳前都會看一下板凳乾不乾淨，不乾淨一定要母親擦過才會坐。

到有記憶後，記得時常會幫家裡打掃衛生。那時家裡拮据，為了多賺點工資，父母親時常加班，也沒什麼時間收拾家裡，我見不得髒亂，便開始學掃地拖地，整理房間。

一個女孩子，愛乾淨，也的確沒什麼不正常的。

真正開始超出正常愛乾淨範圍，應該是嫁去臺灣之後。

但一切都那麼不知不覺，是因為孤身在外，是因為環境適應，是因為婆媳關係，還是因為初為人母，種種的種種，讓我不由自主地把注意力都集中在每日的清潔中。

反覆洗手、反覆清洗、害怕垃圾、害怕公廁，當時跟婆婆

同住，還害怕除前夫之外的人進我們房間。不喜歡婆婆和菲傭幫忙收我晾曬在露台上的衣物，就連懷孕時，也不讓大家幫忙，寧可挺著大肚子打掃自己的房間。

離婚後搬離前夫家，住進北投光明路雲仙大廈時，我花了整整一週的時間，沒日沒夜打掃醒秋租給我那不到 15 坪的公寓。除了牆，天花板我也反覆擦了個乾淨，衛生間就更不用說，洗刷了不知道多幾遍，可嚇壞了當時來幫忙的死魚。

與 Robert 戀愛後，我很害怕讓他知道，我有嚴重潔癖。一開始，盡量把自己偽裝地跟正常人一樣，但後來一起久了，漸漸開始對他有所要求。譬如不能靠近垃圾桶，丟垃圾時不能觸碰到垃圾箱，如果迫不得已要用到觸碰式垃圾箱，丟棄完垃圾後隨即要洗手。

Robert 也算後知後覺，並沒發現這有什麼異常，只是覺得自己遇到了一個特別愛乾淨的女生。後來我倆男女朋友關係慢慢穩定之後，我依然不帶他回我的公寓，這讓他非常疑惑。而我，總會找出一些不是理由的理由來推託。

但真正不帶他回家的理由，是因為自己也覺得一進門要求對方洗手很奇怪，進門要擦拭手機隨身物品很奇怪，不洗澡不能上床也很奇怪。而這些怪癖，讓自己一日日變得更加痛苦，對 Robert 又有難言之隱。

可憐的 Robert，也就這樣忍受著我，直到他發現這是一種

病。而在這之前，因為他與父母同住，我又不讓他去我的公寓，我們每次約會都只好去餐廳或是酒店。半年多下來，光是吃飯住宿就花了他幾十萬台幣。

Robert 在網絡上找到臺北松德醫院精神科主治醫生湯華盛醫生，他說，湯醫生是臺灣治療強迫症的權威醫生，我替妳預約掛號，陪妳一起去看一看醫生好嗎？

在得知自己得的是精神疾病之後，我一直處在一種焦慮恐慌的狀態。Robert 不停鼓勵我，讓我振作勇敢地去面對。他說，是病，都不可怕，我們一定可以找到治療方法，我會一直陪著妳，別怕。

在 Robert 一次又一次苦口婆心的勸說和鼓勵下，我終於與他一起踏進了松德醫院湯醫生的看診室。那日，我們還認識了另一個人，他叫懷恩。

懷恩，也是一名強迫症患者，他強迫反覆檢查。當時臺灣正在做一項強迫症患者的病例研究，懷恩是一名義工，自願做為一名助理協助湯醫生的這項研究工作。

在看診時，根據我對病情的闡述，湯醫生認為我是一名很典型、且較為嚴重的強迫症病患，問我是否願意成為他們研究病例之一。他說成為研究病例，不僅可以時刻關注到妳的病情狀況，為你做一個專門的治療方案，還可以免費到臺大醫院做核磁共振腦部檢查。

我和 Robert 聽完，覺得也沒什麼不好，便點頭同意了。

那日，湯醫生看診完之後，我們又跟隨懷恩到他辦公室，填寫了一份很長關於強迫症的問卷，後來在他安排下，一週後在台大醫院做了腦部核磁共振檢查，當時陪同我的除了 Robert 還有懷恩。

檢查報告出來之後，懷恩拿著那份影像報告一邊指著，一邊跟我解釋與正常人相比，有哪些部位異常。那一刻起，我才真正接受了自己罹患強迫症的事實。

而正當我積極配合每週一次的回診，因為副作用身體極度不適，卻還是按時服用湯醫生給我配的抗憂鬱輔助藥物治療之後不久，發生了一件大事。

那是五月在我回國探親一個月後回臺灣，也是正當我滿心歡喜地正想要投入 Robert 的懷抱時，他又給了我當頭一棒。

yaya，我訂婚了，Robert 嚴肅地望著我。

是的，自從 Robert 家人知道他和我戀愛之後，全家人極力反對。對於一個當時家境富裕的傳統臺灣家庭而言，怎允許他們的獨子娶一個大陸人，而且還是一個離過婚生過小孩的大陸人。

但 Robert 一直不顧家人反對，繼續偷偷摸摸與我交往。雖然當時我心裡也是有點害怕這段關係會得不到好的結果，但看他一直那麼疼愛我，得知我有強迫症後，還是不離不棄地陪伴

我，我自然也是全心全意地投入。

可誰知，就在我回中國短短一個月，在家人的脅迫下，他還是低了頭，允了家人給他定的一門門當戶對的親事。

我接受不了 Robert 告訴我訂婚的事實，也接受不了沒有心理準備下的被迫分手。一個禮拜後，我辭去了高球雜誌公司的工作，退了租住的房子，收拾了行囊，逃離了臺灣。

從那之後，我也停了抗憂鬱藥物的服用，也中斷了強迫症相關的治療。但懷恩，在之後的一兩年中，還會時常在 msn 上關心我，問候我的狀況。直到多年後，msn 停用，手機更換，也便斷了與他所有的聯絡。

而 Robert，在我離開臺灣半年後成婚。後來，生了一個兒子。

Bb，如果大家都跟你一樣有強迫症的話，也許可以減少很多新冠狀病毒感染的患者，A 一邊吞著嘴裡的米飯，一邊一本正經地對我說。

我聽完，哭笑不得。

雖然當年 Robert，曾陪伴我度過一段因強迫症而低落的時期，但真正無條件接受我、始終不離不棄的人是 A。與 A 結婚四年來，雖然有時他也會因為我強迫他洗手、清洗等等而十分抓狂，但他始終會顧及我、體諒我，盡他所能地按照我給的標準去做。

十多年了，自從知道自己得了強迫症之後，強迫症無不無時無刻跟隨著我。那年好不容易鼓起勇氣接受治療，卻又遭到了情感上重重打擊之後，我也徹底放棄了想要治療強迫症的想法。

這十多年裡，雖然強迫症時而也會困擾我，也會讓我痛苦，但我已全然接受了它。強迫症，就是我生命中的一部分。

自從今年爆發新冠狀病毒疫情之後，往日外出不觸碰門把手、進家門就洗手、擦拭外出隨身物品、擦拭外面購買的東西等等，一切之前被認為不可理喻的行為，現在卻成了防禦病毒的關鍵。

在短時間疫苗沒有研究出來，病毒沒有完全消失之前，我這十多年早就習以為常的行為，倒是幫我避免了很多感染的可能。

所以，此時此刻我對強迫症更無怨言。反而還要感謝，它在我生命中的存在。

六十 · 新生

　　週三，A 接 Danika 從奶奶家回來，剛進家門 Danika 就問我，媽媽，iaia 說下週二要跟 Tieta Dolors 去咖啡館喝咖啡，她問能不能帶上我，因為週二剛好我在她家。

　　我說，去吧，沒關係，記得戴上口罩。

　　Danika 說，那可以幫我準備一條漂亮的裙子嗎？我想那天去咖啡館穿。

　　我笑著點了點頭，好，打扮美美的去。

　　隔離前一天，南施姐在朋友圈發，當西班牙人開始衝向超市搶購衛生紙時，我們去北部的海邊吹海風，去花市買春花。

　　時隔整整七十一天，才再見南施姐發布一條新的朋友圈。

　　七十一天以來，她與小強哥第一次外出喝咖啡。照片中，兩杯咖啡，一份鬆餅，一份 Churros，還有兩張面容慈祥、熟悉的臉蛋。只不過，七十一天未見，小強哥倒是留起了鬍子，一下從廚師變成了一副文人的模樣。

我留言，小強哥，這是七十一天沒刮鬍子嗎？

小強哥看到呵呵大笑，回覆，是禁足後一週開始留鬍子。因為既然不能出門見人，又何必刮鬍子，於是不經意就一直留了下來，現在卻捨不得去刮了。

昨晚夢到 J 一家人，夢中的場景是在家鄉麗水。

又有一陣子沒有聯絡 J 了，心想，是不是已經回中國了。醒來時，給她發了一條訊息。

J 回，還在，還在美國呢。

做了二十多年事業女強人的 J，人生夢想就是能做一名全職的家庭主婦。家庭主婦，不就是跟我一樣，每日洗衣買菜做飯、打掃衛生、照看孩子嗎？

我說，這下好，終於過上妳想要過的日子了。

J 說，是呢，美滿地過上了幸福的生活。被迫過上了幸福的生活。

這兩天，94 服裝班同學群裡，倒是因 2020 高程測量登山隊成功登珠峰頂這事閒聊了起來。園犁開玩笑地在群裡說，這次登珠峰怎麼沒見阿望，你沒去嗎？

阿望是我們班裡，唯一一個攀登過不少國內高峰的登山勇士，聽他說這兩天在珠峰登峰的另外一支登山隊伍，其中有兩名就是他之前的隊友。

阿望也開玩笑著回答，登珠峰太貴太難，沒錢也吃不消。

　　17 年那年，他跟鑫芳求婚之前，去了新疆的慕士塔格峰，在登上海拔 7546 米高的山頂時，讓隊友幫他錄製了一段感人的求婚視頻。之後又偷偷摸摸讓班裡每一位同學，錄了一小段祝福視頻，剪輯在一起。

　　當時我正懷著身孕，還特意讓 A 開車載我到 Torre de Santa Caterina 錄視頻，因為那裡可以看到 Manresa 全景。

　　那日，阿望帶鑫芳去看電影，而事先早就邀請好了同學，還有從金華趕來杭州的班主任應琦，坐在阿望包場的影廳裡等候他倆。

　　求婚儀式上，當鑫芳看到山頂那段求婚視頻，還有同學們各個真誠的祝福，頓時感動到痛哭流涕，立即點頭說，我願意，我願意嫁給你。

　　同學們難得聊得如此火熱，聊著聊著，又說起了班主任帶著全班男生打群架，半夜錄像廳回來爬學校圍牆，還有全班集體罷英文課，把英文老師哭著氣跑了的一些醜事。

　　然後，大家不約而同地說，是不是該開同學會了。

　　A 終於下週正式開工了。這兩天，新接的一個案子，Sant Cugat 一對居住在國外的夫婦修建別墅，也陸陸續續開始施工了。

　　兩個多月隔離來，我最掛心的就是 A 的工作，這下，總算是也鬆了一口氣。那日，A 收到開工通知，還買了一瓶上好的

紅酒,一大盒櫻桃回來慶祝。

西班牙疫情爆發前一週,A 當初跟他父親任職公司簽的兩年合約,委託建造位在 Badalona 一棟大型公寓樓,接到通知要立即中止合約,停止施工。

再早一個月前,聽聞公公的公司運營出了問題,財務也出了狀況,陸陸續續不少員工被裁員,就連公公也將面臨失業的可能。

但誰也沒有想到,一切會來得那麼快,也來得這麼不是時候。

停工,意味一家人馬上沒有收入,加上隔離,就算是有其他的活,也接不了。一家人吃喝、保險、兩部車的車貸、新房的房貸,如山般沉重。幸好之前家中還有一點積蓄,能維持兩到三個月的基本生活。

好在西班牙的疫情總算有所緩和,兩個月前,婆婆得知這一切後,還和姨媽商量,若是我們經濟上需要,他們一起來幫助我們。

經過公公和 A 的努力,終於又與 Badalona 原房地產商達成協議,繼續由 A 負責該項目的建造,直至工程完工。這也是為何西班牙剛實施隔離那兩天,A 還冒著風險外出與房地產商開會談判。

在這個節骨眼上,只有爭取到這個工程項目,才能給一家

人生活最基本的保障。

中國限飛令再延半年，回國機票一張被炒到近 10 萬，回國比登天還難。

自從父親受麗水徒步登山協會委託，組建了一支新的健走隊伍之後，父母親更加忙碌了。每日晚上 7 點 15 分防洪堤五公里健走，新的隊伍，新的活力，讓父親母親更加地朝氣蓬勃。看到視頻中，他們各個精神飽滿，英姿颯爽，做女兒的非常自豪，也由衷地為他們高興。

可何時，我才能再見思念成河的父母。

週二，和 A 兩個人又去了一趟新家。天氣漸漸開始炎熱，新家的泳池也需要整修起來，好讓這不能回國，又不能旅行的炎炎夏日，有一個好的去處。

去車庫開車，看到 Cache 開門營業了。一直想著，Jordi 去世後，這間沙龍會成為什麼模樣。

櫥窗還是隔離前布置的櫥窗，沒有變化，牆上還依舊留著 Jordi 的人像。店裡生意不錯，不少客人，但都戴著口罩。看到另一名新來的女髮型師，正在幫客人沖洗頭髮，但遠遠地只看到一個背影。原本店裡的那名女髮型師正在在幫一名女客人修剪頭髮，同樣也都戴著口罩。

從車庫開出，一路上，各大小店鋪都開門營業了，但生意最紅火的看來是沙龍。中國人開的百元店也開了，雖然當初最

早關門歇業的也是中國人，現在復工後，華人雖擔驚受怕，但生計所迫，還是不得不開門營業。

紫和表妹們前些天也都開門營業了。兩個多月，店裡工人工資，房租什麼的依舊一分不少地從銀行帳戶中按月扣走。

紫說，沒辦法，這錢扣得人心惶惶。

在 Ametller 門口停下，讓 A 進去買半顆西瓜，我說，一會幹完活，我們吃西瓜。

A 說，好。

麥當勞外上高速的環島，雜草堆得跟一座小山那麼高，都看不到對面方向行駛的車輛。往日裡，時常有人修剪，環島內花團錦簇，草木整齊。

這世界生態果真如此，不是人類主宰，就是其他生物主宰。這也難怪，疫情一來，人不見了，野生動物們大搖大擺地走進了城市的街頭。前陣子，還聽說，體育場那有成群的野豬出沒。

看來，解禁是勢在必行。

和 A 兩人分頭忙了一下午，他弄水泥修修補補，我弄花弄草。完了，捧上大西瓜，搬上兩張椅子，舒坦地在露台坐下。

夜幕中的合歡暖暖，一片寂靜，只有遠處的高架，偶爾傳來車輛駛過的聲音。已經很久沒有這般自在地坐在天地之中，自在地呼吸，觀星賞月，納涼吃西瓜。

但倘若，此刻芸在，父母親也在，一家人都在，該有多好。

電子書購買

國家圖書館出版品預行編目資料

記 , 這些日子——西班牙疫情下的隔離日
記 / yaya 著 . -- 第一版 . -- 臺北市：崧燁
文化事業有限公司 , 2022.01
　　面；　　公分
POD 版
ISBN 978-986-516-989-3(平裝)

855　　　　110021110

記，這些日子——西班牙疫情下的隔離日記

臉書

作　　　者：yaya

編　　　輯：簡敬容

封面設計：老麵

版式設計：王欣欣

發 行 人：黃振庭

出 版 者：崧燁文化事業有限公司

發 行 者：崧燁文化事業有限公司

E-mail：sonbookservice@gmail.com

粉 絲 頁：https://www.facebook.com/sonbookss/

網　　　址：https://sonbook.net/

地　　　址：台北市中正區重慶南路一段六十一號八樓 815 室

Rm. 815, 8F., No.61, Sec. 1, Chongqing S. Rd., Zhongzheng Dist., Taipei City
100, Taiwan (R.O.C)

電　　　話：(02)2370-3310　　　傳　　　真：(02) 2388-1990

印　　　刷：京峯彩色印刷有限公司 （京峰數位）

- 版權聲明

定　　　價：500 元

發行日期：2022 年 01 月第一版

◎本書以 POD 印製